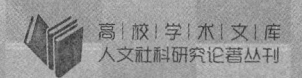

高校学术文库
人文社科研究论著丛刊

文学翻译的多视角研究

姚丽 张晓红 著

中国书籍出版社
China Book Press

图书在版编目(CIP)数据

文学翻译的多视角研究/姚丽,张晓红著.—北京：中国书籍出版社,2017.8

ISBN 978-7-5068-6412-1

Ⅰ.①文… Ⅱ.①姚… ②张… Ⅲ.①文学翻译－研究 Ⅳ.①I046

中国版本图书馆 CIP 数据核字(2017)第 206776 号

文学翻译的多视角研究

姚 丽 张晓红 著

丛书策划	谭 鹏 武 斌
责任编辑	张 文
责任印制	孙马飞 马 芝
封面设计	崔 蕾
出版发行	中国书籍出版社
地 址	北京市丰台区三路居路 97 号(邮编:100073)
电 话	(010)52257143(总编室) (010)52257140(发行部)
电子邮箱	chinabp@vip.sina.com
经 销	全国新华书店
印 刷	三河市铭浩彩色印装有限公司
开 本	710 毫米×1000 毫米 1/16
印 张	18
字 数	270 千字
版 次	2018 年 1 月第 1 版 2018 年 1 月第 1 次印刷
书 号	ISBN 978-7-5068-6412-1
定 价	69.00 元

版权所有 翻印必究

前　言

在科技高度发达、计算机广泛使用的现代社会中,能否准确、及时、顺畅地接收信息、处理信息和输出信息,已经成了社会发达程度高低的一个重要标志,更是衡量社会进步与落后的重要尺度之一。

翻译作为交际的媒介和信息转换的手段,其重要性越来越突出,也逐渐为社会各界所关注和重视,从事各类翻译工作的人数也日益增加。其中,文学翻译就是一个重要内容。顾名思义,文学翻译就是对文学作品的翻译。文学文体还可以进一步分为四种体裁:小说、诗歌、散文、戏剧。并且,对于不同体裁的文学翻译除了要翻译知识性信息以外,还要翻译形象信息及审美信息。可见,要翻译好一篇文学作品并非易事。为了使读者全面了解文学文体及其翻译,作者撰写了《文学翻译的多视角研究》一书。

本书共有九章,分上、下两篇。上篇为多视角背景下的文学翻译理论(包括第一章至第五章),下篇为多视角背景下各种文学体裁的翻译(包括第六章至第九章)。为了使读者由浅入深、循序渐进地掌握文学翻译的相关知识,作者在第一章介绍了翻译理论,包括翻译的本质、中西翻译理论研究和翻译的可译性与不可译性。第二章直奔主题,概述了文学翻译,具体涉及文学翻译的界定、性质、标准、过程、译者应具备的素质及多视角性。第三章至第五章从不同视角阐述了文学翻译,首先讨论了文学翻译的审美性,然后分析了文学翻译中的文化语境,最后阐述了文学翻译中的女性主义。可见,要想翻译好一篇文学作品,必须对与其相关的因素有所掌握,否则将可能出现各类问题。第六章到第九章分别对小说翻译、诗歌翻译、散文翻译和戏剧翻译进行了研究。

这部分内容均围绕四个内容展开,包括简述、语言特点、翻译方法和佳作赏析,读者通过学习这部分知识,将会了解不同体裁的文学翻译。本书由沈阳理工大学姚丽、张晓红著作完成,并由二人共同统稿。

在写作过程中,作者向许多专家和同行虚心求教,得到了他们的无私帮助。在此一致表示感谢。

限于个人水平与见识,书中难免有错讹与疏漏,恳请广大读者、专家不吝赐予批评指正。

作者

2016 年 11 月

目 录

上篇　多视角背景下的文学翻译理论

第一章　翻译理论 ………………………………………… 1
- 第一节　翻译的本质 …………………………………… 1
- 第二节　中西翻译理论研究 …………………………… 7
- 第三节　翻译的可译性与不可译性 …………………… 23

第二章　文学翻译概述 …………………………………… 36
- 第一节　文学翻译的界定与性质 ……………………… 36
- 第二节　文学翻译的标准与过程 ……………………… 43
- 第三节　文学翻译中译者应具备的素质 ……………… 54
- 第四节　文学翻译的多视角性 ………………………… 60

第三章　文学翻译的审美性 ……………………………… 63
- 第一节　文学作品的审美特征 ………………………… 63
- 第二节　文学翻译中译者的审美主体性 ……………… 69
- 第三节　文学翻译的审美再现 ………………………… 80

第四章　文学翻译中的文化语境 ………………………… 90
- 第一节　文化与文化语境 ……………………………… 90
- 第二节　文化语境对文学翻译的制约性 ……………… 97
- 第三节　文化语境下文学翻译的策略 ………………… 102

第五章　文学翻译中的女性主义 ………………………… 111
- 第一节　女性主义概述 ………………………………… 111
- 第二节　女性主义翻译观 ……………………………… 120
- 第三节　女性主义翻译观对文学翻译的影响 ………… 127

· 1 ·

下篇　多视角背景下各种文学体裁的翻译

第六章　小说翻译 …………………………………………… 132
- 第一节　小说简述 ………………………………………… 132
- 第二节　小说的语言特点 ………………………………… 134
- 第三节　小说的翻译方法 ………………………………… 136
- 第四节　小说翻译佳作赏析 ……………………………… 149

第七章　诗歌翻译 …………………………………………… 166
- 第一节　诗歌简述 ………………………………………… 166
- 第二节　诗歌的语言特点 ………………………………… 167
- 第三节　诗歌的翻译方法 ………………………………… 177
- 第四节　诗歌翻译佳作赏析 ……………………………… 189

第八章　散文翻译 …………………………………………… 201
- 第一节　散文简述 ………………………………………… 201
- 第二节　散文的语言特点 ………………………………… 204
- 第三节　散文的翻译方法 ………………………………… 206
- 第四节　散文翻译佳作赏析 ……………………………… 218

第九章　戏剧翻译 …………………………………………… 232
- 第一节　戏剧简述 ………………………………………… 232
- 第二节　戏剧的语言特点 ………………………………… 236
- 第三节　戏剧的翻译方法 ………………………………… 249
- 第四节　戏剧翻译佳作赏析 ……………………………… 260

参考文献 ……………………………………………………… 275

上篇　多视角背景下的文学翻译理论

第一章　翻译理论

文学翻译首先定位是一种翻译,有人认为翻译是一门科学,有人认为翻译是一门艺术。总体来说,翻译是一门集语言学、社会学、文学、教育学、心理学、人类学等学科特点于一体的综合学科,经过长期的社会实践,已经形成自己的一整套理论、原则和操作技能与方法,形成了自己独特的学术体系并日趋全面、系统。但是由于人们认识的层面和理解的角度不同,对翻译理论的认知也必然存在差异。本章就从翻译的本质、中西翻译理论研究、翻译的可译性与不可译性三个层面入手进行分析和探讨。

第一节　翻译的本质

经常有人提出这样的问题,翻译的本质究竟是艺术、科学、技巧还是文化活动。折中的说法是:翻译既是艺术,也是科学,又是技巧,更是一种文化活动。说翻译是一门科学,是因为翻译本身具有独特规律和方法,并且可以与各门不同的学科进行富有意义的联系。译者必须严格遵循一定的科学程序,字斟句酌地进行推敲琢磨,才能保全原作的精髓与要义。说翻译是一种艺术,是指翻译在某种程度上讲也是一个思维再创造的过程。说翻译是一种技巧,是因为翻译是具有具体方法的,并且在一定程度上翻译的具体方法是可以学习、传授的,译者的翻译能力是可以经过学习、练习得到提高的。关于翻译的本质问题,下面通过几位学者的定义进行分析和研究。

一、对翻译本质的认识

对于人类而言,翻译活动是非常古老的活动。而翻译学是一门复杂的、综合性的学科,其内容跨越了语言学、符号学、文化学、语用学等多种学科,因此也产生了多角度的定义。正因为这些定义的存在,人们对翻译本质的认识才一步步地加深。

英国著名的翻译理论家彼得·纽马克(Peter Newmark)在对翻译进行界定时运用了比喻手法。他指出:"许多翻译往往是两种方案间的妥协。翻译这一活动往往是在变戏法,是一种靠运气、走钢丝的活动。因此,无论是对译者、翻译批评者,还是对读者而言,只要时间充裕,他们必然会对已经翻译出来的成品进行改变和提出自己的看法。"[①]纽马克将翻译活动比喻成一种妥协,很明显,他认为翻译不仅仅体现为一个艰难的历程,需要进行反复权衡,还体现为源语与译入语之间的相互让步。这种妥协有可能是积极的,也有可能是消极的,积极的妥协往往会使译文体现出源语的意蕴与译入语的通达;消极的妥协往往会使译文为了迎合读者的需要而丧失其"信"与"达"。

美国著名的翻译理论家尤金·奈达(Eugene A. Nida)这样定义翻译,他认为:"翻译就是运用最贴近、最自然的等值体来复制源语信息的过程,在复制的过程中,语义居于第一位,而文体居于第二位。"[②]奈达从语义的层面对翻译进行了界定,即认为语义就是翻译的对象。他指出翻译的本质一方面要达到与源语效果贴

---

① 转引自李清华. 医学英语实用翻译教程[M]. 上海:上海世界图书出版公司,2012:6—7.

② 转引自高华丽. 翻译教学研究:理论与实践[M]. 杭州:浙江大学出版社,2008:4.

近,另一方面还需要采用最自然的语言。

学者伽达默尔(Gadamer)将翻译定义为:"一种解释,即是对一个视域融合进行解释的过程"[①]。所谓翻译的视域融合,指的是源语文本的视域与译入语文本的视域跨越出各自的界限,从而实现双方的融合,构建成一个新视域的过程。译者在进行翻译时,使自己的视域与源语文本的视域相遇,二者就会发生视域融合。但是,这一视域的融合并不是发生在某一文化范围内,而是发生在跨文化语境的范围内。因此,伽达默尔认为翻译是具有历史性与动态性的,他强调情景的概念,且翻译所处的跨文化情景并不是一成不变的,而是不断发展和变化的。

18世纪著名的学者、作家约翰逊(Samual Johnson)指出:"翻译就是在尽量保存原意的基础上将一种语言转换成另一种语言。"[②]约翰逊的定义是从语用的角度来考虑的,认为翻译要尽量保证原义,因此在一定程度上将翻译活动的本质揭示出来。但是,这一定义并没有将翻译与其他活动的根本区别体现出来。

我国著名学者陈宏薇教授等人对翻译的界定是这样的,他们认为:"翻译是将一种语言文化中所承载的意义用另一种语言转换出来的交际活动,这一活动是跨语言、跨文化的。"[③]在陈宏薇教授看来,语言是意义交流的载体,每一种语言都能体现和反映一种独特文化的整体或部分。当译者在对一个文本的语言信息进行转换时,往往也会将其所负载的文化意义传达出来。因此,翻译的本质在于释义,即意义的转换。同时,陈宏薇教授还指出翻译活动往往会涉及原文、作者、译文、读者等要素。

我国著名翻译理论家张今教授也指出:"翻译是两种语言所在的社会之间的交际工具和过程,其目的是为了促进本语言社会的进步,包含政治进步、经济进步、文化进步等,其任务是将源语

---

① Hans-Georg Gadamer. *Truth and Method*[M]. London:Sheed and Ward Ltd., 1975:347.
② 李建军. 新编英汉翻译[M]. 上海:东华大学出版社,2004:4.
③ 陈宏薇,李亚丹. 新编汉英翻译教程[M]. 上海:上海外语教育出版社,2004:1.

中显示的艺术映像或逻辑映像完好无损地转移到另外一种语言中去。"①在张今看来,翻译的本质不仅是一种语言活动,还会涉及其他各种文化因素。

方梦之教授在其主编的《译学词典》一书中将翻译解释为以下五个义项:(1)翻译者;(2)翻译过程;(3)翻译行为;(4)翻译工作;(5)译文或者译入语。

庄智象教授对方梦之的这几个义项进行了总结,认为翻译不仅是一个过程,更是一个职业或结果,同时他还兼指口译与笔译。②

随着时代的进步,人们对于翻译本质的认识也在不断深化。兰伯特(Lambert)和罗宾(Robyns)认为:"翻译是一种文化。"③两位学者的定义从翻译功能入手,将翻译与文化相联系,涉及了翻译的各种文化因素。这一定义是比较进步的,因为语言与文化密切相关,翻译必然会涉及风俗、道德、信仰等文化因素。

综合以上多种定义,笔者认为翻译是在一定目的指导下,在目标语文化框架内将源语信息转化成译入语信息的过程,从而实现特定交际目的的跨文化交际活动。但是不得不说的是,要想完全再现源语信息是不可能的,因此这样的翻译其实只是实现了部分翻译。

二、对翻译本质的归纳

在对文本进行解读时,可以明显看出作者的视角与译者的视角要想完全重合是不可能的。因此,译入语读者不可能完全唤起与源语读者相同的文化联想,这就存在着对文化需要进行过滤的

---

① 张今. 文学翻译原理[M]. 开封:河南大学出版社,1997:8.

② 庄智象. 我国翻译专业建设:问题与对策[M]. 上海:上海外语教育出版社,2007:58.

③ Edwin Gentzler. *Contemporary Translation Theories* [M]. London: Routledge Inc,1993:186.

问题。从这一点再结合上述翻译的定义,可以归纳出翻译的本质问题,具体包含三大方面:

(一)跨语言、跨文化双重交际活动

众所周知,翻译主要是为了完成交际。通过借助译者自身的知识,将源语中的信息、情感等内容再现出来,促进自己思维世界的形成,进而运用另外一种语言将这一思维世界传递出去,形成让译入语读者接受的语言。但是需要注意的是,翻译与其他交际活动是存在着区别的,因为翻译并不仅仅是跨语言的活动,还是跨文化的活动,因此扮演了双重的身份。在跨语言层面上,翻译活动是非常复杂的,这从之前的定义中可以明显看出;在跨文化层面上,翻译活动发挥如下几项功能:

1. 传播文化的桥梁

对于中西方人们而言,翻译是不同国家的人们进行沟通的第一步,通过翻译,人们可以将自己的文化传播出去,也可以将异质文化传播进来。可见,翻译起着传播文化的桥梁作用。随着国与国之间的交往日益紧密,经济一体化进程也在逐步加快,这就使翻译成为人们沟通的重要手段,当然对翻译的要求也在不断提高。

同时,由于社会在不断向前发展,交流与开放成了当前的一种重要姿态,这就要求国家与国家之间、人们与人们之间不能故步自封,应该走向世界。当然,要想走出封闭的世界,首先就需要进行交流,而不同语言之间进行交流的前提就在于翻译。

不管从哪一点来说,翻译都是跨文化传播的桥梁。

2. 促进文化积淀

翻译使得源语文化能够在译入语中进行传承,从而逐渐成为译入语文化中的一部分,这就是对该文化的积淀。也就是说,对该文化翻译的时间越长,积淀的时间也就越长;对该文化翻译的时间越短,积淀的时间也就越短。

3. 促进文化增值

文化增值是从质与量的层面上来说的，是对文化的扩大或膨胀，是对文化进行再创造的过程。

如前所述，翻译是将源语中文化意义与文化价值传播到另一种语言中，而文化增值就是在此基础上生成一种新的文化意义与文化价值。一般来说，封建的文化、保守的文化、落后的文化是很难实现文化增值或者文化再生的，因为这些文化会随着时间逐渐被淘汰；而那些先进的文化、进步的文化则被引入进来，从而实现文化的增值与再生，同时也能促进译入语文化的发展。

需要指出的是，翻译的跨文化功能并不是将两种文化进行叠加，而是通过翻译产生能够超越两种文化的效应，从而激发人们追求不同民族文化知识的兴趣和热情。

4. 推进文化变迁

文化会随着时代的发展而不断发展，落后的文化会被淘汰，先进的文化会被传承，这就是所谓的"文化变迁"。而翻译恰好是将这些不同的文化变成连续的过程，并不断随之发生改变。

5. 促进文化整合

除了传播文化，促进文化积淀、增值与变迁之外，翻译也能够促进文化整合。

文化整合并不是将文化中各个要素、各个成分进行拼凑，而是将文化中的各个要素、各个成分进行相互适应、相互磨合。文化整合的关键步骤就在于不同文化间的传播与交流，而翻译恰恰展现了这一作用。所以，翻译就是不同文化进行整合的过程。

（二）间接认识和译入语表达的活动

翻译是间接认识和译入语表达的活动，这是对翻译本质的最好体现。翻译活动与创作活动相似，即都包含了认知与表达这两个过程。但是,对翻译活动进行深层次的挖掘可以看出,翻译活动与创作活动的区别也是非常明显的。具体来说,主要体现为以下两点:

(1)翻译活动的主体是译者,由于源语作者一般是不会出现在翻译的现场,尤其是笔译活动,且很多时候翻译的文本可能经历了历史的变迁,因此译者对源语作者本身及源语作者想要表达的思想只能是一些客观的、基础的了解,这就导致对其认识也是间接的认识。

(2)创作活动与翻译活动有着明显的不同,即创作活动往往仅依靠一种语言即可,而翻译活动则需要两种语言,即源语与译入语,这就体现出翻译活动的特殊性。

(三)科学性和艺术性双重特性的活动

在翻译活动中,译者往往会受到翻译准则、翻译规律的影响,因此翻译活动具有明显的科学性特征。而译者所需要依据的翻译准则、翻译规律往往会表现为以下几点:

(1)要依据源语语言的准则进行翻译。
(2)要符合原文的逻辑,能够接受客观世界规律的检验。
(3)要依据译入语语言的准则进行表达。

另外,翻译活动除了具有科学性之外,还具有艺术性,即翻译活动不仅仅是进行转换,还要进行创造,这就需要译者发挥自己的主观能动作用,从而保证译入语更具有美感性。

同时,翻译的艺术性还能够解决翻译的不可译问题,对于不可译现象,本章的第三节将会有详细的分析,因此这里不再赘述。

第二节 中西翻译理论研究

由于中西方有着不同的传统,因此产生了两大具有鲜明特色的翻译体系。虽然两大翻译体系处于独立的地位,但是也存在着一些相似的理论,差异的地方也打上了不同的民族烙印,因此无论对于中国而言,还是对于西方而言,翻译理论都有着相当久远的历史。本节就重点分析一下中西翻译理论。

一、中国翻译理论研究

中国的历史悠久,其翻译理论的发展也是源远流长的。中国当代的翻译理论既有传统理论的延伸,也有西方理论的借鉴,但是中国的翻译理论有着深刻历史的烙印,因此其民族特色也非常鲜明。下面就从传统翻译理论与近现代翻译理论两个角度系统介绍一下中国的主要翻译理论。

(一)传统翻译理论

传统的翻译理论起源于佛经,佛经翻译在我国翻译历史上意义非凡,这不仅在语言上有所体现,在文学上也有体现。著名文学评论家瞿秋白在他的《再论翻译》一文中明确提到,"佛经的翻译在我国文化历史上功劳巨大,这主要体现在:佛经的翻译是运用自己简单的语言对其他国家复杂的梵文进行传达的过程;佛经的翻译昭示着白话运动的开端。"

佛教是西汉末年传入中国的,随后佛教开始在中国传播开来。起初,佛经的翻译是"文丽"和"质朴"两大派的纷争,其中"文丽"派主张通过修饰译文来使文本更加通顺;而"质朴"派主张译文要实现与原文的对等,不仅要与主题相对应,还不应该随意增减词语。事实上,这与今天的意译与直译手段比较接近。到了元明清之后,出现了很多自然科学、医学等领域的翻译。下面就介绍几位传统翻译理论家及其观点。

1. 支谦

支谦是三国时期佛经翻译家,本月氏人,是同族学者支亮的徒弟。

从公元222年到254年，支谦收集了多种原本与译本，对译本进行修正，对原本进行翻译和补充，尤其对支谶的《道行》以及《首楞严》等进行重新翻译。

支谦精通六国语言，有着丰富的翻译著作，在翻译的过程中总结经验，切磋翻译技巧，涉及翻译的美学问题、翻译的哲学本质问题、文与质的问题。在翻译时，支谦并没有采用音译技巧，而是比较彻底地采用意译。虽然他的作品努力迎合汉人的口味，但是一定程度上损害了源语文本的忠实性。也就是说，支谦对译作过分地追求完美，那么就必然会远离原作的特色，这也遭到了之后很多翻译理论家的批评。但是不得不说的是，他的翻译风格对于后世来讲有着重要意义，因此也在一定程度上大大地普及了佛教。

2. 玄奘

玄奘，又称"三藏法师"，是唐代著名的翻译理论家。公元629年，他去印度求取佛法，回国后带回了很多经典梵文，并投入翻译梵文经典的事业中。

玄奘主持的译场，在组织方面比较健全，阵容也比较强大，专门负责翻译的主要有参译、译注、笔受、证文等。由于玄奘对佛理和梵文都比较精通，而且有着极好的文笔，因此在翻译时几乎出口成章，只要用文字记录下来即可。

玄奘的译文焦点在于"达意"，他最擅长运用文字来将义理进行融化。简单来说，就是运用一家的言论将整个文本进行贯穿，并对以前比较晦涩的文本进行重新翻译。在翻译理论上，主要运用了补充法、变位法、省略法、假借法、分合法等方法。总之，玄奘的翻译质量比较高，而且运用的翻译技巧也比较灵活，努力追求内容与形式的统一，因此被后世很多翻译理论家效仿。

另外，玄奘对佛经的翻译是极其认真的，他为了保证翻译技巧的整体性，提出了"五不翻"的翻译原则。"五不翻"的翻译原则主要包含以下五个层面：(1)秘密故。在经书中，有很多佛学的秘密语,如诸陀罗尼,这些词语比较微妙,因此翻译时以音译为主。(2)多义故。佛经中有些词语是多义词,如"薄伽梵"这一词语具有名称、自在、吉祥、端严、尊贵等意义,因此翻译时不可随意地选择其中的一个意义进行翻译。(3)顺古故。在翻译如"阿耨多罗三藐三菩提"等词语时,由于从汉代开始,各个翻译家都采用音译法,因此应予以保留。(4)无此故。经书中如"阎浮树"等原产于印度,在我国并不存在,因此翻译时多采用音译。(5)生善故。在翻译"释迦牟尼""般若"等词汇的时候,不要采用意译法将其翻译为能仁、智慧等,应采用音译。玄奘的这一原则在我国翻译史上具有重要的地位,对我国翻译事业的发展起着积极的推动作用。

3. 鸠摩罗什

鸠摩罗什是我国古代南北朝时期著名的译经大师。他翻译的著作比较多,有《摩诃般若波罗蜜多心经》《妙法莲华经》《维摩诘经》《阿弥陀经》《金刚经》等。

鸠摩罗什并没有借用玄学名词来进行翻译,而大多通过创造佛教专用名词进行翻译。这样的翻译就会让译文更加忠实于原文。同时,他主张译文应该署名,这样才能保证对译文负责任。在翻译文体上,他对过去朴拙的文风进行更改,创造出一种外来语与汉语相融合的文体风格,这不仅是对原文旨意的传达,更重要的是对文笔的洗练,对于中国的翻译理论研究而言有着很高的文学价值。

此外,他主要采用意译的翻译技巧,他指出经书一般都词句华丽,很多都可以吟唱。他认为,经书如果直译成汉语之后就会丧失其美感,虽然保留了原意,但是文体风格却相差很远,因此他主张采用意译的技巧,将佛经原文的文体风格展现给汉语读者。

4. 魏象乾

魏象乾在清代雍正、乾隆年间曾担任专业翻译工作,尤其是从事汉文译为满文的工作。

魏象乾对翻译的相关问题是非常有见地的,如翻译的原则、翻译的标准以及初学者如何入门等问题。同时,他将汉满文字翻译经验总结为《繙清说》一文,该文可以说是我国最早的、由内部出版的翻译研究单篇专著。

在《繙清说》一文中,魏象乾对翻译的标准做了论述,他认为好的翻译应该对源语文本的意思有一个清晰的了解,进而在保留源语风格的基础上运用自己的语言传达出来,但是要注意不能增减词语,也不能断章取义或者任意颠倒源语顺序。同时,他还指出在汉满专著中,《资治通鉴》和《四书注》两本书是初学翻译者的范本。

(二)近现代翻译理论

随着对翻译理论的不断研究以及国外翻译理论的引入,近现代的翻译理论更具多元化。归纳起来主要有严复的"信达雅"理论、鲁迅的"信顺说"、郭沫若的"翻译创作论"、林语堂的"翻译美学论"、茅盾的"意境论"、傅雷的"神似说"、钱钟书的"化境说"、朱光潜的"哲学翻译论"、焦菊隐的"整体论"等。这些理论对于我国的翻译理论发展有着十分重要的意义。但是限于篇幅,下面仅介绍其中几位理论家及其思想。

1. 严复的"信达雅"

严复是近代对后世影响最大的翻译家。严复的翻译理论主要有两大项:一是书要精心选择;二是要明确翻译标准。严复在他的《天演论译例言》一书中指出,"译事三难,信、达、雅。"这就是严复的"信、达、雅"翻译标准,并且指出三者是不可分割的,应该融合为一体。具体来说,要求做到以下三点:

(1)以"信"为基础和前提。"信"是对原文的忠实。之前笔者对翻译进行界定时明确指出,翻译就是在对原文理解的基础上,运用另外一种语言将源语的信息再现出来,因此译者是源语与译入语贯穿的桥梁。要想保证"信",就要求译者对源语的风格、思想、韵味、感情等有一个清楚的了解，使得译入语在这些层面能够达到与源语对等。另外，源语中一般蕴含着深层含义，译者也应该将这些深层含义展现给读者，这是深层次的"信"。

（2）以"达"为目的。"达"是要求译者能够将源语的内容与思想传达出来。从奈达的定义中可知，翻译是用最贴近、最自然的语言将源语的意义和风格呈现出来。但是，由于中西方风俗习惯、历史传统、文化背景、宗教信仰、价值观念等方面的差异性，因此就要求译者能够通过处理源语形式，运用译入语读者能够理解的形式和语言传达出来，避免语言的晦涩。其中的调整就是"达"的基础内容。

（3）以"雅"为修饰。"雅"是与"信"和"达"相关联的，即运用恰当、精美的词句对翻译的文章进行修饰。因此，"雅"是为了传达比与词句对等更高层次的东西，即将源语中作者的心智特点及其作品的精神风貌传达出来。

2. 郭沫若的"翻译创作论"

郭沫若是中国著名的诗人、文学家、翻译家，他在翻译上的建树也颇多，尤其体现在对海涅、泰戈尔等人诗歌的翻译上。

郭沫若认为，"好的翻译等于创作，甚至可以超过创作。"在郭沫若看来，翻译这项工作非常艰苦，但是非常重要。也就是说，翻译并不是平庸的。翻译与创作相比来说，原作是需要作者有足够的生活体验，而翻译有时不仅需要领略原作作者的生活，还需要超越原作作者的生活体验，因为翻译工作者不仅仅需要了解源语国家的语言，还需要了解译入语国家的语言，很明显这一难度是超越作者的。

总之，翻译是一种艺术，且这一艺术具有创造性。郭沫若在他翻译的作品中证明了这一点，即不仅将源语的内容、风格、精神风貌等展现出来，还在此基础上进行创造。

3. 朱光潜的"哲学翻译论"

朱光潜是我国著名的文艺理论家、美学家、翻译家。他热衷于翻译工作,尤其是对马克思经典著作、西方文艺理论家的代表作等翻译较多,成为中西方文化沟通的先驱者。

朱光潜从哲学的角度对翻译问题进行论述,这对于中国的翻译理论发展有着重要作用。他运用"两分法"的思想来探讨严复的"信、达、雅"问题,并指出在三者中"信"是第一位的,且绝对的"信"是不存在的,只能保证对原文整体的"信"。

另外,朱光潜对截然区分直译与意译是极其反对的,认为理想的翻译应该是"文从字顺"的直译,即用词恰当妥帖、语句通顺地表达源语作者的思想。同时,他还指出翻译具有创造性,如果翻译一首诗歌,那么译者本人也应该是一位诗人。

4. 傅雷的"神似说"

傅雷曾说文学翻译应该像临画一样,不求形似,而求神似。神似有两方面的意思:
(1)尽力传达出原作的基本内容和意趣。
(2)最大限度地再现原作的风格和神韵。

傅雷强调文学翻译中再现原作的风格和神韵,他曾在写给罗新璋的信中指出:"译事虽近舌人,要以艺术修养为根本。文学的翻译本质就在于一个资深的创造性,翻译的克隆就是一种完全的复制,若一种东西能够靠复制得来,那么它也就没有多大的价值。"①

5. 钱钟书的"化境说"

钱钟书认为"化"是文学翻译的最高准则:译文中没有生搬硬套的痕迹,原作中的原汁原味也能够得到保持,这就称得上是"化境"。"化境说"一有"无痕",二有"存味"。译者能够不被原作的思想内容和语言风格束缚,又能够完好无损地融入译入语的语言框架内,而译入语依然能够生动鲜活,不呆板。

---

① 转引自尹筠杉. 浅谈文学翻译的"再创造"艺术——以英译汉经典诗歌翻译为例[D]. 黄石:湖北师范学院,2014:4.

钱钟书的"化境说"与傅雷的"神似说"是一脉相承的关系,前者将后者推向了新的高度。

6. 许渊冲的"美化之艺术"

许渊冲从文学翻译再创造的角度出发,提出了"美化之艺术"。"美"包括音美、形美、意美,"化"包括等化、深化和浅化,"之"是知之、好之、乐之。"知之"是说译者没有语言上的障碍;"好之"是说译者将翻译当作一种爱好;"乐之"是说翻译能带来很多乐趣。"艺术"主张译者要充分发挥自身的创造性。

许渊冲的文学翻译理论是从美学的角度探讨文学翻译的审美价值和活力,很大程度上受到了王国维的"三境界说"的影响。

7. 茅盾的"意境论"

茅盾的翻译思想主要体现在对现代文学翻译的批评上。

(1)"神韵"与"形貌"文学翻译批评理论。在现代文学翻译的批评活动中,茅盾继承了传统文学翻译理论的精华,创设了"神韵"与"形貌"的文学翻译批评理论,对之后的文学翻译及文学翻译批评产生了深远意义。严复的"信、达、雅"是传统翻译批评的标准模式之一,在晚晴时期有巨大的影响,但是从整个翻译实践过程来说,译者与翻译批评之间仍缺少互动,翻译批评也并不能起到指导实践的实际作用。随着新文化运动的开展,文学翻译再度掀起高潮,这也带动了文学翻译批评的新发展。

茅盾认为,文学可以改变社会,文学翻译的目的不仅是为了介绍他国的文学艺术,同时也是为了介绍他国的思想。在翻译外国文学时,茅盾结合当时"直译"与"意译"一边倒的错误批评倾向,从中国特色实际出发,提出了"神韵"和"形貌"的辩证批评理论。他论述道:"有时候译者过多注意'神韵',往往忽视'形貌',而多注意'形貌',又往往忽视了'神韵'。事实上,从理论上来说,二者是相辅相成的,单字和句调是构成'形貌'的要素,而这二者也构成了原作的'神韵'。"

第一章 翻译理论

总之,"神韵"和"形貌"是对"直译"一边倒批评理论的补充和完善,茅盾的思想摆脱了传统批评的束缚,为文学翻译批评指明了新的方向。

(2)文学翻译与文学创作同等重要。茅盾多次撰文论述"翻译和临摹是一样的,与创作家是无可比拟的,翻译是'媒婆',而创作是'处女'"的观点,并提出了文学翻译与文学创作是同等重要的主张。他这样写道:①

翻译的困难,实在不下于创作,或且难过创作。已经这样彻底咀嚼了原作了,于是第二,尚须译者自己具有表达原作风格的一副笔墨。

大凡从事翻译的人,或许和创作家一样,要经过两个阶段。最初是觉得译事易为,译过了几本书,这才译出滋味来,译事实不易为了。还有,假如原作是一本名著,那么,读第一遍时,每每觉得译起来不难,可是再读一遍,就觉得难了,读过三遍四遍,就不敢下笔翻译。为的是愈精读,愈多领会到原作的好处,自然愈感到译起来不容易。

可见,茅盾先生及时纠正了有些学者对翻译的消极看法,这一理论不仅指明了文学翻译批评健康发展的方向,同时也为文学的发展打开了世界之窗。

8. 焦菊隐的"整体论"

焦菊隐一生主要致力于世界文学名著以及外国戏剧的翻译,他提出,翻译要坚持"整体论"的翻译思想,即要整体理解和传达原作的思想。同时,他又认为语篇是翻译的单位,在翻译过程中,语篇是相对独立的。语篇翻译的核心理论包含两个方面,即"段本位"思想以及"篇本位"思想。他的"整体论"思想为中国翻译思想开辟了新的道路。

焦菊隐指出,译者要把握"整体"这一概念。有些译者在理解

---

① 高华丽. 中外翻译简史[M]. 杭州:浙江大学出版社,2009:144.

原作时,每一句都能读得懂,但当全段或全篇读完时,反而不知道作者想要表达的是什么。当读者按照原文与译文进行对照的时候,可能任何一句的翻译都没有问题。之所以会出现这样的情况,就是因为译者没有先从整体上抓住原文的中心思想和主旨大意,也不了解字群的关系是为整体的思想与感情服务的,他们只是孤立地了解单个句子或者单个段落,孤立翻译某一个句子和某一段。所以,焦菊隐强调译者必须完全将自己置于原文的思想和情感的整体中,将这些思想和情感融化在自己的血肉里,只有从这个整体出发去理解每一句、每一段,并且顾及每一句的重心、每一段的重心,才有可能将全段乃至全篇文章有机地连贯起来,活跃起来。

二、西方翻译理论研究

西方的翻译理论历史也是非常久远的,最早可以追溯到古罗马时期。西方翻译理论的研究经历了从"母"体系转向"子"体系的过程,内容非常广泛。下面就从传统翻译理论与近现代翻译理论两个层面进行分析,并简单介绍 些主要的翻译者及其理论。

(一)传统翻译理论

在西方传统的翻译理论研究中,思想界的思辨色彩非常浓厚。很多理论家运用哲学的思辨理论,对所研究的内容进行论证和评估,最终形成宏观的翻译原则。下面就介绍几位传统的翻译理论家及其著名理论。

1. 西塞罗的翻译论

西塞罗(Cicero)是古罗马共和国末期著名的哲学家、政治家,也是最早的翻译理论家。他翻译过很多古希腊的专著,涉及很多领域,如哲学、政治学、文学等。因此,他的翻译理论往往是从他自身的翻译实践中得来的。

西塞罗在他的《论善与恶之定义》与《论最优秀的演说家》这两部专著中阐述了自己的翻译理论观点。这两部著作并不是专门论述翻译的,但是其中很多精辟的观点不断影响着后世的翻译工作。在《论善与恶之定义》一书中,作者提出翻译需要灵活运用技巧,在选词上要与译入语读者的语言相符合,从而更能感动译入语读者;在《论最优秀的演说家》一书中,作者阐述了直译与意译两种翻译技巧的区分,这成为西方翻译理论起源的标志性语言。

可见,西塞罗是西方翻译史上的第一位理论家,他提出的两种翻译方法,解释了翻译形式与翻译内容的关系、译作与原作的关系等问题,这些都对西方翻译史意义巨大,不断影响着后世的翻译者。

2. 哲罗姆的翻译论

哲罗姆(Jerome)是一位罗马教父,从小受基督教育,对希腊语、希伯来语非常精通,这为他以后的翻译工作奠定了基础。

由于受基督教的影响,他的翻译主要是围绕《圣经》展开的,并且他的翻译取得了巨大成功。他对拉丁文《圣经》中的一些混乱现象进行了纠正,使得拉丁语版的《圣经》向标准化的方向发展。哲罗姆的《圣经》翻译逐渐成为被罗马天主教认可的译本,为后世将《圣经》翻译成其他语言奠定了基础。

在对《圣经》进行翻译中,哲罗姆总结了很多翻译理论,主要可以归结为三点。第一,译者要灵活进行翻译,不能仅仅限制在某字某词上,尤其对于一些可以进行适当更改的世俗作品,译者可以根据需要进行适当更改,以保证译作的完美。第二,译者要区别对待宗教文本与文学文本,前者往往一般要直译,而不会采用意译,因为意译会损害宗教文本的深层含义;后者往往一般采用译入语读者理解的方式,即意译为主。第三,译者要保证译入语能够被正确理解。

3. 泰特勒的"三原则"

泰特勒(Alexander F. Tytler)是苏格兰著名的翻译家,他的翻译理论主要是"三原则",这在《论翻译原则》一书中有明确体现。泰特勒的"三原则"主要包含以下三点:(1)翻译应传达出原作的思想;(2)翻译风格和笔调在性质上应与原作保持一致;(3)翻译应具有流畅性。

"三原则"是总述,下面还包含若干细则。同时,泰特勒指出如果要想保证对原作的忠实,就必然会使风格与笔调发生改变,但是无论在任何时候都不能使译文的思想与原作相偏离,也不能为了保证流畅和优雅而丧失原作的思想和笔调。因此,在泰特勒看来,他的三项原则是具有层次性的,其中第一条原则是最主要的。

此外,泰特勒对习语的翻译也做了重点论述,他认为习语在语言中是比较特殊的,也是翻译中比较困难的问题。在对习语进行翻译时,译者应该避免使用与源语时代不符的习语,但是又由于很难找到与源语对等的词语,因此不能采用直译法,而尽量采用一些简单易懂的语言进行翻译。

4. 路德的翻译论

马丁·路德(Martin Luther)是德国著名的辩论家、社会学家、翻译家。他运用通俗易懂的手法对《圣经》进行翻译,这个版本被后人认为是大众的译本,对西方翻译理论研究有着重要意义。同时,路德的翻译作品对统一德语语言进行宗教改革、发展德国文学与语言也意义非凡。

一般来说,路德的翻译理论可以归结为以下五点:
(1)翻译必须要集合广泛的意见。
(2)翻译需要将语法知识与意义相关联。
(3)翻译时要尽量保证大众化,即使用大众熟悉的语言。
(4)翻译时应将源语放在首位,要尽量采用意译的手段来使译入语读者能够读懂译文。

(5)翻译时应坚持七条原则:

①对原文的词序可以进行更改。

②对语气助词可以进行合理利用。

③对连词可适当增补。

④对在译文中无法找到对等形式的原文词语可以省略。

⑤对个别词可以用词组进行翻译。

⑥对比喻用法可以译成非比喻用法,反之也可。

⑦对文字的变异形式和解释的准确与否应多加注意。[①]

5. 洪堡的翻译论

洪堡(Wilhelm von Humboldt)是德国著名的教育改革家、哲学家、翻译家,他对西方翻译理论研究也做出了重大贡献。

洪堡从历史哲学、语言哲学的角度出发,提出人性发展是极其重要的,因此对教育教学中的自由理论是非常推崇的。同时,他还认为语言与思维、精神等密切相关,语言决定着思想文化。

他将这一哲学理论应用到翻译研究中,认为可译性与不可译性二者是辩证的关系。虽然不同语言之间存在着明显的差异,而且这些差异给翻译造成了一定的障碍,但是不同语言间的翻译也是有可能的,并且翻译对于传播和丰富民族文化也有重要作用。

在翻译原则问题上,洪堡认为翻译的首要原则应该是忠实,但是这里的忠实主要强调的是对原文特点的忠实。

(二)近现代翻译理论

到了近现代时期,西方翻译界出现了很多翻译理论家,他们从语言学、文化学、社会学等视角对翻译进行研究,并形成了自己的翻译理论。

---

① 高华丽. 中外翻译简史[M]. 杭州:浙江大学出版社,2009:222.

1. 雅各布逊的"等值翻译论"

雅各布逊(Roman Jakobson)是美国著名的语言学家,也是布拉格学派的代表人物。他的翻译理论思想主要体现在《论翻译的语言学问题》一文中,该文从语言学的角度对语言与翻译的关系、翻译的意义与问题等进行了分析和探讨。该文被认为是翻译理论研究的经典著作。其中主要探讨了以下几个层面的问题:

(1)从语言符号的角度看待翻译问题。根据符号学,雅各布逊认为只有理解了意义,人们才能理解词语。在雅各布逊看来,词的意义与符号密切相关,因此翻译是将一种语言符号的意义转化成另外一种语言符号的意义。

(2)从语言符号的角度来划分翻译。根据符号学,翻译可以划分为语内翻译、语际翻译及符际翻译三大类。其中语内翻译是针对同一语言,运用一些语言符号对另外一些语言符号进行解释;语际翻译是针对两种语言,运用一种语言符号对另外一种语言符号进行解释;符际翻译是运用非语言符号系统对语言符号进行解释,或者相反。

(3)确切的翻译是由信息等值决定的。在雅各布逊看来,翻译往往会涉及两种语言的对等信息。就语内翻译而言,是一个语符单位被另一种语符单位所替代,翻译某一个单词可以采用两种方式,一是使用同义词,二是使用迂回表示法。但是需要指出的是,同义词往往并不完全对等。就语际翻译而言,符号与符号也不可能完全对等,因此就需要运用一种语言的语符对更大一级的单位进行替代。可见,雅各布逊认为翻译涉及信息与价值两个层面。

(4)坚持语言共性论。雅各布逊认为,所有的语言都有着等同的表达能力。因此,如果语言中存在词汇空缺问题,那么人们可以采用多种方式对词汇进行扩展与修饰,如语义转移法、借词法等。如果译入语中不存在某些语法范畴,译者可以借用其他词汇形式将其意义进行传递。

第一章 翻译理论

2. 纽马克的"关联翻译论"

彼得·纽马克(Peter Newmark)是英国著名的翻译教育家、理论家。在奈达等人翻译理论的启发下,纽马克将现代语言学的研究成果、跨文化交际理论运用到翻译研究之中,形成了自己的独到见解。

纽马克在他的《翻译问题探索》一书中,提出了语义翻译与交际翻译两个理论。其中前者指的是译者受译入语句法与语义的限制,试图将源语作者的准确语境再现出来的翻译;后者指的是译者尽可能地在译入语中将源语读者相同的感受再现出来,使译入语读者收获与源语读者相同的感受。

从上述二者的定义中不难看出,语义翻译与交际翻译的区别在于:前者在译入语结构允许的情况下尽可能地将源语的意义和语境再现出来,而后者尽可能使译入语文本产生与源语文本相同的效果。二者貌似水火不容,其实不然。对于同一语篇而言,可以有的部分采用语义翻译,有的部分采用交际翻译,二者实现互为补充、相辅相成的目的。

可见,语义翻译与交际翻译是纽马克翻译理论的核心内容,也是其理论中最有特色的部分。但是,这两个理论存在着一些不足,因此纽马克对其进行改进,提出了一个综合性的概念,即"关联翻译法",这一理论的提出标志着纽马克的理论更加完善和成熟。

此外,纽马克将文本功能分为六种,即表情功能、信息功能、呼唤功能、审美功能、寒暄功能、元语言功能,进一步完善了文本的功能分析。

3. 巴斯奈特的"文化翻译观"

苏珊·巴斯奈特(Susan Bassnett)是文化学翻译理论的重要代表。她明确指出翻译就是两种文化的交流与沟通,而要想实现翻译的等值,就是要实现两种文化的等值。

巴斯奈特的"文化翻译观"主要可以归结为以下几点：

(1)应以文化作为翻译单位。翻译这项活动不能仅仅限于语篇层面，而应该以文化为基点。因为，文化交流是翻译活动的实质，源语文本往往是该作者及作者所在民族文化的反映。在巴斯奈特看来，翻译往往包含两大类：一种是文化内翻译，一种是文化间翻译。而无论是哪一种，都应该以文化为单位，以文化作为目标。

(2)应注重源语文本在译入语文化中的功能对等。很多人认为，翻译是对源语文本进行描述，并用译入语表达的过程。事实上，除了对源语文本进行描述，还应该注重源语文本与译入语文化的功能对等。她在《翻译、历史与文化》一书中指出，译入语文本在文化中的功能应该保持与源语文本在源语文化中的功能的一致性，这样才能实现翻译的功能对等。翻译是一个动态的过程，源语文本的功能往往会受文化语境的影响，这就要求源语文本的文化应该在译入语文本中得到体现，实现对等的效果。

(3)应满足不同的需要。受历史变迁的影响，翻译的原则、翻译的规范也会发生改变，因此翻译的目标应该不断满足不同文化中群体的需要。

4. 韦努蒂的"文化翻译观"

劳伦斯·韦努蒂(Lawrence Venuti)是20世纪末期美国著名的翻译理论家，也是最有影响力、最活跃的文化学派的代表人物。他不仅擅长翻译，也擅长文学翻译实践。

在韦努蒂看来，翻译的主要目的是为了能够在译入语文本中将其与源语文本的文化差异展现出来，而不是尽可能地消除异族特征。因此，译者在翻译时不能是隐身的、无形的，而应该是可见的、有形的。

对于翻译策略，韦努蒂主张采用异化策略，即译文应将源语文本的风貌和异国情调展现出来，这样才能使译入语读者获得与源语读者相同的感受。他还指出，如果采用归化策略，那么翻译过程就成了一个改造过程,即译者完全依照译入语文化的意识形态和创作规范进行翻译。那么,译入语文本读起来和用自己本族语创作的作品没有差别,而不像是一个异族作品。

另外,韦努蒂还指出异化策略对于抑制由于民族中心主义而篡改源语文本有很好的作用,尤其是在当今处于强势地位的英美语言环境中,异化翻译可以成为抵御民族中心主义和种族主义的一种有效途径,对民主的地缘政治关系具有很好的维护作用。

相比较异化策略,归化策略是以译者自身的文化作为中心,对异族文化的处理方式往往是以自身文化为主,其实这是一种明显的"文化侵略"现象。

根据上述分析可知,韦努蒂认为,归化和异化并不仅仅是简单的翻译方面的问题,而是将其置于社会政治、文化以及历史的范畴中加以考察。

第三节 翻译的可译性与不可译性

在翻译理论中,可译性与不可译性是一直受争论的话题。本节就对这一话题展开具体的分析和探讨。

一、可译性与不可译性概述

对于可译性与不可译性的问题,首先需要弄清楚二者的概念。下面就对其概念进行分析和探讨。

(一)可译性概述

所谓可译性,是指翻译时对源语的可译程度。[①] 本质上讲,可译性并非指的是一种语言能否被翻译成另外一种语言,而指的是

---

① 刘宓庆.现代翻译理论[M].南昌:江西教育出版社,1990:50.

一种语言中的精神、思想、内容等能否被翻译成另一种语言。对于可译性这一问题,很多学者进行过论述和探讨。

著名的语言学家、哲学家洪堡是研究可译性第一人,他从语言哲学的角度进行研究,并且使可译性问题逐渐进入了研究的焦点。洪堡认为,虽然不同民族有着不同的宗教信仰、生活习惯、价值观念,但是他们对使用不同的语言来表达情感和思想的观念是相通的,或者更大程度上彼此是可以相互理解的。这是因为,在本质上语言是统一的。同时,他还认为,语言的个别化与普遍性二者能够协调共处,以至于人们形成了两种理论:一是整个人类只有一种语言;二是每个人都拥有一种特殊的语言。但是不得不说的是,虽然语言具有统一性,但语言也有着特殊性,即在表达同一事物时,不同的民族、不同的国家会呈现出不同的特点。因此,语言的统一性是两种语言翻译可译性的前提,而语言的特殊性又划定和限制了可译性的范围。

在我国,对于可译性的问题不少学者也做了很多的研究。

东晋时期的佛教学者道安在《摩诃钵罗若波罗密经钞序》中提出了"五失本"的理论,这一理论指的是容易使译文丧失本来面目的五种情况。因此,为了能够让读者理解和满意,译者就需要对译文进行修饰。但是,虽然这样的翻译比较困难,但是也是可译的。

著名学者贺麟(1984)从哲学的角度对可译性的问题进行了探讨,并且得到了众多学者的认同。他运用哲学的思维从翻译现象来对可译性的本质进行探析,并且运用心理学的思想对其进行验证。他指出,心同理同的部分是文化创造的源泉,也是人类的本性特征,因此这一部分也是翻译的部分,即可以运用无限多的语言来对其进行表达和发挥。

从上面的定义中不难发现,对于可译性这一问题的论述往往会涉及限度的问题。

(二)不可译性概述

所谓不可译性,是指翻译中存在限度问题。语言与文化是紧密相关的,语言是文化的载体,如果没有语言,那么文化也不能存在。

卡特福德在他的《翻译的语言学理论》一书中指出,可译性是有限度的,即不可译,其主要包含语言的不可译与文化的不可译两种情况。

奈达也曾指出,翻译是可能的,也是不可能的。而他所谓的不可能说的就是翻译的不可译现象。

意大利著名文学批评家克罗齐对翻译的不可译现象表达得更为明确,他将翻译与女人作比较,认为"忠实的不漂亮,漂亮的不忠实",这一论调不仅完全将翻译的形式与内容进行对立,还将通顺与忠实对立起来。

唐代的玄奘经过大量的翻译实践也认识到翻译的限度问题,并明确提出了"五不翻"原则。这在前面已经有所论述,这里就不再赘述。

不同语言、不同文化存在着明显的差异,而这些差异性的存在必然会影响民族间的交流,这时候翻译就成为交流的必要手段,但是翻译中的一大难点就是源语文化中相对于译入语文化的差异性的翻译问题,简单来说就是社会距离的问题。社会距离越大,翻译的难度也必然会增大,这就导致了很多不可译问题的出现。

二、可译性与不可译性的理据

翻译的可译性与不可译性都有其存在的理据。下面就对这些理据进行探讨和说明。

(一)可译性的理据

简单来说,翻译的可译性就是指译者可以实现原文的对等翻译。对于语言的可译性,可以从以下几个层面进行论证:

1. 人类思维在"概念、逻辑、情景"三个范畴具有同一性

由于人类思维在上述三个范畴具有同一性,因此当根据概念来构建一个能够传达完整思想的句子时,不同的语言也往往会呈现一个大体上相同的模式,因此语言之间存在着可译性的成分。例如:

敌人与歼灭

对于这两个概念,当将其设置到同一逻辑或者同一情景中,英语与汉语的句子形式呈现了同一的模式,即可以表达为:

The enemies were wiped out.

敌人被歼灭了。

有时候,一些不同的语言概念也往往可以在译入语中找到与之等值的成分。例如:

一箭双雕

沧海一粟

对于上述这两个成语的翻译,可以直接进行字对字的翻译,即翻译成 kill two birds with one stone 和 a drop in the ocean。可见,两句话含义基本一致,属于对等成分,可以实现翻译的等值,即可译性。

2. 人类存在共同的经验体会与表达形式

现代的很多语言学家认为,依据翻译原则,人们可以用语言传达任何东西。同时,对于语言的可译性,我们可以从语言和言语的二分法上找到理论依据,这是因为语言体系并不是所要翻译的内容,而是言语。对于英汉两种语言来说,二者在词组、句子这两个方面完全对等是不可能的,但是却可以找到很多相似对等,即可以说是几乎对等的成分。例如:

One boy is a boy, two boys half a boy, three boys no boy.

一个和尚挑水吃,两个和尚抬水吃,三个和尚没水吃。

该例句中,很明显原文中并没有涉及"水"这个词,也没有提

及"和尚",而是用的 boy(男孩)一词,但是对其进行翻译时,理应翻译成上述译文,这是因为英汉语中这两个句子的意思是几乎对等的,因此可以进行意译。而且,这样的翻译也容易让汉语读者理解和把握。再如:

to rain cats and dogs

下倾盆大雨

上例英语原文,很明显提到了猫(cats)和狗(dogs),但是翻译时并没有明确表述,而是对其进行了比喻,把猫比喻成"暴雨",将狗比喻成"强风",将其翻译成"下倾盆大雨"符合原文的寓意,因此这样的翻译既符合原文,又易于读者接受,实现了与原文的对等。

3. 一些孤立的不可译单词放置于语篇中

很多语言学家认为,一些孤立的单词是无法进行翻译的,但是如果将这些孤立的单词放置于语篇之中,就会变成可译的。很多译者在进行翻译时,往往不会考虑将其放在语篇中,通过上下文来理解其含义。例如:

该少管的要少管

对于这一句子,很多人认为其含义是不要让自己卷入那些与自己无关的事情中,或者理解为事情还是由它去的好。但是事实上,将这一句子放置于一个控制犯罪的文章中,其意义就是"无论对于哪个值得管教的少年犯,我们都应该进行少年犯罪控制",因此这里的"少"指的是"少年犯",管指的是"管教"。所以,要想对这一句子理解并翻译正确,就必须理解上下文的意义,也正是在有上下文的语篇中,这些词语、句子才能实现可译性。

(二)不可译性的理据

如前所述,卡特福德将不可译现象归结为两大类:语言的不可译与文化的不可译。下面逐一进行说明。

1. 语言的不可译

语言层面的不可译主要体现在语音、字形、词汇、句法、文体风格上。

(1)语音上的不可译

任何语言都有其自身的语音系统,而且不能被别的语言取代。在语音上,英汉两种语言的语音规律存在着明显的差异,甚至某些语音现象在另一种语言中找不到相对应的形式,因此就很容易导致语言的不可译。

从语音层面上来说,英语是集单音节、多音节、双音节为一体的语言,它一般没有汉语那种整齐,并且英语中没有声调,只有语调的变化,而且这种变化一般比较简单。相比之下,汉语是单音节语言,因此其往往整齐对仗、平仄有序,同时汉语中也有声调的变化,并且复杂多变,这是汉语的音韵特点。

因此,如果将汉语中整齐工整的诗词翻译成英语,试图在英语中也找到类似的押韵语句几乎是不可能的,即使有些可以实现,也是在省略或者增加辅助性的词语的基础上实现的,这也就丧失了原文的含义。

另外,口音、方言的翻译也是翻译中的一大难题,因为口音、方言具有鲜明的地方色彩,在文学作品中也常常可以体现出来,同时也常常通过这些发音来凸显其中的文化素养,如果想在英语中找出对应的手法也是非常困难的。例如:

东边日出西边雨,

道是无晴却有晴。

The west is veiled in rain, the east enjoys sunshine; my gallant is as deep in love as day is fine.

原文中,"晴"是"情"的谐音双关,但是下面的译文明显没有将这一双关的修辞体现出来。再如:

吃葡萄不吐葡萄皮,

不吃葡萄倒吐葡萄皮。

Don't spit out the skin when you eat grapes, and spit out the skin if you don't eat grapes.

原文是汉语中尽人皆知的绕口令,下面的翻译虽然翻译出了原文的内容,但是很难让人理解,这样的句子怎么翻译都很难将原文的奥妙翻译出来,也很难让读者理解。

(2)字形上的不可译

英语是表音文字,而汉语是表意文字,因此两者在书写上存在着明显的差异,致使两者在字形上也存在着不可译。例如:

人曾为僧,人弗可以成佛。

该例运用的是一种拆字组句技巧,人与曾组成"僧",人与弗组成"佛",体现了汉字方块字的特色。但是如果对其进行转译是非常困难的,因为不管如何翻译,都很难保证汉语的字形特征。

此外,很多时候修辞效果与源语的语义也是很难同时保留的。例如:

Name no one man.

在该例中,no 和 one 的尾首字母是相同,并且从字母 o 向两侧展开,这是一种非常对称的回文修辞手法,但是如果想翻译成汉语,且要想保证语义对等,那么修辞对等就几乎不可能了。再如:

It was a splendid population—for all the slow, sleepy, sluggish-brained sloths stayed at home…

在该例句中,运用了五个以 s 开头的词押头韵,即 slow, sleepy, sluggish, sloths, stayed,这五个 s 的使用使得语音、字形、语义相结合,将作者对其的厌恶深刻地传达出来。但是,将其翻译成译入语就很难实现这种音、形、义的结合了。

(3)词汇上的不可译

在语言上,概念的载体就是词汇,概念往往会与某些经验相关。由于人们的思维方式、价值观念、风俗习惯等存在着差异性,他们的经验有些可能是相同的,也有些可能是不同的,这些不同的层面反映到语言上就会产生一些不对称的词汇。例如,bank

一词可以代表"银行",也可以代表"河岸",如果有明确的上下文,很多时候是可以将两者区分开的。但是,如果其歧义本身就是一个功能上的相关特征时,那么这一词就是不可译的。例如:

"Realize themselves, Amoeba dear", said Will; and Amoeba realized herself, and there was no small change but many checks on the bank where in the wild time grew and grew and grew.

这一段文字是关于变形虫(Amoeba)的,其中使用到了bank一词,但是这一词在文中的意思是将"银行"与"河岸"相结合,是双关语。但是,很明显这在汉语中是不可能实现的,不可能将其比作银行,又将其比作"河岸",二者是不可能合二为一的。

(4)句法上的不可译

英汉两种语言的句法结构存在着明显的差异。同时,由于英汉两种语言的亲缘关系较远,其差异反而就更大。英语中的连接通常需要依靠连接词,并且往往会附带一些从属成分,如定语、状语、补语、从句等。因此,英语的句法结构可以称之为"葡萄型"结构。与英语句法结构相比,汉语的句法结构往往比较短,并且往往是由一个短句接一个短句组成,其中不需要连接词,逐步进行展开。所以,汉语的句法结构可以称之为"竹竿型"结构。因此,在转换上,要想保证语义的对等,还能维持句型的结构,显然是不可能的。

(5)文体风格上的不可译

所谓文体,是指人们在写作中需要遵循的体裁格式。而风格是指人们在文体的基础上运用语言的不同特色。广泛地说,风格包含民族特征、各种体裁、时态特征、个人特征等。由于文体的风格主要是在语言特征上得以体现,因此也就产生了不可译的现象。

这里并不是说文体风格完全不可译,也存在可译的情况,但是其可译性的限度比较大,很多包含韵律、咬文嚼字、诗句等的文体方面的东西是很难进行转译的,因此这里就将其做不可译处理。现代主义作家欧文·豪(Irving Howe)在谈论艾·巴·辛格

(Isaac Bashevis Singer)的写作风格时,明确指出:"辛格具有能够将丰富的细节、紧凑的节奏融合为一体的能力,但是对于译者来说,如何保证文章结构的紧凑、行文步调的和谐、情节的浓缩等是非常苦难的。"例如:

寻寻觅觅,冷冷清清,凄凄惨惨戚戚。

I've a sense of something missing I must seek. Everything about me looks dismal and bleak. Nothing that gives me pleasure, I can find.

上文选自李清照的《声声慢》,可谓是家喻户晓的,开头使用七对叠字来表达作者的思想感情,并且感情也是步步深入,层层递进的,形成了一种艺术效果和文体风格。但是,译文虽然将源语的意义表达清晰,却明显感觉语句不自然,很难让读者产生与源语读者相同的感受。可见,在这种文体风格上来说是不可译的。

2. 文化的不可译

除了语言上存在不可译现象之外,在文化上也存在着不可译的情况。如前所述,语言是文化的反映,是文化信息的重要载体。文化中也包含着语言,同时对语言也有重要的影响。每一个国家、每一个民族都有自己的语言,而这些语言是该国家、民族文化的产物,有其自身悠久的文化内涵和历史背景。在具体的翻译实践过程中,由于在译入语中缺乏对应的语言符号,译者很难找到与之对应的语言符号,不得不创造一些新的符号来进行取代。但是这样会使得译入语失去了源语的文化内涵。这就是文化层面造成的不可译现象。具体来说,主要表现在以下几点:

(1)词汇空缺造成的不可译

在英汉两种语言中,有些词汇的概念意义对于本族语者来说是熟悉的,但是对于非本族语者来说是非常陌生的,因此非本族语者很难弄清楚其概念意义,更不用说其内涵意义了。这是因为这些词汇所传达的某些概念在非本族语者的民族文化中是不存在的。这就是所谓的"词汇空缺"。

在英汉两种语言中,"词汇空缺"的现象是很常见的。例如:

hippie 嬉皮士

这一词汇产生于1960年,是美国文化的特殊产物,指的是社会中的一些人群对社会存在着不满情绪,因此通过穿着奇装异服、留有披肩发、吸毒、酗酒等与众不同的形式进行生活。但是,这样类似的表达在汉语中是找不到对等表达的,将其翻译成"嬉皮士"只是传达了"嬉皮笑脸"含义,但是实际与源语所表达的内容并不符合,因为这类人表现的是对社会问题的态度,但是很明显不仅仅是"嬉皮笑脸"。

同样,汉语中也存在很多词语对于英语语言(国家)的人是非常陌生的。例如:

阴阳 Yin Yang

气功 qigong

其中"阴阳"一词源于道家学说,认为世界万物都是相生相克的,有着"阴"与"阳"两面;"气功"一词是中国的养生之法,这在《老子》《庄子》中都有记载。两个词对于西方人来说是非常难以理解的。这是因为中西方在价值观、哲学思想上存在着明显的差异,使这两个词很难在英语中找到与之对应的词汇。

再如,在表达亲属关系的系统中,对于"父母的孩子"这一说法,世界上都有与之对应的概念,但是却采用不同的词语,即不同民族有着不同具体化的概念,如英语中只有 sister 与 brother 来区分,而汉语中用"兄、弟、姐、妹"来区分。

在表达个人优点的系统中,英语中有 strong point 和 weak point 的说法,但是汉语中只有"弱点",并没有英语中的"强点"。

在表达运输工具的系统中,英语中的 vehicle 可以用来表达任何运输工具,但是汉语中要具体区分,如"车辆"仅限于地面上的车,不包含海上与天上的。

由此可见,任何一种语言的词汇系统中都存在着"词汇空缺"的情况,也正因此产生了不可译的现象。

(2)指称词语造成的不可译

指称词语的冲突主要体现在两个层面,一是语义文化的冲突,二是语用意义冲突。

首先,指称词语义文化的冲突指的是文化信息符号所蕴藏的文化内涵在进行语际层面的转换时发生的冲突。一般来说,可以将某一文化信息符号忠实地转换成另一种语言符号,即实现词语的相同的指称意义,但是其内涵意义却呈现某些不同或者完全相反的情况。例如:

泰山北斗 Mount Tai and the North Star

很明显,该例中,其指称意义实现了对应,但是却丧失了其所承载的语义信息。源语中的"泰山北斗"指的是一些德高望重的人,但是译文完全没有将其所固有的文化信息展现出来。再如:

望子成龙 to expect one's son to become a dragon

该例中,译文完全对其进行了直译,这对于中国读者而言,可能很容易理解,因为在中国人眼中,"龙"是尊贵、权力的化身,是中华民族的圣物,有着鲜明的文化色彩。但是,在西方人的眼中,dragon 是邪恶的化身,是一种怪兽。因此,直接将"龙"翻译成 dragon,很容易让西方读者产生误会。

其次,指称词语的语用意义冲突是指词语文化信息符号的语用意义在进行语际层面的转换时会产生冲突。例如:

《红楼梦》 *A Dream of Red Mansions*

怡红公子 red boy

怡红院 red lights

这些例子出自《红楼梦》,但是这样的翻译是不准确的。在中国人眼中,"红"代表着喜庆、昌盛,而在西方人眼中,"红"代表着暴力、危险,而与中国"红"相对的是 green,因此在翻译上述例句时,直接将《红楼梦》翻译成 *The Story of the Stone*,将"怡红公子"与"怡红院"分别译为 green boy 与 green lights。

三、不可译性转化成可译性的补偿手段

对于语言与文化两个层面的不可译性情况而言,一种可以从整体角度出发,不能仅限于语言与文化因素的本身,可以通过补偿手段来将单独不可译的内容整体翻译出来。其具体来讲,可以采用以下三种手段:音译、借用和转换位置。

(一)音译

一种语言中存在的词汇在另一种语言中无对应成分时,就会出现语义空白。在语义空白的情况下,原文语言与译文语言的差异最大。因此,直接从形式或语义入手比较棘手,而音译则被认为是较为可行的手段。特别是人名、地名以及一些表示概念的词。例如:

武术 wushu

磕头 ketou

荔枝 litchi

engine 引擎

motor 马达

sofa 沙发

(二)借用

两种语言中有些同义习语无论在内容、形式和色彩上都相符合,它们不但有相同的意思或隐义,而且有相同的或极相似的形象或比喻。翻译时如果遇到这种情况不妨直截了当地互相借用。例如:

隔墙有耳

与上例句对应,英语中有 walls have ears,两句字、义两合,借用恰当。再如:

火上浇油 to add fuel to the flame

A miss is as good as a mile.

失之毫厘,谬以千里。

(三)转换位置

转换位置是一种"整体补偿法"。对于源语中表示特有事物的词语,译文虽然不能实现语义或者色彩上的对等,但是译者可以借助一些大的范围来传达其语义与色彩。在这种情况下,译者可以根据上下文,从较高的层次上来进行翻译,寻求与源语的基本对等。这对于语言层面的不可译与文化层面的不可译都适用。例如:

Able was I ere I saw Elba.

上述例句是一个回文句,前后读意思顺序都一样。有位名家将其意译为:"不见棺材不落泪"。意思大抵相似,但没有了回文的趣味。而马红军先生译为:"落败孤岛孤败落"。可见,马红军先生的翻译形神兼备,堪称补偿法的典范。再如:

人曾是僧,人弗能成佛;女卑为婢,女又可称奴。

上例句中,台湾译界名人钱歌川认为此联"绝不能译"。30年后,北大教授许渊冲将其译为:"A Buddhist cannot bud into Buddha; A maiden may be made a housemaid."许渊冲先生当然是译意,不是译字,是神似,且大体形似、妙趣横生。

第二章 文学翻译概述

文学翻译是翻译中的一种特殊的"品种",其除了翻译原作的基本信息外,还要传达原作的艺术审美信息,是一种艺术实践。本章将探讨文学翻译的相关内容。

第一节 文学翻译的界定与性质

什么是文学翻译?它与非文学翻译有什么区别?与翻译文学又有哪些不同?它有哪些性质?本节将对文学翻译做出界定,并探讨其具有的性质。

一、文学翻译的界定

谈起文学翻译的界定,首先需要讨论什么是文学?所谓文学,就是一种运用语言媒介创造艺术形象、表达思想情感的审美类的社会意识形态。文学有三个基本要素,即真实(truth)、想象(imagination)和美(beauty)。只有具备了这三个要素,文学的价值才得以体现。康德认为,文学和美学有着密切的关系。文学是美好的,文学的各部分在协调统一中实现文学艺术作品本身或蕴含在其中的艺术。文学作品中的"情"能够给读者带来一种审美的享受,悲或喜,都能够引起读者的共鸣。文学是语言的艺术,尤其是纯文学表现出来的对美的向往和真的揭示,体现了文学的独特性。[1] 文学语言具有"诗的功能",体现了自身指向性。卡勒

---

[1] 尹笃杉.浅谈文学翻译的"再创造"艺术——以英译汉经典诗歌翻译为例[D].黄石:湖北师范学院,2014:3.

(Jonathan Culler)提出了关于文学的本质的五种观点(转引自彭建华,2012):

(1)文学是语言的"突出"。语言结构中的"文学性"使其体现出与其他目的的语言或作品不同的特点。

(2)文学对文本中的语言起着整合的作用。文学将文本中不同语言层面的多种要素和成分结合为一种密切而复杂的关系,使不同的结构之间,如语法结构和主题模式之间、声音与意义之间既可以是对比与强调的关系,又可以是同义强化的关系。

(3)文学是虚构的。文学作品中的表述投射出的是一个虚构的世界,其中的故事人物、叙述者、隐含的读者都与现实的世界有一种特殊的关系。

(4)文学中的语言具有美学作用。

(5)文学是互文性的或者自反性的建构。

米勒(J. Hillis Miller)进一步将"文学是虚构的"这一观点解释得更为透彻。他认为,"文学是一种词语的运用,经过读者的阅读而使故事情形得以发生","文学是世俗的魔法"。[①]

清楚了什么是文学,下面就来分析文学翻译。概括来说,文学翻译可以从多个角度理解。

(1)不同语言的文学文本之间的转换可以简单地理解为文学翻译。

(2)文学翻译包括整个接收过程的文学文本的翻译实践[②],如源语的文本形式、选择、流入,译者的语言素质、知识素养、翻译思想、语际转换,译作的出版、发行,译文读者的阅读、批评等。

(3)跨文化的翻译活动,包括古典文献的翻译、宗教文本的翻译等。在这一层面上,译者与作者多多少少会存在时空上的差异,即使译者对原作有着相当程度的理解,甚至对作者的生活状况、写作情境、写作意图等有深刻的体会,在进行跨文化的翻译活动时,还是要保持一种正确的阅读姿态,也许是居高临下的批评,

---

① J. Hillis Miller. *On Literature*[M]. London & New York:Routledge,2002:16—45.
② 彭建华. 文学翻译论集[M]. 杭州:浙江大学出版社,2012:2.

也许是虔诚的欣赏,不仅是对作品,还包括对作者。

此外,文学翻译与非文学翻译的主要区别有两点:

(1)所属范畴。文学翻译属于艺术范畴,因为其翻译的客体是文学艺术作品。而非文学翻译的客体是自然科学或社会科学作品,如数学、物理学、经济学著作等,因此其属于非艺术范畴。

(2)传达内容。文学翻译除了传达原作的故事情节等基本信息外,还要体现原作中的艺术性和审美性。实际上,翻译的审美性在翻译时具有更大的难度,因为作品中的艺术审美信息是抽象的,难以捉摸的,是一个相对无限的"变量",以李清照的《如梦令》为例:

如梦令

宋·李清照

昨夜雨疏风骤,浓睡不消残酒。

试问卷帘人,却道海棠依旧。

知否,知否?

应是绿肥红瘦。

如果在翻译时只传达基本信息"昨天夜里雨点稀疏,风很大,熟睡一夜,醒来依然有酒意。外面的海棠花绿叶繁茂,红花凋零",而没有在理解原文的基础上进行再创造性的艺术加工,只是一种纯粹的解释性的语言,就无法传达出原文中的美学价值,翻译的任务也没有真正完成,不是真正的文学翻译。

非文学翻译的主要任务是传达原作中的观点、定理、事实、理论、学说、思想、数据等相对"稳定"的基本信息,其可以简单地理解为"信息传递性翻译"。

二、文学翻译的性质

文学翻译具有相对忠实性、模仿性和创造性的特质。

(一)相对忠实性

文学翻译是一种艺术形式,其与非文学的翻译要求忠实于原文,达到等值或等效是不同的,文学翻译绝不可能绝对忠实于原作。这有多方面的原因。

(1)读者的差异。不同地域、不同时代、不同文化水平、不同的读者会对译作产生不同的理解和感受。从这个意义上讲,译者就无法完完全全将原作的思想、美感和艺术价值"同等"地传达给每一位读者。

(2)译者的差异。译者的文学素养以及生活阅历、知识储备、文化修养、语言水平等都影响着自身对于文学和原作的理解,这也正是有许多文学经典在各国都流传多种翻译版本的原因。例如,《浮士德》在苏联就有20多种译本,《红与黑》在我国也有多种译本。

(3)不同语言间的差异。文学翻译中的原作与译作是两种不同的语言,二者的文学性是不同的,这一点毋庸置疑,有些用特殊的语言体现出来的文学性是无法翻译的,如中国古诗词中的韵律和节奏,在英语中是无法表达出来的。另外,在文学翻译中也会出现文学性增加的情况,如将唐诗翻译为英文后,少了汉语中的韵律和节奏感,但增加了英语的韵味。例如,美国诗人庞德(Pound)翻译的李白《长干行》中的部分语段。

长干行
唐·李白

妾发初覆额,折花门前剧。
郎骑竹马来,绕床弄青梅。
同居长干里,两小无嫌猜。
十四为君妇,羞颜未尝开。
低头向暗壁,千唤不一回。
十五始展眉,愿同尘与灰。
常存抱柱信,岂上望夫台。

译文:

The River-Merchant's Wife: A Letter

—Ezra Pound

While my hair was still cut straight across my forehead,
I played about the front gate, pulling flowers.

You came by on bamboo stilts, playing horse,
You walked about my seat, playing with blue plums.
And we went on living in the village of Chokan:
Two small people, without dislike or suspicion.
At fourteen I married My Lord you.
I never laughed, being bashful.
Lowering my head, I looked at the wall.
Called to, a thousand times, I never looked back.
At fifteen I stopped scowling,
I desired my dust to be mingled with yours,
Forever and forever and forever.
Why should I climb the look out?

译文虽然少了汉语中的韵律,但节奏感强,意象丰富,短句间的停顿给读者留下了充足的想象空间。

文学翻译的相对忠实性还体现在其创造性上。文学翻译是以原作为基础进行的二度创造,因此不可能完全忠实于原作。

(二)模仿性

古今中外,人们都在强调艺术作品对自然的模仿。模仿说认为文学是模仿现实世界的,如德谟克利特(Democritus)就认为人类是模仿天鹅等鸟类的歌唱而学会唱歌的。苏格拉底(Socrates)主张艺术的创作,如画像、雕刻等都应使人觉得"像是活的"。亚里士多德(Aristotle)进一步肯定了艺术模仿现实世界的真实性,他将绘画、诗歌、雕刻等艺术形式称为"摹仿的艺术",都拥有"摹仿"的功能。我国西晋的文学家陆机也观察到了现实客观世界是文学创作的源泉,如其在《文赋》的开篇中写道:

伫中区以玄览,颐情志于典坟。遵四时以叹逝,瞻万物而思纷。悲落叶于劲秋,喜柔条于芳春。心懔懔以怀霜,志眇眇而临云。咏世德之骏烈,诵先人之清芬。游文章之林府,嘉丽藻之彬彬。慨投篇而援笔,聊宣之乎斯文。

第二章 文学翻译概述

由此可见,人们在长期的文学创作中,都注意到了创作与自然以及艺术与客观世界之间的紧密联系。而文学翻译本身就是一种艺术的表现形式,准确地说,是对原作进行模仿的艺术。

文学翻译的模仿性要求译者在尽力传递作品信息的同时,还要兼顾语言的表现形式、作品文旨、风格特征、时代氛围以及作者的审美情趣等。

(三)创造性

文学翻译的审美价值充分体现了其创造性,其涉及多方面的因素,包括译者的想象、情感因素和认知因素等。译者在与原作双向互动的基础上,领略原作的文学意境并根据自己的理解创作原文,准确传达原文的艺术意境,力求译作的"美"与原作等值。这个互动的过程就体现了译者对原作的审美创造。茅盾曾指出:"文学的翻译是用另一种语言将原作的艺术意境传达出来,使读者能够在译文中得到与原文中一样的启发、感动和美的享受。"林语堂也指出:"凡文字有声音之美,有意义之美,有传神之美,有文气文体形式之美,译者或顾其义而忘其神,或得其神而忘其体,决不能把文义、文神、文气、文体及声音之美完全同时译出。"由此可以看出求"美"的重要性。英国诗人、翻译家爱德华·菲茨杰拉德(Edward Fitzgerald)将波斯诗人莪默·伽亚谟(Omar Khayyam)的四行诗《鲁拜集》(*Rubaiyat*)译成英文,并在 1895 年出版,译文生动传神,深深打动了英国读者的内心,成了英国文学中的名著,对 19 世纪英国的诗风产生了一定的影响。菲茨杰拉德的独特诗风在世界范围内掀起了转译其作品的风潮,也使原诗作者声名鹊起,在诗坛上占有一席之地。有学者甚至称菲茨杰拉德为译家,之所以称他为译家,是因为缺少一个更好的名字来形容他。他的作品是受了一个诗人的作品之灵感而作的一个诗人的作品,而不是翻译,这是诗的灵感的再现。[①] 下面是摘自菲茨杰拉德译作第

---

① 邵斌. 翻译及改写:从菲茨杰拉德到胡适[J]. 北京第二外国语学院学报,2010,(12):8—14.

一版中的第 73 首,也是被称为"全集中的最强音"的一首。

Ah, Love! Could thou and I with Fate conspire,
To grasp this sorry Scheme of Things entire,
Would not we shatter it to bits—and then
Re-mould it nearer to the Heart's Desire!

直接译自波斯文的三个汉语译本。

译文一:

如若能像天神一样主宰苍天,
我就把这老天一举掀翻,
再创造另一重天宇,
让不愿为奴隶的人称心如愿。

(张鸿年 译)

译文二:

若能如造物主主宰世界,
我将把苍天彻底推翻;
创造一个崭新的世界,
让善良人们实现夙愿。

(邢秉顺 译)

译文三:

若能像亚兹丹神驾御天穹,
我便把这层天从中拿掉。
并重新另造一个天空,
使自由的心儿,快乐如愿。

(张承志 译)

将菲茨杰拉德的译本和直接译自波斯文的三个汉语译本进行对比,可以发现菲茨杰拉德的改写获得了巨大的成功,他背离了大师的步伐,甚至重新勾勒出了一个新的整体。他用自己的语言重塑原诗的精神,对当时维多利亚时代僵化的道德常规提出了挑战,引起读者强烈的共鸣。

第二节 文学翻译的标准与过程

文学是语言的艺术,任何译者都要遵循一定的翻译标准,并在理解原文的基础上进行再创作。理论对实践起着指导作用,译者在进行文学翻译时离不开科学翻译理论的指导。本节将对文学翻译的标准与过程以及理论基础进行论述。

一、文学翻译的标准

不同学者对文学翻译标准的理解是不同的,他们从多个角度、多个侧面、多种角度入手,彼此之间既有共性,又存在差异。在西方有费道罗夫(Alexander V. Fedorow)的"等值翻译",尤金·奈达(Eugene A. Nida)的"形式对等"和"动态对等",泰特勒(Alexander F. Tytler)的"翻译三原则",塞莱斯科维奇(Danica Seleskovitch)的"翻译释意"等。在中国有严复的"信、达、雅",鲁迅的"宁信而不顺",傅雷的"神似",林语堂的"忠实、通顺、美",钱钟书的"化境"等。

以上的种种翻译标准,虽然具有一定的指导性,但有时过于抽象和概括,在实际翻译过程中的可操作性不强,还需要一些具有参考性的具体指导方法。我国现在推崇的翻译标准就是严复的"信、达、雅"与林语堂的"忠实、通顺、美"三重标准。"忠实"与"信"以及"通顺"与"达"都是很相似的,但是"美"的内涵却要远比"雅"宽泛得多。"美"是"雅"的继承与创新,是人们审美的产物。下面将对林语堂的翻译三重标准进行翔实的分析与论述。

(一)忠实

忠实就是要忠于原作,原作的内容、思想、情感等能在译作中得到充分的体现。林语堂的"忠实"标准无论是在当时还是在今天,都具有普遍的适用性和启示性。

下面就以"忠实"的标准对《廖承志致蒋经国先生信》的两个英译本进行赏析,[①]其中的一个英译本是新华社的翻译(以下简称新译),另一个英译本是张培基的翻译(以下简称张译)。

原文:南京匆匆一晤,瞬逾三十六载。

新译:It is now 36 years since our brief rendezvous in Nanjing.

张译:It is now more than 36 years since our brief encounter in Nanjing.

忠实标准要求译文不仅要完整地表达原文的内容,还要与原文的语言风格保持一致。张译中的"…now more than…"与新译中的"…now…since…"相比,更加精确地翻译出了"逾"字的真正内涵。而关于"晤"字,新译中用了 rendezvous 一词,这个词常常指事先商量好时间和地点而进行的秘密见面,张译中的 encounter 则大多数情况下指的是偶遇。鉴于两人的身份地位和这篇私信的特点,虽不是偶遇,但也并非在强调是事先安排好的会面,因此张译中的 encounter 更符合这篇私信随意的风格,是对原文语言风格的一种忠实。与忠实于原文内容相比,忠实于原文原有风格更需要译者较高的洞察力和深厚的文学功底。又如:

原文:人过七旬,多有病痛。

新译:Men in their seventies are often afficted with illness.

张译:Men aged over seventy are liable to illness.

上例句中,用词不当可能会造成读者的误解。新译中 in their seventies 时间段过于狭窄,会使人误解为在七十岁左右多有病痛,到了八十岁就无碍了,而张译中的 over 一词就很好地避免了这个误解。忠实于原文的内容是对原文内容的一种深化,去探求原文的深层内在含义,才能将作者的"才学"真正表现出来。再如:

---

① 魏文娟.忠实、通顺和美的标准对比赏析《廖承志致蒋经国先生信》的两个英译版本[J].教育教学论坛,2015,(47):183—184.

原文：咫尺之隔，竟成海天之遥。

新译：No one ever expected that a trip of water should have become so vast a distance.

张译：Who could have expected that the short distance between us should be keeping us poles apart.

从句式上来看，新译中的一般陈述句更符合原文的形式，含义表达也基本正确。但是，张译中的感叹句更能体现"竟"字的语气程度。语气上忠实于原文，更能充分地表达出作者的思想感情。

(二)通顺

通顺就是要使译文语言流畅，表达清晰，符合译文读者的表达习惯和思维方式。林语堂对通顺的内涵做了进一步的解释和说明。

(1)以句为本位。译者要理解原文全句的意义，在深刻体会的基础上，依照译入语的语法译出来。

(2)符合译入语心理。译文中的句子必须是有意义的译入语，如果字字直译，就达不到通顺的结果。

下面还以《廖承志致蒋经国先生信》的两个英译本为例，按照"通顺"的标准对其进行赏析。

原文：近闻政躬违和，深为悬念。

新译：Recently I was told that you are somewhat indisposed and this has caused me much concern.

张译：Recently it filled me with much concern to learn of your indisposition.

新译中使用了两个并列的分句，且两个分句都有独立的主谓结构，读起来略显烦琐和拖沓。张译中使用 it 作形式主语，介词 with 和 of 的使用符合英语的表达习惯，因此更符合"通顺"的标准。又如：

原文：有识之士，虑已及此。

新译：This is a question those who are sensible are already turning over in their minds.

张译：This is a question already on the minds of thinking people.

与张译相比，新译句式较长，读起来略显拗口，张译中使用介词结构，更加通顺、简明。

(三) 美

一部文学作品之所以能够取得成功，传之久远，根本上在于其审美性，这也是文学翻译中的"美"高于"雅"的原因。大思想家孔子曾说：言之无文，行而不远。这里的"文"也可作"文采"解。但是，美并不全指文采，其含义要比文采多得多，其外延甚至可以包括文学作品中被丑化了的事物。"美"和"雅"是两种不同的翻译方向。按照"雅"的标准进行翻译，译者会将眼光局限在对词句的推敲和润饰上，最终译文虽然是雅文隽语，却失去了审美特征。而按照"美"的标准进行翻译，译者会将眼光放在整部作品上，最终译文会与原文一样成为艺术品。文学作品属于艺术的范畴，文学作品的翻译还要传达原作的所有美点和整体的美感。[①] 文学作品由内容和承载这一内容的语言形式构成，"美"不仅体现在内容方面，还体现在形式上。

1. 内容美

要实现文学翻译的"美"，译者不仅要在理解原作"美"上苦下工夫，还要在表达原作"美"上竭尽所能。内容是文学作品的灵魂，读者透过文学作品的内容引发情感上的反应，包括对善或恶、美或丑的感觉。译者要再现原作的内容美，深刻体会作者的所感所知。以李白的《静夜思》为例：

[①] 党争胜. 论文学翻译的文学性——兼论文学翻译的标准[J]. 西北大学学报, 2008,(3):164-167.

第二章 文学翻译概述

静夜思
李白

床前明月光,
疑是地上霜。
举头望明月,
低头思故乡。

这首诗使读者在情绪上和思想上都受到了强烈的感染,明明是不同的时间,不同的地点,但都感受到了远方游子在夜深人静、明月当空时的思乡之情。这就是这首诗的内容美。译者在翻译这首诗时,要达到与原诗相同的效果,才能称得上是真正的文学翻译。美国翻译家宾纳(Bynner)对这首诗的翻译可以说是成功的。

In the Quiet Night

So bright a gleam on the foot of my bed—
Could there have been a frost already?
Lighting myself to look, I found that it was moonlight,
Sinking back again, I thought suddenly of home.

宾纳以介词短语为题,诗首设以感叹句,中间用设问句起到了承上启下的作用,并以陈述句结尾,字里行间透着浓浓的思乡之情。译文是典型的四行诗,打破了原诗的句式结构,体现了西方诗(歌)自由奔放的特点。又如:

原文:夜长梦多,时不我与。

译文一:A long night is fraught with dreams; time does not wait for us.

译文二:A long night invites bad dreams; time and tide wait for no man.

与译文一相比,译文二中使用了 invite 一词,更加生动活泼,并将"时不我与"翻译中插入了一个成语,更符合英语的表达习惯,富有美感。

· 47 ·

2. 形式美

文学翻译的形式美可以从音韵美、修辞美、篇章结构美三个方面体现出来。译者要从音韵、修辞、篇章结构上对原作进行重新审视,在语言形式中体现原作的审美价值。

许渊冲也曾对《静夜思》进行过翻译。

A Tranquil Night

Abed, I see a silver light
I wonder if it's frost aground,
Looking up, I find the moon bright;
Bowing, in homesickness I'm drowned.

许渊冲的翻译工整对称,错落有致,首行的 light 和第三行的 bright 押尾韵,第二行的 aground 和最后一行的 drowned 都是押尾韵。全诗在吟咏时能够产生一种悦耳的音韵效果,即音韵美。全诗采用了 abab 的韵脚,诗人的感情不断深入,并在最后一句得到升华。相比之下,宾纳的译作在形式美上略显不足。①

综上所述,文学翻译的标准忠实、通顺、美是有机统一的,这种统一要求译者既要忠实地传达原作内容,又要再现原作的文学价值和艺术魅力。

二、文学翻译的过程

文学翻译的过程不是统一的,不同的译者、不同的语言、不同风格的作品,其翻译过程是有差异的。不过,大体来说,文学翻译的过程可以分为以下四个步骤:

---

① 周文革,叶少珍. 从诗歌意象、选词和格律看《静夜思》的英译[J]. 湘潭师范学院学报,2007,(1):118-119.

第二章 文学翻译概述

(一)选择文本

选择翻译文本是文学翻译的第一步。对于翻译文本的选择,人们可能会认为是某个出版社或某个译者的事,可以不受任何制约,但实际并非如此。出版社或译者选择某个国家、某种语言、某位作者的作品进行翻译时受到很多因素的影响,如当时的社会文化、经济发展、意识形态、国际政治局势、本国文化的自我意识等。社会群体对翻译作品的需求是影响翻译文本选择的重要因素。从表面上看似乎是译者选择了某个翻译文本,但实际情况往往是社会文化通过奖励和提高译者声望等方式对译者进行筛选的。

(二)理解文本

在选择了翻译文本后,译者开始理解文本。理解是翻译的前提和基础。译者与作者之间可能存在时空上的界限,因此译者就要"从作品的有机整体出发……深入到作品内部的深层世界,对文本营构系统的各个层面进行具体化的品味和认知"[①]。在对当代文学作品的翻译中,文本的理解有时还可以依靠作者的帮助来完成。

理解可以分为表层理解和深层理解。表层理解是对文本的字面意思的理解,如词句、典故、结构、韵律、节奏、各种修辞手法的运用等。深层理解是对文本的象征意义和文学艺术价值的理解。文学翻译的过程是表层理解和深层理解的统一,由浅入深,由表及里,由宏观到微观,才能深入理解文本的思想内涵。具体而言,要理解如下几点:

1. 理解语言现象

(1)理解词汇含义。英语中的"一词多义"的现象十分常见,而且有些词在原文中的意思是该词的引申意义,而不仅仅是字面

---

① 曹明海.文学解读学导论[M].北京:人民文学出版社,1997:117-118.

上的意义。因此,在翻译时,要特别注意英语词汇多义性的特征,认真阅读上下文,了解语言环境,从而确定词的真正含义。例如:

In the sunbeam passing through the window are fine grains of dust shining like gold.

细微的尘埃在射进窗内的阳光下像金子般闪闪发光。

原文中的 fine 一词不能译为其字面意义"好的",而应理解为"纤细""微小"。

(2)理解句法结构。由于英汉两个民族的思维方式、价值观存在明显的差异,这就导致英汉句子结构存在很大的差异。在表达同一个意思时,英语和汉语有时会采用不同的句法结构。因此,在翻译时,译者需要认真理解原文中的句法结构,并进行仔细分析。例如:

The greatness of a people is no more determined by their number than the greatness of a man is determined by his height.

一个民族的伟大并不取决于其人口的多寡,正如一个人的伟大并不取决于他的身高一样。

要准确翻译这个句子,就要正确理解 no more…than… 这一结构。当它表示两者比较时,表示对双方都加以否定,通常译为:"同……一样不""既不……也不"。

(3)理解惯用法。英汉两种语言中都包括大量的习惯用法。有些习惯用法表面上看似乎英汉对应,但实际上却有着不同的褒贬色彩或含义。因此,在翻译的时候,译者必须准确理解这些惯用表达的准确含义,以免造成误译。例如:

Tom is now with his parents in London; it was already four years since he was a teacher.

汤姆现在同父母住在伦敦市;他不做教师已经四年了。

译者如果不理解原文中 since 在这种情况下的惯用法,即 since 从句中的过去式联系动词 was 或 were 是指一种状态的结束,那么就很容易将原文译为"汤姆现在同父母住在伦敦市;他做教师已经四年了",这样便和原文想表达的意思完全相反。

2. 理解逻辑关系

从某种角度来说,翻译就是一种逻辑思维活动。由于英语重形合,而汉语重意合,因此在进行文学翻译时,必须首先从逻辑上弄清楚句中各部分在意义上的关系,然后再按照译入语的语法规范和表达方式加以处理。例如:

We realized that they must have become unduly frightened by the rising flood, for their house, which had sound foundations, would have stood stoutly even if it had been almost submerged.

原译:我们想他们一定被上涨的洪水吓坏了,因为他们的房子基础坚实,即使快遭水淹没了,也会屹立不倒的。

改译:我们认为,他们对上涨的洪水过于担忧,因为他们的房子地基坚固,即使差不多被洪水淹没,也不会倒塌。

原译中逻辑上是错误的。原译首先说"我们想他们一定被上涨的洪水吓坏了",但句子后半部分提出的却是相反的论据"我们认为他没有理由害怕"。原译文没有准确理解 unduly(不适当地、过分地)的词义。原文中的 unduly 指的是"过分的害怕、不必要的担心"的意思。

3. 理解文化背景知识

翻译是不同文化的移植,是把一种语言转化为另一种语言的行为,是两种文化的交流(何江波,2010)。因此,在进行文学翻译时,译者要充分考虑译入语文化和源语文化的差异,准确捕捉到源语中的文化信息,对两种文化之间的转换进行巧妙的处理,尽可能做到把原文的信息忠实、准确地表达出来。例如:

Last night, an uninvited guest turned up to make five for bridge. I had the kind of paper book at hand to make being the fifth at bridge a joy.

昨天晚上,来了一位不速之客,桥牌桌上多了一个人。我手头正好有一本平装书,我尽管没打成桥牌,却也过得很愉快。

桥牌是由四个人玩的,翻译原文时,译者就要了解桥牌的这一文化背景知识。若译成"凑成五个人玩桥牌",就误解了原文的意思。

(三)表达文本

文本的表达即对文本进行创作。表达并非是源语与译入语之间简单的语言转换,这个过程受很多因素的影响,也要遵循诸多文学翻译的标准,如忠实、通顺、美等。既要用最贴近、最自然的语言传达出与原文同等的信息,又要在语言形式、文体风格等方面保持一致,同时,还要符合译入语的表达习惯和思维方式。

此外,文学翻译不只是文字的翻译,更有作者艺术风格和特点的表达,老舍就认为文学作品的妙处不仅在于它说了什么,还在于它怎么说的。具体而言,表达应注意如下几点:

1. 译文的措辞要准确

英语文学文本中常常会出现一词多义的现象,如果译者在翻译过程中只知道对号入座,势必会出现很多误译和错译的现象,因此译者必须有效结合上下文,理解词语的字面意思和内涵,以保证准确地措辞。例如:

He put forward some new ideas to challenge the interest of all concerned.

他提出很多新见解,引起了有关人士的兴趣。

上述例句中 challenge 一词的基本含义是"挑战",但如果将 challenge the interest 翻译为"挑战兴趣"则不符合汉语的搭配,显然措辞不准确,应根据其深层含义译为"引起"更为准确。

2. 译文要自然流畅

每一种语言在其长期使用的过程中都会形成一套约定俗成的表达习惯,这一表达习惯已经在语言使用的过程中为人们所共同接受。英语和汉语分别具有不同的表达习惯,所以文学翻译中的表达必须要符合译入语的语言表达习惯,保证译文自然流畅,易于接受。例如:

The idea that the life cut short is unfulfilled is illogical because lives are measured by impressions they leave on the world and by their intensity and virtue.

"生命短暂即不圆满"这种观点荒谬无理。生命的价值在其影响、在其勃发、在其立德于世。

上述例句的翻译摆脱了原文语言结构的限制,采用符合汉语习惯的方法转译,突出了句子的含义,断句合理,结构清晰,译文自然流畅。

3. 译文的衔接要连贯

衔接和连贯是语篇特征的一个重要方面。一篇译文是否流畅关键在于衔接。由于英汉两种语言的思维模式存在很大的差异,其语篇衔接方式也各不相同。因此,在文学翻译的表达阶段,译者应该保证译文的衔接和连贯。例如:

His quick expression of disapproval told me he didn't agree with the practical approach. He never did work out the solution.

他马上露出不赞成的表情,我想他并不同意这种切实可行的做法,而后来他也一直没有研究出答案。

上述例句的翻译将两个句子结合起来,使整个段落意群得以衔接,译文通顺流畅。

4. 避免翻译腔

所谓翻译腔(translationese),也称"翻译体""翻译症",是指文笔拙劣,也就是译出来的东西不流畅、不自然、费解、生硬、晦涩、难懂,甚至不知所云。这是因为译者在文学翻译过程中受到源语表达方式的影响。例如:

Perhaps the quickest way to understand the element of what

a novelist is doing is not to read, but to write; to make your own experiment with the dangers and difficulties of words.

  了解作家创作的个中滋味,最有效的途径恐怕不是读而是写,通过写亲自体验以下文字的危险和困难。

  上述例句的译文中将 the dangers and difficulties of words 翻译为"文字的危险和困难"是生搬硬套了词典的释义,结合上下文语境将其翻译为"遣词造句的艰难"比较妥当。

  为了在翻译表达过程中避免出现翻译腔的现象,译者要先读懂原文的深层次含义之后再进行翻译,在翻译时要尽量摆脱原文表达形式的束缚。此外,译者还要掌握英汉语言方面的差异,恰当采用多种翻译技巧来进行翻译,以使译文更加符合目的语的表达习惯,且不违背原文的目的和意图。

(四)修改译本

  译本的修改也是文学翻译过程的一部分。无论译者在翻译过程中采用了何种翻译策略和技巧,一部翻译作品的完成都要经过多次的校对和修订。这些校对和修订常常是由译者以外的人来完成的,以规范语言的使用。

第三节 文学翻译中译者应具备的素质

  译者在进行文学翻译时,除具备基本的职业道德素质、知识素质、语言素质和掌握翻译技巧与策略外,还要有丰富的语言感悟力、想象力、情感和审美艺术修养。

一、语言感悟力

  译者要对文学语言具有较强的认知和语言感悟力,才能理解原作语言的个体性、形象性、音乐性和暗示性等内容。原作中语义的细微差别,词语中蕴含的各种感情色彩,语言形式中表现出来的节奏、风格、韵律等都需要译者认真地感悟。例如,约翰·济慈(John Keats)的 *The Human Seasons*。

The Human Seasons

—John Keats

Four Seasons fill the measure of the year,
There are four seasons in the mind of man:
He has his lusty Spring, when fancy clear
Takes in all beauty with an easy span:

He has his Summer, when luxuriously
Spring's honey'd cud of youthful thought he loves
To ruminate, and by such dreaming high
His nearest unto heaven: quiet coves

His soul has in its Autumn, when his wings
He furled close; contented so to look
On mists in idleness—to let fair things
Pass by unheeded as a threshold brook:

He has his Winter too of pale disfeatures,
Or else he would forego his mortal nature.

译文:

人生四季

约翰·济慈

寒来暑往,季节更替,
人生演绎春秋四季;
春如少年充满活力,
惬意的梦幻短暂而美丽。

悠长的夏日萦绕着青春的思绪,
舒心地回味着春日的甜蜜,
终日难忘那崇高的理想,
如此接近上帝天堂。

秋天,灵魂栖息于宁静的港湾,
醉心于薄雾中沉思静观,
收起羽翼不再留恋蓝天,
如烟往事似阶前流水永不复返。

惨淡的人生之冬谁都难免,
除非你超脱凡尘得道成仙。

译者透过原文的字里行间,深刻感悟出原作者内心的呼唤和其一生心境的变化。人生"四季"中的"活力""甜蜜""沉思""惨淡"恰恰是原作者人生经历的真实写照。译作意象丰富、饱满,在多层次展现中,准确传达出原作的思想内涵。

二、丰富想象力

文学作品的翻译离不开想象,想象与文学的艺术性密切相关。想象以原有的表象和经验为基础,通过自觉的表象运动,创造具有新颖性、独立性的新形象。想象可以分为再造想象和创造想象。译者借助想象可以更深刻、更全面地挖掘和领悟原作中的审美艺术价值,在具体的翻译实践中创作出更有新意,形象更加饱满的意象。例如,在翻译毛泽东的诗句"炮火连天"时,可以通过想象,联想出"炮声震天响""炮火冲云霄""硝烟遮云"等情景,并根据翻译的目的和原作的文体风格进行有针对性的选择。

丰富的想象能够使译文生动形象、有创意,达到事半功倍的效果。例如,许渊冲发挥想象将毛泽东的《忆秦娥·娄山关》翻译得生动传神,强化了原诗句在人头脑中的意象,使读者仿佛看到西风凛冽、群山起伏、绵延万里、林涛阵阵、残阳如血的胜景,译文中的意象深刻而震撼人心。

忆秦娥·娄山关
毛泽东

西风烈,长空雁叫霜晨月。

霜晨月,马蹄声碎,喇叭声咽。

雄关漫道真如铁,而今迈步从头越。

从头越,苍山如海,残阳如血。

译文:

The Pass of Mount Lou

The wild west wind blows strong;
The morning moon shivers at the wild geese's song.
On frosty morn,
Steeds trot with hooves out worn,
And bugles blow for lorn.
Fear not the strong pass iron-clad on all sides!
The summit's now surmounted with big strides.
Surmounted with big strides,
Green mountains like the tide;
The sunken sun blood-dyed.

(许渊冲 译)

三、丰富的情感

要想使译文能够深刻地打动读者,产生思想和情感上的共鸣,译者必须首先具有丰富的情感,能够充分地领悟和感受不同作品的各种表现形式并给予恰当传译。翻译家茅盾曾指出:"翻译一部作品,要先明了作者的思想;还不够,更须真能领会到原作艺术上的美妙；还不够，更须自己走入原作中，和书中的人物一同哭，一同笑。"①罗马诗人贺拉斯(Quintus Horatius Flaccus)也曾指出："欲令读者笑，先须作者自己笑。欲令读者哭，先须作者自己哭。一个译者也应相同。"②

文学作品中大多都是依情行文、文随情转，译者要能够体会其中的艺术感染力。例如：

The wind sounded like the roar of a train passing a few yards away. The house shuddered and shifted on its foundations. Water inched its way up the steps as first-floor outsides walls collapsed. No one spoke. Everyone knew there was no escape; they would live or die in the house.

(Jose P. Blank: *Face to Face with Hurricane Camille*)

有人将其翻译为：

此时风声大作，又如几码外列车飞驰的呼啸声。房子颤抖，地基摇晃起来，一楼外墙倒塌，海水漫上楼梯。大家一声不吭，个个心里明白在劫难逃，是死是活就在这房子了。

译文节奏紧张，译者准确地把握住了原作的情感，再现了原文中紧张焦急的气氛，使读者身临其境。

四、审美艺术修养

译者的审美艺术修养不仅包括较高的语言修养和文学修养，还要对其他艺术门类，如绘画、摄影、音乐、建筑等广泛涉猎，融会贯通。文学包括的内容十分广泛，它以整个社会和人为对象，涉及政治、经济、科学、历史、哲学、地理、音乐等多方面的内容。译者只有广泛涉猎，才能更加深刻地体会到文学作品中的艺术之美，达到理想的境界。例如，被称为"红轮手推车诗人"的美国诗人威廉·卡洛斯·威廉斯(William Carlos Williams)写有经典的

---

① 陈福康.中国译学理论史稿[M].上海：上海外语教育出版社，1996：248.
② 王寿兰.当代文学翻译百家谈[M].北京：北京大学出版社，1989：456.

第二章 文学翻译概述

诗歌 *The Red Wheelbarrow*，全诗如下：

> so much depends
> upon
> a red wheel
> barrow
> glazed with rain
> water
> beside the white
> chickens

有人将此诗翻译为：[①]

> 红色手推车
> 一辆红色手推车，
> 着雨白色鸡群边。
> 直信此中有真意，
> 只是欲辨已忘言。

上述译文特点鲜明，但在表现原诗的诗学特色和情趣上显得有些不足，译者忽略了原诗的外在形式中所体现出来的鲜明的动态变化和写景层次感。可以试译如下：

> 红色手推车
> 这么多东西依
> 靠
> 一个红轮
> 手推车
> 晶莹闪亮着雨
> 水
> 旁边是白色的
> 小鸡

---

① 黄杲炘. 英诗汉译学[M]. 上海：上海外语教育出版社，2007：46.

第四节 文学翻译的多视角性

文学翻译是不同文化作品之间的交流和意义的传达,文学翻译在中外文化交流中起着重要的作用,对中国社会文化的影响十分显著。本节将从多个角度出发探讨文学翻译的意义和价值。

一、文学语言方面

中国的文学翻译在长时期的历史发展过程中对文学语言产生了重要的影响,尤其体现在词汇和语法方面。

佛经的翻译丰富了当时中国的文学语言。大量反映佛教概念的词汇经过历代文人学士的收集、整理、解释、创新,在文学作品中得到了广泛的应用,例如,"境界""姻缘""菩萨""菩提"等。此外,佛经的翻译在丰富了汉语词汇量的同时,也带来了很多的外来语法结构,对中国人的表达方式和思维方式产生了很大的影响,体现在文学作品上常见于丰富的想象、多样的创作方式、非凡的表达效果等。

五四运动前后的文学翻译推动了白话文运动的兴起和发展,也为中国现代语言的演变指明了发展的方向。瞿秋白在论及翻译问题时曾指出:"翻译……还有一个很重要的作用,就是帮助我们创造出新的中国的现代言语。翻译可以帮助我们造出许多新的字眼,新的句法,丰富的字汇和细腻的精密的正确的表达。"

二、文艺思想方面

文学翻译对于催生新的社会文化思想,打破旧的传统思想的束缚大有裨益。文学翻译在给中国带来了新的文学体式和新的艺术手法的同时,还促进了中国文学理论的产生和发展。例如,佛学经典中的方法论、认识论、宇宙论等给中国文人带来了重要的启示,使他们在文学的性质与功能、文学创作等问题上产生了很多新的见解和认识。有关文学翻译的"形象""形神""神似""形似"等问题都是受到了佛学经典以及相关的佛学理论的影响。曾在一段时间内,"以禅比诗""以禅论诗"被奉为文学的时尚。

鸦片战争以后,资产阶级和封建地主阶级之间文化的斗争日渐激烈,通过文学翻译而带来的资产阶级民主主义思想严重打击了旧中国的封建思想和文化,为知识阶级的壮大奠定了理论基础。十月革命以后,有关早期苏联的文学作品的翻译和引入为中国无产阶级的革命提供了有力的武器。新时期的文学翻译事业愈发壮大,不同国家、不同语言、不同文化的作品大量译介为中国的文学创作提供了更宽广的视野和更丰富的资源。

三、艺术表现形式方面

文学翻译所带来的大量的新颖的文学表现手法在中国文学中得到了广泛的运用。例如,佛经中通俗易懂的表现形式就给中国的散文带来了生机和活力。诗歌的风格也更加自由和通俗,表现形式更加多种多样。中国古代小说中的艺术构思、主题思想中也融入了"人生如梦""因果报应"等内容。[①]

近现代的文学翻译更推动了传统的文学形式的革新。例如,著名翻译家林纾翻译的《巴黎茶花女遗事》就完全打破了古典小说章回体的传统,提高了小说这一文学形式的地位,扩大了影响力。此外,徐志摩、闻一多、戴望舒等学者和诗人都翻译出版了很多外国诗人的名作,他们的文学理论以及文学表现形式都大大推动了中国新诗的形成和发展。一些现代的作家,如巴金、鲁迅、茅盾、冰心等都在他们理论的基础上创作了一些广为流传的名著,

---

① 张保红.文学翻译[M].北京:外语教学与研究出版社,2010:19.

推动了中国新文学的发展进程。

就目前来说,中国的翻译理论研究正在不断自我完善,逐步走向成熟。总之,在以后的翻译理论研究和翻译实践工作中,我们要自如地运用各种翻译理论来指导我们的翻译实践。

第三章 文学翻译的审美性

文学作品与其他应用文体相比较而言具有自身的鲜明特点，其翻译自然也需要具有不同的审美角度。文学作品本身带有浓厚的文化背景信息，可传达出更加强烈的艺术氛围。本章就来详细研究文学翻译的审美性，涉及文学作品的审美特征、文学翻译中译者的审美主体性、文学翻译的审美再现。

第一节 文学作品的审美特征

从研究范畴而言，文学作品审美特征属于翻译美学研究的内容。因此，在讨论文学作品的审美特征之前，十分有必要了解"美学"与"翻译美学"的内容。

一、美学与翻译美学

美学与翻译之间关系密切。同翻译这门学科相比较而言，美学的发展历史较短。虽然美学产生于古代，但真正成为一门学科却是在18世纪中叶。综观人类的翻译历史，我们可以发现翻译一直都受到了美学的影响。美学思想如同一只无形的手指引着翻译实践，人们在此过程中自觉或不自觉地履行着美学的某些原则。究其原因，是人类本身所具有的大致相同的审美价值观和判断标准。

对于翻译理论而言，人们比较关注的主要是翻译标准、翻译方法，因而美学思想在其中的介入时间是最长的，范围也是最广的。下面就来探讨美学与翻译美学的主要内容。

(一)美学

就"美"自身而言,它是自然的一种造化和人类实践的产物,该词来源于希腊语 aesthesis。美学最初是作为认识论出现的,是一种主观意识与客观对象的统一,具有客观性、社会性。美学作为研究"美"的一门学科,首次出现是在 1753 年,是由德国哲学家、启蒙思想家、美学家鲍姆嘉登(Baumgarten)在他所著的《关于诗的哲学默想录》一书中提出的。对于美学,他主要提出了两个观点:其一,美学就是研究人的感性认识的学科;其二,美学对象就是对人们感性认识的一种完善。虽然鲍姆嘉登是历史上第一个明确美学研究对象的学者,但他的看法并没有得到学术界其他人士的认可。在他之后,康德(Kant)、黑格尔(Hegel)等人进一步发展和完善了美学的理论形态体系。

学者们对于美学的研究对象存在不同的看法,如黑格尔认为美学的研究对象是艺术哲学等知识,而康德则认为美学的研究对象是人类的审美意识。中国对于美学的研究对象同样存在不同的意见,如孔子提出的"尽善尽美",孟子则提出"充实之谓美",现代的学者朱光潜则认为"美是主客观的统一"。简言之,学者们一直争论的焦点是美学研究的对象究竟是什么?而到目前为止,主要有三种看法:

(1)美自身就是美学研究的对象。美学研究的不是具体事物的美,而是所有事物共同具有的美,即所有事物美的根本原因。

(2)美学研究的对象是艺术哲学,这一看法受到大部分西方美学家的赞同。

(3)美学研究的对象主要是人们的审美经验、心理。这一看法的出现主要是因为 19 世纪西方心理学的普遍兴起,心理学家们提出从心理学的角度来研究、解释美的现象,并认为审美心理、经验应该是美学研究的中心。

上述三种看法都有一定的道理,但也存在或多或少的缺陷,因而都没有成为学术界公认的观点。本书比较赞同第一种看法,这种看法符合美学自身的学科性质,美本身的存在可以解释艺术或审美经验。因此,美学是以美的本质及其意义为研究主题的学科。该学科的基本任务首先是研究人们对于现实世界的审美态度、关系,其次是研究各种美感体验、美学思想、审美对象、审美意识以及审美范畴等,进而发现美存在的本质及意义。总之,美学反映了人类的终极追求,并把这种追求融入诗意中,通过生动的形象来打动人的情感。美学虽然是哲学的一个分支,却与哲学有明显不同的地方。

(二)翻译美学

翻译是将两种语言进行转换的过程,这一过程中体现出译者的创造性,而一切创造性的东西都具有美的内涵和特征。如上所述,自然界、艺术领域、社会生活中但凡与美有关的事物都是美学的研究对象。世界上的社会美、自然美、艺术美、形式美、科技美以及美的反面——丑,都属于美学审美形态的范畴。众所周知,语言是反映自然、社会、文化、思维的一种典型形式,语言的基本属性之一就是美,语言艺术上的美同样是美学的重要研究对象。翻译是关于语言的一门学科,其研究需要通过语言来进行,因此翻译与美学是通过语言紧密联系在一起的,这是一个客观现实。

翻译美学,即通过分析审美客体、审美主体以及两者之间的关系,然后采用再现手段传递审美客体各层次的美学信息。在翻译美学多维化标准的指引下,研究译者驾驭两种语言相互转换的能力以及美学信息的鉴赏能力,最终真实展现两种文化丰富的内涵和深厚的底蕴。

具体而言,译者在对原作与译文进行审美判断时,可以依据美学的审美标准来划分,在美学原则的指引下分析原文与译文中的美学要素,尽量将原文中的美学要素移植到译文中。可见,翻译过程与原文、译文是紧密结合在一起的,是一个动态的艺术创造和艺术审美过程。

从历史角度来看,中西方翻译美学都有十分悠久的历史。

1. 西方翻译美学的理论特征

罗马著名的翻译家、译论家西塞罗(Cicero)的翻译理论被认为是西方翻译理论的开端,他的翻译理念深受柏拉图美学观念的影响。对于古典美学观,柏拉图提出了四个要点[①]:

(1)"美本身"的问题。这主要是指一切美的事物具有自身成为美的潜在品质。

(2)美的相对性和绝对性的关系问题。

(3)美的理念论。柏拉图认为理念是一种模态或元质,是绝对的、不容置疑的,是一切事物的原型所在。也就是说,"美本身"是绝对的,美的理念是永恒和绝对的。

(4)美的认识论。

正是由于受到上述古典美学观点和泰特勒美学思想的影响,西塞罗提出了翻译的气势论、自然论,认为译者在翻译过程中应该像一名演说家,使用符合古罗马语言习惯的语言来翻译外来作品,从而吸引、打动读者,引起读者的情感共鸣。

古罗马诗人贺拉斯(Horatius)所提出的翻译理论与西塞罗比较相似。他反对只注意原文而忽视译文的翻译观,坚持活译。在贺拉斯所著的《诗艺》一书中,他提出了"忠实原作的译者不会逐字死译",而会采用"意对意"(sense for sense)的翻译原则,因为"逐字翻译"只顾字面上的忠实而不是"意义上的忠实"。翻译理论中"忠实"这一核心议题就是由贺拉斯提出来的。作为一名抒情诗人,贺拉斯还提出在翻译过程中遵循审美标准,从艺术的角度来探讨翻译,十分赞同斯多葛(Stoic)式的淡泊美和泰勒斯(Thales)提倡的自然美。

西方古典译论自西塞罗和贺拉斯开始就与美学紧密相关,他们所提出的翻译论述也成为西方美学译论的经典理论,对后世的

---

① 武锐. 翻译理论探索[M]. 南京:东南大学出版社,2010:103.

翻译家们产生了巨大的影响,大大推动了拉丁文化在欧洲的普及。到了近现代,很多美学家积极参与翻译问题的讨论并提出了很多具有启发性的真知灼见。虽然没有充分的证据来说明当前盛行的翻译理论都与美学有关联,但认真探究就会发现每一个理论都会或多或少地受到美学思潮的影响。可以说,现代翻译理论来源众多,美学就是其中的主要来源之一。正是译学和美学的紧密结合才最终形成了翻译美学这门学科。

2. 中国翻译美学的理论特征

(1)继承和发展了传统译论。中国的翻译美学是在中国传统译论的基础上发展而来的,是翻译美学理论纲要不可或缺的组成部分。在传统译论中,意与象、神与形、意境、风格等被保留和提炼,被当代翻译美学的学者进行了更加科学化的阐发。当前学者关于翻译美学的著述中都对传统译论进行了分析和梳理。例如,国际知名学者、翻译理论研究者刘宓庆在形式系统和非形式系统中论述了形与神的问题,并在非形式系统中具体研究了意象、意境等问题。可见,当前的翻译美学并没有抛弃中国古典美学的精粹,古典美学仍然是当前翻译美学理论的来源之一。

(2)研究和论述方法从宏观到微观逐渐深化。与之前人们分析和论述翻译审美客体的概括方法相比,现在的翻译美学研究方法逐步向微观方向深化。例如,以往形容翻译审美客体时常会使用一些风骨、气势、神韵等比较模糊的表达手法,而现在则从字、词、句、篇、意境、意象等角度对翻译审美客体进行探究。著名学者傅仲选就对翻译审美客体的语言形式美和意美进行了细致分析,指出音位层、词层、句子层属于形式层面,而意义、实用意义、语言内部意义等则属于内容层。另外,在实用意义中还详细分析了语体色彩、感情色彩、语域色彩以及词的转义等内容。

(3)借鉴和运用西方翻译美学理论。当代西方翻译流派众多,我们将西方翻译美学的一些精粹引入到我国的翻译美学理论体系中。例如,接受美学理论重点研究读者、文本在整个接受活动中的地位和作用。根据接受美学的理论，读者自身所具有的理解能力、期待视野、审美能力等直接影响着其对翻译文本的理解、接受程度。换言之，翻译审美客体审美价值的实现需要以读者的理解为前提条件。这就要求译者要调整原文的写作风格和阅读视角，充分考虑译者的主体性作用。

综上可知，中国当代翻译美学以中国古典译学思想为滋生土壤，借鉴和吸收西方翻译美学的相关理论，扩充和丰富自身的翻译美学理论体系。在一定程度上可以认为，当前中国的翻译美学理论框架已经形成，研究方法和论证方法也体现出科学性的特征。

二、翻译美学视角下文学作品的审美特征

文学翻译可以说是一种特殊的艺术活动，因此在翻译文学作品时一定要体现"美"的价值。那么什么是美呢？对于这一问题，东西方的美学研究者们见仁见智，从不同的角度给出了不同的看法。例如，我国古代著名哲学家庄子曾提出：世界上的事物各有自己美丽之处，即各美其美。英国哲学家休谟（David Hume, 1711—1776）认为，事物的美存在于鉴赏者的心里，鉴赏者不同，所体现的美就不同。从这两位哲人的看法中可以看出，美属于人类精神层面的认知感受与体验，带有个人爱好与主观倾向。

著名生物学家达尔文认为："一只雄鸟在雌鸟旁边尽力地炫耀自己美丽的羽毛，而雌鸟会选择最美丽、最具吸引力的雄鸟，这就说明雌鸟对雄鸟的美是持赞赏观点的。"可见，达尔文认为动物对美同样具有鉴赏能力。然而，动物具有的是性感，而不是美感，雌性动物与雄性动物相互吸引是出于一种自然属性，而不是社会属性。事物的美不仅是指物的自然属性，其在很大程度上是由物的自然属性与社会属性共同决定的。不管是自然美、社会美、艺术美，这些都是出自审美者的一种认知感受，是一种体验的结果。

由上可知，美与人的关系十分密切，因为只有人才具有认知、

感受、体验的能力,也就是只有人才能成为审美者。如果没有审美者的存在,那么美自然也就不存在了。通过认知、体验、感受,审美者在感官上可以获得愉悦与快感,而这同时也是文学作品想要实现的一种功能。当读者阅读文学作品时,读者也就是审美者,就会从中感受到愉悦。换言之,文学作品是审美的一个对象,它可以激发起审美者的审美兴趣,而这是由文学作品的审美特征决定的。

那么,文学作品具有什么样的审美特征呢?众所周知,当我们阅读一部经典的文学作品时,往往如同进入了这个作品中的世界一样,产生身临其境的感觉,被其中所创造的意境所深深打动,进而产生各种各样的情绪:快乐的、悲伤的、低落的、兴奋的、愤怒的……这种能够在情绪上打动读者,引发读者产生同样情感体验,给读者带来各种美的享受的属性,就是文学作品的审美特征。

文学作品审美的最高境界是"移情"。作家将自己的经历、对别人与社会的观察所得出的感受写成文字,读者读了这些文字后就如同亲历其事,亲尝其甘与苦,这就是移情所产生的效应——共鸣。

第二节　文学翻译中译者的审美主体性

在文学翻译的过程中,译者既是原文与译文的转换中介,同时也是一位审美者,文学原文中的美需要译者通过自己的翻译体现到译文中。可见,文学翻译中译者居于主导地位,具有主体性。在研究文学翻译中译者的审美主体性之前,首先来了解一下什么是审美主体与审美客体。

一、审美主体与审美客体

(一)审美主体

在翻译美学研究中,相关学者认为审美主体即译者具有以下几点属性：

1. 制约性

译者进行翻译与作家进行创作完全不同,他在翻译过程中受制于原文,即审美客体。刘宓庆认为译者在翻译时通常会受到以下几个因素的制约：

(1)原文自身形式美是否可译的限制。例如,中国格律诗中的形式美"字数相等、语义相对、音律和谐"翻译成英语后就会丧失,对此译者只能采取其他方式或手段进行补偿翻译。

(2)原文自身非形式美是否可译的限制。所谓非形式美,指的是那些不能从直观上感受的、模糊的美,如艺术作品的气度美、气质美等。非形式美虽然来自语言的外象,但是艺术家自身意志在艺术作品里的升华和熔炼,产生于欣赏者和艺术家的视野融合之处,这种美同样会制约译者的翻译。

(3)原文与译文之间存在的文化差异限制着译者的翻译。文化是审美价值的体现,民族性和历史继承性是审美价值的典型特征。原文的审美价值在源语读者心中所产生的心理感应是无法转换到译入语读者心中去的。

(4)原文与译文的语言差异限制着译者的翻译。例如,将英语和汉语进行比较,词汇方面的差异是英语词义灵活、语义范围大,但汉语却完全相反；语法方面的差异是英语主谓语形态十分明显,但汉语则不同；表达方面的差异是英语被动语态多,但汉语很少使用被动语态；思维方面的差异是英语重形合而汉语重意合等。此外,不同历史时期的人们鉴赏历史的眼光、视野、标准是不同的,也就是说艺术鉴赏具有时空差的特点,这同样会限制译者的翻译。

2. 主观能动性

如上所述,译者在翻译时虽然受到了相关因素的制约,但其自身仍具有主观能动性。翻译不只是简单的语言转换过程,其中还包括译者对原文的认识、解读、鉴赏,并将原文中所传达的美移植到译文中,而这离不开译者对美的创造。因为译者不是被动接收译文的美,而是能动地进行美学信息的加工,从而达到再现美学信息的目的。简言之,译者不仅是审美主体,同样是创造美的主体。

3. 审美条件

这里的审美条件主要指的是译者自身所具有的审美感受、审美体验、审美趣味等方面,这些因素决定着译者能否被原作中的美学信息所吸引,从而顺利进入审美角色并进行能动的审美活动。译者的审美标准受到自身文化背景、所处时代、阶级层级、地域特点等方面的影响,对作品中的美学信息会产生不同的审美感受力。此外,译者的审美能力、审美修养、审美情趣会对译文的美学信息产生重要影响,这决定着译者是否能够将原作中的美学信息顺利移植到译作中去。一部作品之所以会有很多种不同的译文,就是因为不同的译者具有不同的美感层次,自然形成了不同的审美差异,这就是"一千人中就有一千个哈姆雷特"的原因所在。

不过,虽然不同译者具有不同的审美能力,但人类的审美标准存在着共性,这为美学的翻译提供了理论上的可能。译者想要再现原作中的美学信息,除了需要考虑读者的能动作用和审美习惯外,更重要的是要充分挖掘原作即审美客体中的社会价值、美学功能。为此,译者作为审美主体必须具备审美感受力、审美理解力、审美体验、审美情感、审美想象力、审美心境等丰富的审美经验,这样才能在翻译审美活动中相互作用,找出作品中的美学价值、社会价值并顺利移植到译作中。相关学者认为,一个成功的译者需要具备以下审美条件:

(1)审美主体的"情"。这里指的是译者的感情,是译者能否获取原文美学信息的关键条件。

(2)审美主体的"知"。这里指的是译者对原文的审美判断,由译者自身的见识、洞察力等决定。

（3）审美主体的"才"。这里指的是译者的能力、才能，如分析语言的能力、鉴赏艺术作品的能力、表达语言和运用修辞的能力等。

（4）审美主体的"志"。这主要是指译者的钻研翻译的毅力。

对于上述四个审美条件，"情"和"知"主要在于对原文美感的判断，"才"和"志"则影响译者能否将原作中的美感再次显现于译文中。翻译本身是一门艺术性、技术性比较强的学科，译者想要处理好原文中碰到的种种问题和难题，自身必须具备相当高的文学造诣和较强的翻译能力。在翻译实践中，对原文进行结构和重组离不开译者的语言分析能力、表达能力和审美判断能力。

4. 读者的能动作用

如前所述，读者也是翻译审美主体之一。读者在阅读译文的过程中具有自身的能动作用，主要表现在以下三个方面：

（1）读者既有的审美标准、意识等影响着他对译文内容、形式等方面的取舍，决定了他阅读译文的重点，更影响着他对译文的态度与评价。读者对译文的审美取向则影响着译者在题材、体裁方面的选择。

（2）读者对译文能动的评价。在阅读译文时，读者通常会根据自己的审美知识、体验、感受等来理解译文的美学信息，用自身所处时代的标准来鉴赏、判断和评价译文。在这一过程中，读者的行为是一种创造性劳动，体现着读者的价值观念、主观倾向、文化素养，因此不存在绝对客观的翻译作品鉴赏。

（3）读者的审美观念、标准等会受到译文的影响而不断进行改变，这同样是读者能动作用的表现。因为读者通过阅读译文，逐渐会对译文所表现出的美学价值、文化信息进行有效理解和接收，进行文化方面的积极交流。在这一过程中，读者的视野会因为大量接受异域事物而得到扩展，同样，他的审美经验也会得到丰富，有效提高了接受能力，最终改变了他的整个审美观念。而读者审美需要的改变又会影响译文的出版和传播。

(二)审美客体

翻译审美客体即原文和译文,两者主要是通过审美主体起作用的。下面主要来分析翻译审美客体的属性和审美构成。

1. 审美客体的属性

所谓审美客体,通常指的是能够引起人类审美感受的事物,可以与人类构成一定的审美关系。因此,审美客体具有一定的审美特征,能够被人类的审美感官所感知,然后引起一定的审美感受。据此可知,并不是所有的翻译原文都可以成为审美客体,一篇原文只有具备一定的审美价值才能被认为是审美客体,从而满足审美主体某方面的审美需要。文艺作品具有审美价值这是众所周知的,不过说明书、科技类文章与文艺作品不同,这类文章虽然表面上看没有美学信息,但仍具有一定的审美价值,这主要表现在功能方面,因而也属于审美的范畴。

对于翻译审美客体而言,具体是指原文和译文。原文是作者根据现实中的素材再经过自己的再创造所组织起来的语言,这些语篇想要得到读者的认可和欣赏,必须具有语义上的传达功能,更要具有审美上的价值功能。译文不是原文的简单复制,是译者在原文的基础上发挥主观能动性并进行再创造所获得的产物,表达着原文的美学信息和译者的思想活动。

2. 审美客体的审美构成

审美客体的审美构成包括两个方面:语言形式美和意美。

(1)语言形式美

显而易见,这方面主要是指语音、语言表现手段、方法等形式上的美学信息,是一种可以看得见的、以物质形式存在的形态美,如音美、形美。语言形式的美通常可通过人的听觉、视觉等来体现,因为这些美是直观可见、可感的,如文学作品中的文字与声韵组合而成的形音美、形与音义组合而成的音律美,还包括典型的修辞手法,如对偶、排比、倒装等,因为这些都是物象的外在描写。

(2)意美

这种美学信息是无形的、非物质的、非自然感性的,人们不能凭直觉进行推断,如情感、意境、意象、神韵等方面的美。意美在语言的结构形态上,如词语、句子、段落、篇章等方面是表现不出来的,但是我们却从总体上可以感知到这种美。相关学者提出,意美的特性包括非定量的、不以数计的;难以捉摸的、不稳定的、模糊的;不可分割的某种集合体。因此,在美学上意美被称为"非定量模糊集合广义的审美客体"。可见,意美是一种蕴含在整体形式中的美,是一种宏观上的美,常常与深邃的意义相融合。

综上可知,语言形式美和意美都是构成审美客体的要素,二者的区别在于语言形式美是形式上的美,是外在的、感性的,而意美是核心内容,是一篇作品有力的表现武器,是意念、理智的表达,是必不可少的。译者只有在把握语言形式美的基础上体会到作品的意美,才能进行更好的翻译。一篇优秀的译作来之不易,译者需要将原文中的"两美"进行移植:形式美(音美、词美)和内容美(情感、意境、神韵),尤其是后者具有高度模糊性,是一种高层次的审美,需要充分发挥主观能动性才能有效捕捉。

二、文学翻译中译者审美主体性的体现

文学翻译中译者审美主体性主要体现在两个方面:文学翻译中译者居于主导地位;文学翻译中译者再创作的"度"。下面就对这两个方面展开详细分析。

(一)文学翻译中译者的主导作用

对于文学翻译而言,其审美主体有三个方面,即原文作者、译者和读者。而在具体的翻译实践过程中,审美主体主要是指译者,因为译者是再现原文审美价值的能动因素。一篇译作如何实

第三章 文学翻译的审美性

现美的价值,这不仅与原文这一审美客体的审美构成有直接关系,而且还受到审美主体即译者自身审美功能的影响。

只有审美主体与审美客体相互统一、相互作用,翻译才能实现最终的审美效果,才能得到一篇优美的译文。也就是说,翻译审美客体的再现必须要以翻译审美主体的审美功能为基本前提。简言之,译者在文学翻译三个主体中发挥主导作用。三者之间的关系如图 3-1 所示。

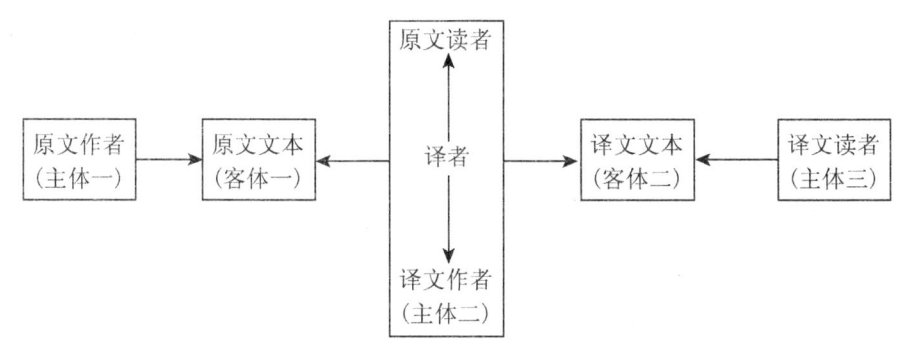

图 3-1 原文作者、译者、读者之间的关系
(资料来源:周方珠,2014)

如图 3-1 所示,译者在阅读原文文本时就成了读者,在将原文文本翻译成译文后就成了译文文本的作者。换言之,译者在文学翻译的过程中具有双重身份,即原文读者与译文作者。文学作品在刚完成还没有被读者看到之前通常称之为"第一文本",处于一种"自在"的状态;当一部作品被读者读到后,作品便从"自在"状态变为"自由"状态,此时就被称为"第二文本",可体现出自身的文学价值。也就是说,第二文本是在第一文本的基础上经过读者阅读再创造后才能体现出自身的文学价值,而译者则需要在"第二文本"的基础上经过理解、净化、共鸣、领悟等深层接受与阐释后创造出"第三文本",即译作。

上述过程是读者与译者对于文本处理的最大差别,普通读者在阅读作品过程中所进行的理解可以是表层的、浅层的、深层的,这是由读者的年龄、阅历、性别等因素来决定的。但是译者对原文的理解必须是深层次的,没有其他选择。译者对"第二文本"文学价值的挖掘与接受要大于读者的接受程度,不然译者将不能在"第三文本"的创作过程中尽可能近距离地体现、接近原文的文学价值,那么译入语读者在阅读译作的过程中所获取的信息将大大低于原文读者从原文中所获取的信息。

综上可知,译者在文学翻译的主客体关系中处于主导地位,起着重要作用。话虽如此,但译者在翻译过程中仍然不能忽视原文作者与读者的存在,需要正确处理自己与原文作者、读者之间的关系,即翻译的主体间性。该关系主要涉及如下几个方面:

(1)原文—译文关系。
(2)作者—译者—读者关系。
(3)译者—当下环境的关系。
(4)原文文化—译文文化关系。

在上述这几层关系中,译者自身的主观性、文化取向、文化修养是比较重要的影响因素。在翻译文学著作时,译者必须将自己融入原文,首先把握原文的美学信息,然后了解译文读者审美情趣,在清楚原文审美情趣与译文读者审美情趣差异的基础上,能动地减少两者之间的文化、审美差距,将自身所体验到的美学信息合理地转换、融入译文中,从而让译文读者同样可以产生相同或相似的心理感受,欣赏到同样的艺术效果或审美价值。具体而言,译者在翻译过程中的主导作用体现在如下方面:

(1)在翻译过程中充分发挥审美能力。
(2)平衡原文与译文中的语言、文化、社会、交际、心理等各方面的差距,顺应翻译的语境,尽力表现自己的顺应能力。
(3)积极能动地进行原文与译文在多维方面的优化和选择。
(4)注重源语与译入语、译者与读者之间的关系。
(5)尽力发挥文化顺应的功能,准确把握文化意义,使读者可以很好地接受,从而进行合理的审美判断。
(6)审美主体、审美客体、读者可以取得认知、价值、审美等方面的对等关系,获得最好的审美效果,达到再现审美价值的目的。

可见,上述审美过程就是译者主体能动性的最好体现。译者

第三章 文学翻译的审美性

在翻译文学作品时更应该在译作中表现出语言美,如此才能真正传达原文中的美学信息。对于文学而言,语言就是其生命,文学的艺术世界就是由语言来构筑的。译者需要将原文中的语言进行解读、品味,然后再将其糅合成自己的译入语语言。译入语的合理使用要以美感为前提条件,只有译入语表现出同源语一样的活力和张力,才能使译入语读者获得同样的心理情感、美感等体验。

(二)文学翻译中译者再创造的"度"

虽然在文学翻译过程中译者居于主导地位,有很大的再度创作空间,但译者再创造的"度"是有限制的。对于译者而言,在翻译文学作品时应该尽力保留原文中的艺术美,不能破坏、损坏这种艺术美,这是一种既对原文又对译者自身负责的态度。下面从以下几个方面来讨论一下文学翻译中译者再创造的"度"这一问题:

1. 合理处理原作中比较复杂的内容

不管是中国的文学作品还是西方的文学作品,本身都具有丰富的文化背景知识与艺术信息,在翻译过程中译者难免会遇到一些由于历史、社会、文化等差异因素而导致的翻译障碍,再加上现实社会生活、人类思想情感等复杂因素,译者有时候还会遇到一些自己都难以理解的内容。这些复杂的内容通常是一个民族独特文化的反映,并且在一定程度上可以体现出作者自身感受生活的深度。从翻译角度而言,复杂内容虽然是翻译过程中的障碍,但同时也可体现出译者一定的自主性。只有文学作品中蕴含着丰富的情感与价值意义,所翻译出的作品才能引起译入语读者的情感共鸣,进而产生审美体验。

然而,有些译者为了快速完成译作,对于文学作品中的复杂内容往往进行简单化处理,在他们看来,这样做有两个益处:其一,避免了文化差异所带来的不可译性问题;其二,考虑到译入语读者的文化背景与接受能力，进行简化处理便于他们有效接受。但不得不说的是，对复杂内容简化处理甚至略去不译就会使原作中的审美价值与文化内涵大打折扣。例如：

我之罪固不免，然闺阁中本自历历有人，万不可因我之不肖，自护己短，一并使其泯灭也。

I resolved that, however unsightly my own shortcomings might be, I must not, for the sake of keeping them hid, allow those wonderful girls to pass into oblivion without a memorial.

该例中，"不肖"是中国伦理学中的一个概念，通常是指由于子孙道德低下而导致家道败落，这里译者仅将其翻译为 shortcoming，如此处理虽然有益于译入语读者快速理解，但该词事实上并不能真正传达中国人心目中"败家的罪过"这一状况的深远影响。

由上可知，在处理复杂内容时，译者最好能为读者留下一些难题，让读者通过自己的心理体验来处理这些难题，因为在一定程度上可以认为审美的快乐就是在这种过程中才得以感受的。这种处理方式不仅是对原文负责，同时也是对译入语读者负责。

2. 尽量维护原文中的空白之处

在中西方的文学作品中往往含有很多"空白"之处，这种不完整可以很好地体现出一定的艺术美。在中国古代画论中，这种空白被称为"象外之象"，在诗文中被称为"无言之境"，而在音乐中则被称为"弦外之音"。简言之，文学作品中的空白之处是大有学问的，这不仅不是其缺点，反而是其优势与独特之处。读者在阅读文学作品的过程中并不是处于被动地位，他们可以充分发挥自己的主观能动性，对原作中空白之处进行补充，也正是这种补充、想象的过程让读者体验到了审美的快乐。因此，译者在翻译文学作品的过程中对于这种空白之处要尽量去维护，不能对这些地方进行过分补充，因为这些空白通常是原文作者精心设计出来的，译者有义务对其进行维护与保持。例如：

第三章　文学翻译的审美性

沧海月明珠有泪，蓝田日暖玉生烟。[①]

译文一：Tears that are pearls, in ocean moonlight streaming; Jade mists the sun distils from Sapphire Sward.

译文二：The moon is full on the vast sea, a tear on the pearl. On Blue Mountain the sun warms, a smoke issues from the jade.

译文三：Moonlight in the blue sea, shedding tears, in the warm sun the jade in blue fields engendering smoke.

该例原文出自李商隐《锦瑟》一诗中，本身含有很强的朦胧美。通过分析上述三个译文可以看出，译文一中表达的是"泪就是珠，珠就是泪"；译文二中表达的是"一颗珠上一滴泪"；译文三中表达的是"明珠洒泪"，这些翻译带有译者很强烈的主观观念，体现出译者武断地对原文进行了判断，丝毫不能体现出原文中的朦胧美，这对于文学作品的翻译而言其实是不可取的。事实上，译者可以不要将译文表达得太实在，留下一点迷离感让译入语读者自己去体会。

由上可知，译者在翻译文学作品的过程中必须从"补充空白"的身份转换到"维护空白"的身份。如果译者对原文中的空白过分地补充，那么原文中的艺术美就会被严重损坏。另外，从读者的角度来看，译者对空白的过分补充反映了他对读者审美能力的不信任。也就是说，译者应该将原文中的空白之处留给读者，让译入语读者自己发挥自己的想象力来补充，进而体验文学作品中的审美快感。

3. 恰当表达原文中作者的感情色彩

每一部文学作品中都或多或少含有作者自身的影子，其中会体现出作者所处的时代、历史文化背景，而且还会体现出作者自己的价值取向、兴趣、情感等，这些在无形中都会从作者所塑造的

[①] 闫敏敏. 文学翻译中译者的审美过程[D]. 上海：华东师范大学，2005：32.

艺术形象上体现出来。对于自己作品中的艺术形象，作者往往会表达出强烈的情感取向，或喜欢或厌恶、或同情或憎恨、或褒奖或贬低。对于译者而言，其在阅读一部文学作品之前就已经具备一定的情感结构，因此在译者阅读文学作品时就难免会做出一些带有自己主观情感上的评价，在一定程度上损坏了原文作者的情感体现。例如：

纵然生得好皮囊，腹内原来草莽。

（曹雪芹《红楼梦》第三回）

Though outwardly a handsome sausage skin,
He proved to have but sorry meat with.

（霍克斯 译）

该例出自《红楼梦》第三回中的一首词《西江月》，这首词表面上看是对宝玉的贬低，但事实上反映了宝玉离经叛道、愤世嫉俗的性格。"皮囊"指的是人的长相，"草莽"指的是杂草丛生的荒野。但霍克斯的译文给读者的感受是"外面是英俊的香肠样的皮肤，但不幸的是里面的却是肉"。这种翻译可以说已经将原文作者对作品中人物的情感体现完全扭曲了，译文中的宝玉已经与原文中的宝玉完全不一样了。这说明，译者在翻译再创造的过程中超过了"度"的范畴，取得了适得其反的效果。

综上所述，译者把握好翻译再创造过程中的"度"是使译文与原文具有同样审美价值，保证译入语读者能享受到审美快乐的必要条件。但因为这个"度"不能也不容易进行具体量化，给予一定的规则与标准，因此这就要求译者在发挥自身的主观能动性时要做到审时度势、灵活掌握。

第三节　文学翻译的审美再现

"审美再现"属于翻译审美活动中的一个环节。在分析文学翻译的审美再现之前，十分有必要了解翻译审美活动的具体过

第三章 文学翻译的审美性

程,以有助于更加全面地了解文学翻译的审美再现。

一、翻译审美活动的具体过程

翻译美学相关理论中提出,翻译实践就是审美主体在具备一定程度的审美意识、文化修养、审美经验这些审美条件的基础上,对审美客体进行充分认识、理解、转化以及对转化结果进行审美加工的过程。在此过程中,译者充分把握审美客体中的审美要素,将自己所体验出的美感通过另外一种语言表达出来。英国著名翻译理论家彼得·纽马克(Peter Newmark)认为翻译包括两个步骤:首先是理解,即对原文审美构成的分析;然后是表达,其中包括转化、加工和再现。下面就对上述两个步骤展开详细分析。

(一)认识

认识是翻译的第一步,是进行表达的前提和基础。只有对原文中的美首先进行认识和理解,才能在接下来的表达中传神达意。认识对于审美客体中美学信息的传播而言意义重大。因为语言是人类智慧的结晶,与文化密切相关,语言体现反映着文化,因而语言所组成的篇章中必然会反映着某种美的要素。译者想要成功地传递美学思想,就必须对原文中所附载的文化信息有充分、彻底的认识。具体而言,译者在认识审美客体中的美学信息时通常会经过三个阶段:直观感受、想象、理解。

1. 直观感受

该阶段主要是译者通过采取一些直观手段,如分析、推理、判断等来捕捉审美客体中形式方面的美学信息,即原文语言结构方面的美,如语音、词汇、语义、修辞、文体等层面。这是外在世界对译者的刺激所带来的审美态度萌芽,是"刺激—反应"的结果。

2. 想象

该阶段主要是译者通过对审美客体的气质、意境、神韵、风格等美学信息的想象,发挥主观能动性,充分利用自身的感悟能力来把握原文中的言外之意,即思想、艺术。美学信息得以传递的重要环节就是想象,其中需要译者具有很强的主观能动性。

3. 理解

该阶段需要译者对审美客体中有关文化、社会、环境的共时与历时进行认真分析,把握原作中的社会文化信息。简言之,译者需要对原文进行整体考虑,用心领悟,然后将自己的审美经验与主观能动性相结合,充分挖掘原作中隐含的、内在的美学信息。正如刘宓庆指出的"理解是对审美信息整体深层意义的揭示和多向度的总体把握"[①]。

(二)转化

转化语言结构方面是认识至关重要的环节,而且与语际结构转化相伴随,也是审美信息向再现发展中的关键一环,它的基本机制是移情感受;"主体必应孜孜于移客体之情于己,移客体之志于己,移客体之美于己,使达至物我同一。"也就是调动译者全部积累,克服原作的创作时代、原作者的生活地域、民族文化、心理素质等时空因素与译者之间的差距,努力再现理解的美感。

(三)加工

顾名思义,加工就是译者将自己在认识阶段中所获得的各种各样的审美信息、审美感受进行处理,如由表及里、由此及彼、去粗取精、去伪存真等方面的精心改造。译者对审美客体的加工包括两个方面:

(1)语言形式美方面的加工。这方面的加工依赖的是译者的语言基础知识和审美判断能力。

(2)意美信息的加工。这方面主要依靠译者的才识。

---

① 武锐. 翻译理论探索[M]. 南京:东南大学出版社,2010:111.

总之,加工就是译者对原作文字信息进行加工,优选语法和修辞,找出最能表达原作内涵的字词、语句,传达出原文中所蕴含的美学信息。

(四)再现

再现是翻译审美活动的最后一个环节,是译者再现自己的加工结果。翻译再现的本质就是将内在理解转化为外在的直观表现形式,也就是为原文找到对应的、最佳的译入语表现形式。换言之,再现就是译者将自己通过认识、转化、加工的心理所得用译入语即译文表述出来。再现审美客体美学信息的手法基本上有两种:模仿和重建。

1. 模仿

所谓模仿,即加入译者主观想象的不完全模仿。这是翻译审美再现过程中必不可少的一种手段,如果是不失神采的模仿,就可以收到预期的审美效果。相关学者将模仿分为三种:

(1)以源语为依据的模仿。这种模仿即根据源语审美信息和结构进行复制,从而得出译入语方面的美学信息。

(2)以译入语为依据的模仿。这种模仿即将译入语的语言特征、表现结构、社会接受度等为依据,将不符合译入语语言规则的源语内容进行调整,从而在译入语中进行有效表达。

(3)动态模仿。这种模仿又叫"优选模仿",也就是说将源语与译入语进行比较,如果以源语为依据就将源语作为模仿对象,如果以译入语作为模仿对象更佳,则就根据译入语进行模仿。

2. 重建

这是一种更高层次的再现手段,与创作手法类似。该手法的优势是能够完全脱离源语形式方面的束缚,译者可以根据译入语的要求来安排体式,即"彻底译入语化",或将其称为"编译"。对于这种手法而言,需要以审美客体为参照,尽量保证形式和内容方面的完整统一,不过更要体现译者的审美理念,将译者的审美态度贯彻其中,从而保证原文中的美感再现于译文中。简言之,译者在使用重建手段时需要持有一种积极的态度。

事实上,审美主体对审美客体的理解不是一蹴而就的,表达也不仅限于上述三个阶段,译者的翻译审美活动是一个复杂的、反复的动态过程。

二、文学翻译中审美再现的过程

在文学作品翻译的过程中,审美再现首先需要译者从宏观上把握全文,采取一定的翻译策略,然后再开始逐字逐句地翻译。在此过程中,译者的任务主要包括三个:造句;成篇;选择用词和用语。在这三个任务中,最关键的要数造句,因为句子是翻译文学作品中的关键因素,只有将每一句话都翻译准确,才能将整篇内容联系到一起。此外,选择用词和用语则贯穿审美再现的整个过程。下面就对此展开详细分析。

(一)制定宏观翻译策略

在一定程度上可以认为,译者翻译的过程与作者创造的过程是类似的,在开始动笔翻译之前,译者需要有一个情绪上的"酝酿"。这种酝酿其实指的就是宏观翻译策略的制定。大致而言,译者在制定宏观翻译策略时需要重点考虑以下几个方面的内容:

1. 文体选择

文学作品所包含的文体种类是很多的,如小说、诗歌、散文等,译者在文体选择方面受制于原文的文体,也就是说原文采用的是哪种文体,译文一般也会采用这类文体,不可擅自更换。比如将一首英文诗歌翻译成汉语,译者就需要首先确定译文也应该是诗歌的文体形式。

2. 选择译文的语言

众所周知,中西方对应的语言分别是汉语与英语,但这两种语言又可以有很多种下属分类,如汉语中又包括方言、普通话,从时间上还可以分为现代汉语与古代汉语,这些因素都是译者在动笔翻译之前需要考虑到的。

3. 取舍篇章内容

这里暂且不考虑舍去篇章中某部分内容中所缺失的文化审美价值,但这种翻译方法确实是存在的。在某些特殊的情况下,如出版社要求译者仅翻译一部作品中的部分内容,根据国家图书出版法规或者涉及政治敏感问题需要删减部分内容等。

(二)造句

在翻译文学作品句子的过程中存在如下两类译者:

1. 以句子为划分单位的译者

以句子为划分单位的译者具有强烈的宏观、整体意识,十分注重作品整体意象的有效传达,甚至在有些时候还会牺牲一些词语与短语,以此保证整个句子能够表达顺畅、传神。这类译者之所以能够以句子作为划分单位,是因为他们在前期审美整合的过程中做出了非常大的努力。在审美整合的前期,原作品中的信息处于一种有机、系统、活跃的状态中,当进入审美再现的环节后,这些信息就可以随时随地被激活,在这种状态下译者就可以统筹全局、运筹帷幄,从整体上做出合理安排。

2. 以字、词为划分单位的译者

以字、词为划分单位的译者往往会逐字逐词地翻译,然后将翻译出来的内容堆砌到一起组成句子,通过这种方法译出的句子读起来往往十分拗口,带有强烈的翻译腔,所组合成的句子也不够和谐,自然更不用去考虑其所带来的审美价值了。对于这类译者,除了他所使用的翻译方法不当之外,更大的原因在于其并没有深入去思考与把握作品整体的审美取向。此时,译者从前期审美过程中所获取的信息处于一种无序的、零散的、杂乱的状态,译者自己的大脑中都没有从整体上形成审美信息,自然就不能从整体上传达文学作品中的意象了。

由上述内容可以看出,在翻译文学作品时译者应该以句子为划分单位,从整体上把握作品的艺术审美价值,进行全方位的思考。在这一环节中,译者还需要考虑到原作中的语言美、结构美、艺术美、形象美等,然后通过造句来体现出原文中的历史人文内容。这里就来详细讨论一下这方面的内容。

首先,原文语言、结构美的再现。具体而言,语言、结构美即指的是音韵、字形、语义、修辞、结构等内容。由于原文与译文所使用的语言不同,译者很难将原文中所体现的语言、结构美丝毫不差地再现出来。因此,译者需要考虑应该保留什么、舍去什么,进而在翻译实践时做出选择。事实上,人们经常讨论的直译、意译、神似、形似等话题都是围绕应该保留什么、舍去什么而进行的。

其次,再现原作品的艺术形象美。在这一步骤中,译者需要重点考虑的是对于原文中的艺术形象是进行原封不动的移植,还是要改头换面地再创造,从而更适合译入语读者的审美取向。这需要综合考虑多方面的因素,然后再下决定。例如,霍克斯在翻译《红楼梦》时就将很多内容进行了改头换面,如将"怡红公子"译为了 green boy。虽然这种译法有利于译入语读者理解与接受,但十分严重地损害了原文中的文化信息内容,在一定程度上是不可取的。

最后,再现原文中的历史人文。这方面也是译者不得不考虑的内容,对于一些文化内容其实没有必要进行详细的、进一步的解释,可以为读者留下一些"空白",这些"空白"将会为读者带来审美体验上的快感。

在充分考虑上述几个方面的内容后,译者进行全面、深入的思考,然后找出各个点的最佳契合,在此基础上动笔翻译,充分再现原文句子中所体现的艺术美。

第三章　文学翻译的审美性

(三)组合成章

当译者将原文中的所有句子都翻译出来之后,就形成了一部完整的译文。然而,即便将每一句话都翻译得非常完美,但译文从整体上来看不一定就是完美的。对于一部刚完成的译文而言,译者还需要处理好整体美与局部美的关系。具体而言,译者需要处理好以下几方面的问题:

1. 检查译文的连贯性

为了准确对原文进行翻译,译者有时候会调整原文中句子的表达顺序,如将前后两个句子的表达进行颠倒等,因而在译文成篇以后就非常有必要从整体上检查一下译文的连贯性,主要包括以下三个方面:
(1)译文句子与句子之间的连贯性。
(2)译文段落与段落之间的连贯性。
(3)译文中主句的意思是否被突出。

2. 检查译文的风格与原文是否一致

通常而言,译文的风格应该与原文保持一致。因此,在检查整篇译文连贯性的基础上,译者还需要查看译文的风格与原文是否是一致的。如果原文品是一种简洁明快的风格,但译文从整体上看起来臃肿呆滞,那么译者就需要对译文进行调整,删除冗余的词语、啰唆之处,尽量保持译文的简洁与明快。

可见,在译文初步完成后,译者还需要经历一个调整、修改译文句子、字词等的过程。经过调整之后,译文不管是部分与部分之间,还是整体与部分之间,都会形成一个有机统一的整体,进而才能体现出语篇的整体美。

(四)选择用词与用语

选择用词与用语可以贯穿整个翻译过程的始终,这里再次提出该问题主要是为了突出该环节的重要性。译者在造句、组合成章的过程中都会遇到选择用词、用语的问题,而想要选择出对的、传神的字或词是非常不容易的一件事。我国著名文学家、翻译家鲁迅先生就曾经说过这样一番话:"我一向认为翻译比创作容易得多,因为翻译时不需要构想。然而当真正实践起来,往往会遇到难题,如遇到一个动词或者名词,创作过程中写不出这个词的时候可以回避,但翻译却不行,必须一直想,就如同在大脑中想要找到一个打开箱子的钥匙,但是却没有。"

上述这段话其实表述的就是翻译过程中选择用词、用语的辛苦。对于译者而言,在选择用词、用语时通常需要注意以下五个方面:

(1)原文中起画龙点睛作用的用词、用语。
(2)原文中文化背景信息丰富的用词、用语。
(3)原文中具有丰富含义的用词、用语。
(4)原文中的用词、用语在译入语中找不到对应表达。
(5)原文中使用专有名词的地方。

在修改、润色初稿时,为了保证译文表达方面的贴切与完美,译者可以站在读者的角度来阅读译文,通过读者的思维对译文进行思考与解读,看译文阅读起来是否顺畅,是否会产生歧义,是否符合译入语读者的表达习惯等。

三、文学翻译中影响审美再现的因素

文学翻译中影响审美再现的因素主要包括三个方面:

(1)原文在审美上的结构以及作者在写作过程中的审美心理。译者在翻译过程中应该在这方面实现最大限度的顺应,充分尊重原文的审美结构与作者的审美心理。

(2)译入语读者的审美心理与标准。这方面因素同样对译文审美再现产生着一定的影响,不过其影响的大小要视情况而定。通常而言,译者在翻译时心中都存在假定的读者群,译文审美需

第三章 文学翻译的审美性

要考虑该读者群的审美心理与标准。例如,我国著名翻译家傅东华在翻译《飘》时就对原文进行了删减,他认为文章中一些冗长的心理描写与分析跟情节发展关系不大,并且阅读起来还会令读者产生厌倦,因而就将这部分内容删除了。可见,他就是在充分考虑读者审美心理的基础上对原文进行了有效处理。

(3)译者自身的审美心理与标准。作为翻译的主体,译者自身所具有的主观因素必然会影响到译文审美再现的效果。

上述三个因素影响着审美再现的效果,译者需要尽力协调好这三者之间的关系,找到最佳契合点,从而最大限度地再现原文的艺术美。

第四章　文学翻译中的文化语境

在语言使用及其功能的研究中,从文化语境的角度出发是重要突破口。翻译是一种跨文化的语言转换活动,因此文化语境对翻译的影响不可忽视。文学作品带有作者的主观性、艺术性,翻译更需要以文化语境为基础。甚至可以说,文化语境是文学翻译的关键。鉴于此,本章对文学翻译中的文化语境进行分析。

第一节　文化与文化语境

对文学翻译中的文化语境的研究,首先需要了解一下文化和文化语境的相关概念。

一、文化

对于文化的介绍主要从其定义和功能两个角度出发。

(一)文化的定义

根据 1974 年美国出版的 *The New World Encyclopedia* 一书中给 culture 下的定义,文化是一定群体所共享的精神、知识、艺术观点的总和,其内容包括传统、习惯、社会规范、道德伦理、法律秩序、社会关系等。就社会学意义而言,任何社会和阶层有属于其本身的文化。

美国学者波特和萨莫瓦(Porter & Samovar)指出,文化是一个大的人群在许多代中通过个人和集体的努力获得的知识、经验、信念、价值、态度、角色、空间关系、宇宙观念的积淀,以及他们获得的物质和所有物。文化表现于语言的模式以及活动和行为的样式,这些模式和样式是人们适应性行动和交际方式的样板,它使得人们得以在处于特定的技术发展阶段、特定的时间、特定的地理环境的社会里生活。

我国20世纪70年代出版的《辞海》中关于文化的定义是这样的:"文化,从广义上来说,指人类社会历史实践过程中所创造的物质财富和精神财富的总和。从狭义上来说,指社会的意识形态,以及与之相适应的制度和组织机构。"

2001年,联合国教科文组织在《世界文化多样性宣言》中对文化的定义也有所阐释。宣言指出:"文化是某个社会或社会群体特有的精神、物质、智力与情感等方面一系列特质之总和;除了艺术和文学之外,还包括生活方式、共同生活准则、价值观念体系、传统和信仰。"[①]

无论对文化的表述有何不同,但是从本质上说,文化是人类在社会实践过程中形成的人类特有的生活方式、风土人情、价值观念、行为方式等。在文学作品中,文化特点体现得更为明显,带有作者很大的主观看法。

(二)文化的功能

文化在人类社会中带有巨大的功能和指导意义,主要体现在以下几个方面:

1. 教育功能

文化是不同的民族在历史长期检验后沿承下来的精髓,浓缩着民族智慧与经验。通过了解文化,人们能够学到一定的为人处世的行为规范,因此文化具有一定的教育功能。

人需要在一定的社会环境中生活,而这种社会环境大都是由

---

① 转引自孙英.跨文化传播学导论[M].北京:北京大学出版社,2008:12.

文化构成的。在文化的约束下,人们按照一定的行为准则来规范自身的行为模式,从而与社会产生融合,形成一种共生的人类关系。长此以往,人类就会在文化的熏陶下,潜移默化地形成民族文化中所存在的特有的思维模式、生活方式、道德规范等。

在文化的教育功能下,先人的智慧结晶"使我们能够与他人、社会、自然明智而和谐地相处,面对复杂而艰险的生存环境能够从容应对、处变不惊,从而使人类社会以及人类自身健康、顺利地向前发展。"①

2. 需求功能

文化虽然是无形的,但是却对整个人类社会有着重要的影响,渗透到了社会生活的方方面面。在文化的巨大影响下,其对人类生活的需求功能也越加凸显。

(1)基本需求,包括住所、食物、人身保护等。

(2)派生需求,包括食品分配、工作或生产组织、防卫、社会监控等。

(3)综合需求,包括心理上的安全感、生活目标、社会和谐等。

通过利用文化的需求功能,人类可以促进自身生理和情感的健康发展。

3. 认识功能

著名人类学家威廉·哈维兰德(William Haviland,1993)说过这样一句话:"… people maintain cultures to deal with problems or matters that concern them."(人们维系并传承文化的目的在于应对那些与文化有关的问题。)

对上述这句话进行分析,可以看出通过文化,人类可以更好地认识世界。在文化的作用下,人类可以形成符合社会价值观的思维形式,从而更好地理解社会上发生的事情,对事物有着一定

---

① 李建军. 文化翻译论[M]. 上海:复旦大学出版社,2010:9—10.

的预知与感悟能力。

二、语境

语境是语言表达和语言沟通的重要影响因素，同时对语言理解也起着关键作用。

从语用学的角度出发，可以将语境分为狭义语境和广义语境。所谓狭义语境，指的是话语使用的上下文；广义语境指的是与语言使用相关的一切因素，包括语言语境和语言外语境。

在语言理解和翻译的过程中，语境起着十分重要的作用。下面从宏观上对语境的分类和功能进行分析。

(一)语境的分类

由于不同学者的研究角度不同，对语境的分类也有着不同的见解。

学者郑诗鼎在《语境与文学翻译》(1997)中，对语境提出以下分类观点：

(1)从社会学的角度看，语境可以分为客观语境和主观语境。其中，客观语境指社会、文化、习俗、思维方式、风土人情、地理环境等；而主观语境则指参与者的各种情况，包括知识结构、经历、心境等因素。

(2)从语言学的角度看，语境可以分为言辞语境和社会语境。

(3)从文学研究的角度看，语境可以分为上下文语境、情景语境和文化语境。

周明强(2005)在《现代汉语实用语境学》中对语境做以下分类：

(1)动态层面的语境。动态语境包括与交际活动主体相关的背景语境与认知语境，交际活动所在场所的情景语境，进入了交际过程的动态语境。动态语境彰显内涵意义、社会意义、情感意义、联想意义、主体意义等语用意义。

(2)静态层面的语境。静态语境彰显指称意义、词汇意义、语法意义、理性意义和关系意义等语用意义。

学者朱永生经过研究众多学者对语境的分类,在其著作《语境动态研究》中提出,语境分类基本是两分法。[①] 例如,情景语境与文化语境,显性语境与隐性语境,静态语境与动态语境,物质语境与社会语境,强势语境与弱势语境,局部语境与整体语境,可能语境与真实语境等。

通过语境分类,可以更清楚地认识语境的本质,有助于研究语境与语言表达之间的内在联系,有助于寻找语境的内在规律以及适用语境的各种对策。

(二)语境的功能

语境的功能主要体现在对语言的理解与表达的影响。学者弗雷格(Frege)认为:"只有在语境中才能找到词汇的具体含义。"语境论的观点对语境的功能有着总体概述,主要包括以下几点:

第一,语言的具体意义离不开语境,语义存在于语境之中。
第二,语义不是抽象的,语义为语境所决定。
第三,人们可以从显而易见的语境中推知或归纳出语义。
下面从说话人的功能和受话人的功能两个方面进行总结。

1. 对说话人的功能

从说话人的角度进行考量,语境主要有着确定说话大体内容和交际渠道的作用。

人类的交际主要有口语交际和书面语交际两种形式。在实际交际过程中,对交际形式的确定取决于交际环境的需要。针对不同的交际场合,交际双方的表现也不尽相同。例如:

交际双方的物理距离越大,讲话的声音就越高。
交际双方的亲疏情况对讲话的礼貌程度有决定性影响,一般

---

① 朱永生.语境动态研究[M].北京:北京大学出版社,2005:6.

而言,交际双方越亲近,双方在交际过程中说话就会越直接,说话时就越不需要过多地考虑礼貌策略。

交际双方讲话的详细程度决定于双方的熟悉程度。一般而言,双方相互了解得越多,说话一般就越简洁。

话语的语体色彩决定于交际场合的正式程度。一般而言,交际场合越正式,双方讲话就越正式。

2. 对受话人的功能

从受话人的角度看,语境的功能主要包括以下几个方面:
(1)确定指称对象。
(2)消除歧义。
(3)充实语义。

通过上述分析,可以看出语境在语言沟通中的重要作用。在翻译过程中,也需要注意语境的影响。

三、文化语境

(一)文化语境的定义

最早提出文化语境概念的是英国人类学家马林诺夫斯基(Malinowsky)。

人类是在特定的文化背景下生存的,这种文化会影响人类的思维、行为、交际等。在语言交际中,要准确理解对方的话语,必须结合一定的社会文化知识背景,也就是文化语境。

语言是文化的一部分,与文化密不可分。在语言交际的过程中,为了更好地理解语言,就必须充分地了解当地的文化,只有理解文化才能更好地了解语言的深层含义,便于有效地进行交际。因此,语言与文化的交融产生了文化语境,而文化语境也是语言交际中不可或缺的因素。

文化语境的外延十分丰富,不仅包括文字,同时还是影响语义的非语言因素。"受文化语境的制约,各个言语社团都在其长期的社会交往中形成一些比较固定的交际模式或语篇的语义结构。"① 具体来说,文化语境包括当时的政治、历史、哲学、民俗、宗教信仰,同时还包括同时代的作家作品。②

学者韩礼德认为:"情景语境与文化语境之间是一种互补关系,情景语境是文化语境的具体实例,文化语境是情景语境的抽象系统"③。对于文学作品来说,其人物的创设与情节的发展也都体现着一定的文化特质和语境关系。在文学翻译中,同样需要考虑源语与译入语的文化语境。

(二)文化语境的功能

文化语境的功能主要有限制功能和解释功能两种。

1. 限制功能

缺少了具体的文化语境,人们无法确定词义与句子含义,便无法进行准确的语言理解。例如:

A:Do you think he will?

B:I don't know. He might.

A:I suppose he ought to, but perhaps he feels he can't.

B:Well, his brother has. They perhaps think he needn't.

A:Perhaps eventually he may. I think he should, and I very much hope he will.

上述案例如果没有具体的文化语境,读者根本无法了解这个对话的具体含义。

2. 解释功能

与限制功能相对,文化语境还具有解释功能。众所周知,语言与文化密不可分,语言反映文化,文化制约语言。具体语篇中

---

① 张德禄,刘汝山. 语篇连贯与衔接理论的发展及应用[M]. 上海:上海外语教育出版社,2003:8.
② 曹东霞. 文化语境下的文学翻译[J]. 湖北广播电视大学学报,2007,(1):102.
③ 转引自张娜娜. 论文化语境对文学翻译的影响[J]. 海外英语,2011,(3):117.

的文化因素,能够反映出民族的社会习俗、宗教、思维等特征。这些具体文化信息的出现,能够为译者提供一定的信息,从而使其能够充分理解原文,增加译文的忠实性。例如:

It was Friday, and soon they'd go out and get drunk.

译文一:周五了,他们马上出去喝个酩酊大醉。

译文二:周五发薪了,他们马上出去喝个酩酊大醉。

如果原文的翻译为译文一,那么不了解具体文化背景的读者也许无法理解为什么周五要出去喝酒。而译文二考虑到具体的文化差异,添加了具体的信息,表达了周五是发薪的日子,所以大家要出去喝酒。在翻译中这种正确的文化导入就是基于译者对文化语境的了解,也就是英国的蓝领一般在周五领薪水。

第二节 文化语境对文学翻译的制约性

20世纪90年代初,翻译的文化转向(cultural turn)被提出,翻译逐渐向着文化传播与文化阐释的方向迈进,这一特点在文学翻译中体现得最为明显。文学翻译不仅是语码之间的转换,同时也是不同民族审美情趣与思维形态的交流。这种翻译形式是多种文化因素共同作用的结果。下面从文学与文化语境的互动关系入手,对文化语境对文学翻译的制约进行研究。

一、文学与文化语境的互动关系

文学是在语境中呈现与生成意义的,文学的文化语境主要表现在以下三个方面:

(1)作者创作的语境。

(2)读者阅读时的语境。

(3)文本的历史语境。

文化语境对作品有着重要的影响。例如,中国古诗词通过寥寥数语,就能使人感受到丰富的意境与韵律。联系作者所处的文学氛围,下面以《天净沙·秋思》为例进行说明。

天净沙·秋思

枯藤老树昏鸦,

小桥流水人家,

古道西风瘦马。

夕阳西下,

断肠人在天涯。

上述诗作通过简简单单的陈述,营造出了一种秋思的气氛,能够带动读者对诗作的感悟。整篇使用二十八个字,包含了十一个意象,组合成了秋天郊外夕阳西下,天涯游子骑一匹瘦马的景象。这些意象看似杂乱,却是作者精心布置的结果,构造出了一个有机整体,展现了秋的萧瑟与黯淡,同时也体现出了作者漂泊、凄苦、愁楚的心境。

文学作品是在语境中生成意义的,这种语境可能涵盖政治、经济、文化的不同方面。这种文学语境看似毫无关联,却能够给作品构造出框架,体现作者的思想。

二、文化语境对文学翻译的制约

文化语境对文学翻译的制约主要体现在源语文化语境、译入语文化语境和译者文化语境三个方面。

(一)源语文化语境对文学翻译的制约

进行文学翻译需要考虑多种文化因素的影响。翻译时,如果不了解相关文化语境,译文的质量就难以保证。在众多文化因素中,源语文化语境对翻译有着最直接的影响。当译者不具备相关源语文化知识时,根本无法对原文进行准确理解,更谈不上进行适当翻译了。

外国文学作品是在其源语社会背景下产生和传播的,因而这

第四章　文学翻译中的文化语境

些作品的翻译势必受到源语文化语境及原文作者的文化背景的制约。① 例如：

Unemployment, like the sword of Democles, was always accompanying the workers.

失业犹如达谟克利斯之剑一样，随时威胁着工人。

在上面的英文例句中，源语文化语境对于翻译有着直接的影响。上例中对源语理解的关键为 the sword of Democles 这一典故，其来自古希腊文化，意思是"临头的危险"。例句中，译者将其直译为"达谟克利斯之剑"，显然是忽视了源语文化语境的重要影响，当读者对这一典故不熟悉时，其便无法理解句子的真正内涵。

文学翻译不仅需要译者具备语言转换的能力，同时还要具备一定的文化背景基础，在此基础上，还应有文学素养作支撑。译者作为翻译的媒介，应该认识到源语文化语境的关键作用，从而更好地进行翻译活动，促进译入语读者对文本内容的吸收与消化。

(二)译入语文化语境对文学翻译的制约

美国著名翻译理论家奈达(Nida)曾经指出："翻译是不同语言文化间的交际活动，译文的语义最终取决于听者或者读者以自己所处的文化语境为导向而对文本的理解。"②

翻译实践活动是在不断发展变化的社会历史活动中进行的，每一部作品都是在特定的社会文化历史环境中产生和发展的。因此，这样的翻译作品要求结合译者所处的时代背景和历史阶段，对原作进行重现和深层次阐释。同样的一部作品在不同的时期的翻译都会展现不同的特色，译文也可以体现出译者所处时代的文化状况。

---

① 李志芳,刘瑄传. 论文化语境下的文学翻译[J]. 黄冈职业技术学院学报, 2009,(4):87.

② Eugene A. Nida. *Language, Culture and Translating*[M]. Shanghai: Shanghai Foreign Language Education Press, 1993:116.

另外,受这些社会背景、社会环境的制约,译者的人生观、价值观也发生了变化。例如,在清末时期,以康有为、梁启超为代表的维新派主张学习西方先进的文化,翻译了不少有关西方的著作,目的是"师夷长技以制夷",希望运用新的思想来教化国民。

不同文学作品的翻译还受到同时代译入语文化语境的影响。翻译历史表明,在一个社会的特定时期,译者总是聚焦于某一类外国作品或某一位外国作者的作品的翻译。[①] 这些作品的译介符合当时的社会背景,在语言上也能体现出当时的时代特点。因此,译入语文化语境对文学翻译也有一定的制约。

(三)译者文化语境对文学翻译的制约

译者是文学翻译的重要媒介,直接决定译文质量和读者对文本的理解程度。译者文化语境对文学翻译的制约主要体现在以下几个方面:

1. 译者的翻译观

译者的翻译观是指译者在翻译活动过程中的一种主观的倾向,是进行文学翻译的前提,直接影响译文翻译目的的确立以及译文的内容和形成。在文学翻译实践过程中,译者到底是选择以语义为中心还是选择以文化为中心,这都需要译者本身的立场来决定。在文学翻译中,有些译者倾向于直译,有些倾向于意译,有些则是倾向于转译等。

例如,在《圣经》中有这样一句成语 flowing with milk and honey,这句话是选择西方人比较熟知的"牛奶"和"蜂蜜"作为喻体来指代一个事物,翻译成中文的时候,有些译者直接译成了"奶蜜之乡",有些译者用意译的方式翻译成了"富饶之地",有些则从转译的角度翻译成了"鱼米之乡",我们不能评判这些翻译的对与错,只能说这是根据不同译者的翻译观而定的。

---

① 李志芳,刘瑄传. 论文化语境下的文学翻译[J]. 黄冈职业技术学院学报,2009,(4):88.

2. 译者的文化立场

文学作品带有一定的主观性,在翻译过程中,译者的文化立场和翻译意图对文本翻译也有着重要的影响。在译者文化立场的影响下,翻译的策略也会随之改变。一般而言,译者的文化立场包括源语文化立场和译入语文化立场。

例如,当中国处于半殖民地半封建社会时,传统文化受到了很大的冲击,那时候的翻译大多以直译为主,但是由于国人传统思想禁锢,很多译者在翻译时仍将外国语言翻译为本国传统语言。可见,即使在同一历史时期,由于译者的文化立场不同,翻译的文本也不尽相同。

3. 译者对文化的理解

译者对文化的理解程度主要包含两个方面:
(1)是否掌握原作的语言含义。
(2)是否理解原作文字之外的文化背景。

译者是翻译活动的主体,理解源语文化背景有助于整个翻译过程的顺利进行。正如英国著名语言学家莱昂斯(Lyons)所说,语言是这个特定文化社会的重要组成部分,每一种语言的差异都会反映这个社会的事物、习俗以及活动的特征。因此,译者在翻译文学作品之前,应该首先要熟悉原作者的个人经历、家庭背景以及作者的写作特点等。

4. 译者的文化素养

为了实现准确的翻译,译者需要提高自身的跨文化素养,这主要体现在两个方面:
(1)提高对文化的敏感性和自觉性

传统的翻译观将翻译的中心放在语言的研究层面,即语音、词汇、句法等的翻译上,却严重忽视了文化层面所造成的问题。目前,这种情况已经逐步得到了改善,译者已经意识到翻译的文化性比翻译的语言性更重要。因此,译者应该提高自身对文化的敏感性,把注意力更多地放在文化研究层面,这样才能灵活地处理中西方文化的差异。

(2)努力成为一个真正的文化人

著名翻译家王佐良先生曾经指出:"译者必须是一个真正意义上的文化人,译者首先要掌握好两种语言,然后逐步精通两种语言背后的文化。"一般情况下,译者需要具备物质文化学、生态学、社会文化学、宗教文化学以及语言文化学等方面的知识。可见,文化翻译理论涉及的知识面是非常广泛的,其内容也十分的丰富。译者只有拥有扎实的语言和文化功底,才能承担跨文化交流的重担。

第三节 文化语境下文学翻译的策略

文化语境下的文学翻译不仅是语言的嫁接,同时还是文化的移植。因此,在具体的文学翻译过程中,译者不能将源语文化体系强加在译入语文化上,这样不利于文化的沟通与文学的发展。上文主要对文化语境对文学翻译的制约进行了分析,本节承接上文,主要归纳一下文化语境下文学翻译的策略。

一、文化归化策略

文化归化(domestication)策略指的是将源语表达形式进行省略,替换成译入语的地道表达形式。使用这种文学翻译策略,会使源语文化意义丧失,在一定程度上会形成新的译入语文化作品。

例如,《红楼梦》是我国的经典著作,目前最权威的译本有两个,一个是杨宪益夫妇翻译的,一个是大卫·霍克斯翻译的。《红楼梦》这部小说的内容体现出了中国古代的风土人情和中国传统文化,对道教和佛教思想也有众多反映之处。

杨宪益夫妇的译本多采用异化的手法,而霍克斯的译本多采用归化的手法。例如,对于译本中出现的"谋事在人,成事在天"一句,两种版本的翻译有着很大差异。

谋事在人,成事在天。

Man proposes, Heaven disposes. (杨宪益,戴乃迭 译)

Man proposes, God disposes. (霍克斯 译)

源语文本是一句带有中国特色的俗语,两个译本都将其翻译为了形式对仗的表达,不同之处是对"天"的翻译。中国尊崇佛教,杨宪益夫妇将其翻译为了 Heaven,符合中国的佛教色彩和汉语文化特色。而霍克斯为了迎合译入语读者,采用译入语读者接受的基督教表达形式,将其翻译为了 God。这种差异便是文化策略选择不同的结果。需要注意的是,无论是归化还是异化,都是为源语文本服务的,文化是平等的,无所谓高低贵贱之分。再如:

The cold, colorless men get on in this society, capturing one plum after another.

那些冷冰冰的、缺乏个性的人在社会上青云直上,摘取一个又一个的桃子。

上述例句中,plum 指的是"李子",在西方文化中,"李子"代表着"福气""运气",然而在汉语文化中,"李子"却没有这一寓意。为了便于读者接受,译者根据具体的文化语境,将其换成汉语中同样具有表示"福气""运气"的"桃子",这样的译文会令汉语读者体会到原文所要表达的真实含义。从上述例子中可以发现,文化归化策略从译入语出发,能使译文表达更为通顺、地道,能给读者带来一种亲切感。

二、文化异化策略

文化异化(foreignization)指的是译者保留源语的文化以及尽

量向作者的表达方式靠拢的翻译策略。虽然语言都是对客观世界的反映,但是在不同的文化背景和思维方式等的作用下,不同的民族对同一事物所产生的文化联想也不尽相同。例如:

"It is true that the enemy won the battle, but theirs is but a Pyrrhic victory", said the General.

将军说:"敌人确实赢得了战斗,但他们的胜利只是皮洛士的胜利,得不偿失。"

译者在翻译具有丰富历史文化色彩的信息时,要尽量保留原文的相关背景知识和民族特色。译文中采用了异化法,保存了原文的民族特色和文化背景知识,有效传递了原文信息,有利于文化交流。再如:

胆小如鼠 as timid as a mouse

脚踩两只船 straddle two boats

As the last straw breaks the laden camel's back, this piece of underground information crushed the sinking spirits of Mr. Dombey.

正如压垮负重骆驼脊梁的最后一根稻草,这则秘密的讯息把董贝先生低沉的情绪压到了最低点。

上例将原文中的习语 the last straw breaks the laden camel's back 进行了文化异化翻译,汉语读者不仅完全能够理解,还可以了解英语中原来还有这样的表达方式。

中西方人的心理与思维方式因社会的影响、文化的熏陶导致存在一定的差异。对于这类翻译,译者应优先选择异化法,保留源语文化形象,有效地传达了原文的信息,有利于读者加深对源语文化的了解和理解,促进跨文化交流与沟通。

综上可见,异化法的翻译具有以下几个优点:

(1)可以提高源语表达在译入语中的固定性和统一性,有利于保持译入语表达与源语表达在不同语境中的一致对应。

(2)异化法的翻译可以实现译入语表达的简洁性、独立性,保持源语的比喻形象。

（3）运用异化法进行翻译还有助于提高表达语境适应性，提高译文的衔接程度，同时也有利于不同语言之间的词语趋同。

三、文化诠释策略

文化诠释（the annotation）策略指的是通过加字或者解释的方式对外来文化进行翻译，从而为译入语读者提供一定的语境或文化信息。采用文化诠释法能够促进文化之间的沟通与交流，增加文化之间的了解。例如：

三个臭皮匠，顶一个诸葛亮。

Three cobblers with their wits combined equal Chukeh Liang, the master mind.

上述原文带有中国文化的特点，是汉语表达中常见的形式。如果采用归化法和异化法，由于译入语读者不熟悉"诸葛亮"这个人物，因此难以达到文化的交流。译者通过文化诠释法，将其翻译为 Chukeh Liang, the master mind，从而能够使西方读者了解诸葛亮智者的身份。再如：

The staff member folded like an accordion.

译文一：这个工作人员就像合拢起来的手风琴似的。

译文二：这个工作人员就像合拢起来的手风琴似的一声不吭了。

在这个例子中，虽然译文二只增加了几个字，但是就可以让读者容易理解，因为第一个译文让读者不明白"像合拢起来的手风琴"是什么意思或者会怎么样。合拢起来的手风琴当然是不出声音了，加上了几个字也就让意思更明显。这种翻译方式也是文化诠释法的再现。

四、文化融合策略

文化融合（the integration）指的是源语文化表达形式与译入

语文化表达形式相融合,以一种新语言形式进入译入语。[①] 文化融合策略的使用是基于英汉文化表达形式和文化背景的差异性。在具体的文学翻译过程中,一些词语在译入语中并没有对应的表达形式。此时,译者需要在自身的文化素养和翻译能力的基础上对文本进行融合,从而促进译入语读者的理解。例如:

脱掉棉衣换上春装的人们,好像卸下了千斤重载,真是蹿跳觉得轻松,爬起卧倒感到利落。

With their heavy winter clothing changes for lighter spring wear, they could leap or crouch down much more freely and nimbly.

通过对原文进行分析,可以看出"卸下千斤重载""蹿跳觉得轻松""爬起卧倒感到利落"都是汉语的表达形式,三者都表达的是"春装较为轻巧"的含义。但是这种表达在英语中没有对应形式,同时直译的话也不符合英语简洁的特点。鉴于此,译者采用了文化融合的方式,将原文内涵翻译了出来。再如:

It was anther one of those Catch-22 situations, you are damned if you do and you are damned if you do not.

这真是又一个左右为难的尴尬局面,做也是倒霉,不做也是倒霉。

上述英语原文选自美国小说《第二十二条军规》(*Catch-22*, Joseph Heller,1961)。在这个小说的影响下,Catch-22 带有了深厚的文化含义。而如果采用直译,译入语读者无法理解原文的真正内涵,因此译者将其内涵"左右为难的尴尬局面"翻译出来,从而便于读者的理解。

译者是翻译的重要媒介,文学翻译在其文本特点的影响下,可以被看作一种文学再创造。文化融合策略就是这种再创造的重要手法。例如,《红楼梦》中,出现了"一群耗子过腊八"的表达,西方国家并没有这样的节日习俗。在霍克斯翻译中,其采用了文

[①] 曹东霞.文化语境下的文学翻译[J].湖北广播电视大学学报,2007,(1):104.

化融合策略,将"腊八"翻译为了 Nibbansday。这个词为霍克斯首创,可以直译为"老鼠的节日",符合原文的表达,再现了中西方文化的特点。

五、文化阻断策略

文化阻断(the block model)策略主要针对的是一些独特文化的表达形式。当这种带有鲜明民族文化的表达无法以译入语语言形式再现时,文化内涵便被阻断,文化意义无法进入译入语语篇。采用文化阻断的策略能够增加译文的通俗易懂性,便于读者对文本的吸收。但是由于不能保留文化意象,在一定程度上也阻碍了文化的沟通与交流。例如:

刘备章武三年病死于白帝城永安宫,五月运回成都,八月葬于惠陵。

Liu Bei died of illness in 223 at present-day Fenjie County, Sichuan Province, and was buried in Chengdu in the same year.

上例原文句子很短,然而文化因素丰富,有很多古年代、古地名。对这些词的翻译不可采用归化法,因为在英语中很难找到与之相应的替代词。若采用异化法全用拼音直接译出或加注译出,不仅译文烦琐,而且英语读者也会茫然不知其解。不如采用文化阻断的方式,省去部分文化因素,增强其可读性。再如:

当他六岁时,他爹就教他识字。识字课本既不是《五经》《四书》,也不是常识国语,而是从天干、地支、五行、八卦、六十四卦名等学起,进一步便学些《百中经》《玉匣记》《增删卜易》《麻衣神相》《奇门遁甲》《阴阳宅》等书。(赵树理《小二黑结婚》)

When he was six, his father started teaching him some characters from books on the art of fortune-telling, rather than the Chinese classics.

上例原文中含有十几个带有丰富的汉语文化的词汇,如《五经》《四书》、天干、地支、五行、八卦、六十四卦名、《百中经》《玉匣记》《增删卜易》《麻衣神相》《奇门遁甲》《阴阳宅》,要把这些内容全部译成英文非常困难,同时也没有必要,因为即使翻译成英文,英文读者也很难理解,故可采用文化调停的方法,省去不译(兰萍,2010)。

六、文化间歇策略

文化间歇翻译策略是一种建立在文化间性主义的基础上的一种翻译观。这种翻译策略要求构建一种相互协调、互惠互补的关系。在多元文化的当代社会,文化间歇策略通过运用文化共性进行文学翻译,能够提高文化的沟通。

译者应该具有文化间性的身份,具有文化间性身份的人会主动内化不同文化的组成要素,并且对不同文化的发展和进步持有开放、接纳的态度。用文化间性的理论去指导文学翻译实践,必然可以带来以下三种益处:

(1)译者会以开放的态度对异己文化进行包容和接纳,从而寻求最得体的方式来分析不同的文化。

(2)译者会对源语文化进行开发和拓展,运用共性的思维对中西文化进行思考,进而将源语文化推向世界。

大体上说,文化间歇翻译策略弱化了文化异化策略和归化策略的极端性。例如:

天时不如地利,地利不如人和。

译文一:Sky times not so good as ground situation; ground situation not so good as human harmony.

译文二:Opportunities vouchsafed by Heaven are less important than terrestrial advantages, which in turn are less important than the unity among people.

第一个翻译采用了直译的形式,对原文的表面含义进行了强译,难以表达出原文的内涵。第二个译文采用了文化间歇策略,表明了原文含义,促进了思想的交流。

在文学翻译中使用文化间歇策略需要译者把握好尺度，要注意从以下几个方面着手进行：

(1)译者将异国文化完全置于自己的文化当中。

(2)为了异国文化而抹掉自身文化的存在。

(3)对异国文化尽可能地了解，进而逐渐恢复自身文化的身份和地位。

(4)在保持中立的基础上，逐步找到异国文化与自身文化的均衡点。

七、文化风格策略

文学作品都带有自身的风格，能够体现出作者的文学素养和表达特点。在进行文学翻译时，译者也可以根据表达需要对原文的文化风格进行再现。具体来说，风格包含以下几个方面的内容[①]：

(1)文体的风格，如诗歌、小说等不同的文学文体有着不同的风格，要求译者在进行文化翻译时，做到文体风格的再现。在风格的各个方面中，文体风格是最主要的。

(2)人物的语言风格，也就是见到什么人说什么话，这在文学作品中尤为显现。

(3)作家个人的写作风格，译文应尽量体现或简洁或华丽、或庄重或俏皮等原作者的风格。

例如：

Now, if you are to punish a man retributively, you must injure him. If you are to reform him, you must improve him. And men are not improved by injuries. To propose to punish and reform people by the same operation is exactly as if you were to take a man suffering from pneumonia, and attempt to combine

---

① 兰萍. 英汉文化互译教程[M]. 北京：中国人民大学出版社，2010：4.

punitive and curative treatment.

如果你的意图是施加报复地惩罚一个人,你就一定要伤害他。如果你的意图是改造他,你就一定要使他变好。而人们是不会为种种伤害而变好的。企图用同一做法,既惩罚人又改造人,恰恰就像对一个肺炎患者试图采用惩罚与治疗相结合的疗法。

上述例文选自英国作家萧伯纳的一篇文章,通过文章能够体现出萧伯纳对时政的鞭挞,表达出了作者的态度。译文虽然含义与原文基本一致,但是并没有体现出文章凌厉的锐气,损失了原文风格。因此,在文化风格翻译策略的指导下,可以将原文翻译为下文:

然而,志在惩罚,责令抵罪,非使人受苦不可。志在改造,则非教人向善不可。人是不会因为遭罪受苦而回心向善的。企图一举而收惩罚与改造之效,无异于对肺炎患者实行治罪兼治病之疗法。

在进行文学翻译之前,首先需要对原文本进行分析。上例文本思维严谨、文笔洗练,是一篇脍炙人口的传世佳作。译者抓住原文的风格,将其在内容和形式上进行了再现,既使读者了解了原文的信息,同时也体现了原文的风格,属于经典译作。

翻译是一项较为复杂的工作,这点在文学翻译中体现得更为明显。文学翻译更多地涉及文化、历史、哲学。文化语境的分析是翻译中必不可少的一部分,在文学翻译中具有至关重要的作用,直接影响着翻译策略的选择、翻译表达方式的选用。同时,文化语境翻译也是对译者文化功底和翻译能力的双重考验,需要译者在了解这些基本知识的前提下,将语境、文化与翻译紧密相连,从而能够结合原文进行有针对性的翻译。

茅盾先生曾说,"文学的翻译是用另一种语言,把原作的艺术意境传达出来,使读者在读译文的时候能够像读原作时一样得到启发和美的感受"。因此,文学翻译是对原作艺术意境的再传达,是译者在了解原文的基础上进行的巧妙转换。从这个意义上说,译者的双语文化能力比双语应用能力在翻译中的作用更为突出。

第五章 文学翻译中的女性主义

女性主义的产生、发展对社会生活的各个层面产生了非常广泛的影响,并且日益受到社会各界人士的关注。女性主义同文学翻译的有机结合,不仅摆脱了传统翻译理论的束缚,而且对女性主义翻译理论的形成起着很好的促进作用。与此同时,这些相关研究还为翻译学的研究提供了崭新的视角。本章就围绕文学翻译中的女性主义进行研究和分析,先对女性主义进行概述,然后探讨女性主义翻译观,最后分析女性主义翻译观对文学翻译的影响。

第一节 女性主义概述

一、女性主义的概念和特征

(一)女性主义的概念

女性主义最初是由法国的奥克雷提出的。对于"女性主义"的定义,不同的学者有不同形式的表达,但其主要的宗旨就是要努力消除性别的歧视和不公平对待,保障女性同男性一样获得权力和自由,男女平等。对女性主义持反对观点的人们认为,女性主义是一些刻板、偏激以及离经叛道的女人所坚持的看法。对女性主义拥护的群体中,对这一概念也有着不一样的理解和认识。下面就结合一些比较有代表性的观点和权威词典上的观点进行解读分析。

1. 几种代表性的观点

观点一：女性主义是一种关于性别平等的理论，这一理论观点认为，应对任何妇女遭受歧视的现象，如社会上的、个人方面的以及经济方面等的歧视持反对态度，并要求妇女具有平等的权利地位。

观点二：女性主义是以提高妇女的社会、政治以及经济地位为目的的政治斗争。

观点三：女性主义属于意识形态的一种，其以消除歧视妇女和将男性的社会统治地位推翻为基本目标。

观点四：女性主义指对妇女压迫持反对态度的社会运动。对女性主义持支持态度的人士被称为女性主义者，这类人指的是真诚地投身于这个社会目标中的任何男女。

2. 权威词典上的观点

在西方的一些权威词典中，也对女性主义的概念进行了界定。

观点一：女性主义具体指的是妇女在政治方面、经济方面和社会方面应该同男性享有平等权利这一原则。这句话又具体包含以下两层内涵：其一，女性主义者应对社会上对女性的不公正、不平等的待遇以及由这些现象而导致的不利和无助有足够的认识，女性主义理念的最终目的就是消除这一不平等。并且，妇女应对这种不平等的现象采取相应的政治行为。其二，女性主义对女性自身的价值、观念等持肯定态度，同时，还应对女性做人的尊严以及女性对文化的贡献持肯定态度。

观点二：女性主义是基于社会生活方面、哲学方面以及伦理学等层面的探讨和分析，这一观点将其着眼点放在纠正导致压迫妇女和轻蔑妇女特有体验的偏见这一问题上。

观点三：女性主义认为，妇女同其他群体一样，应享有同等的公民权利,并保持在政治、经济以及社会等各个方面同等的地位。

观点四:妇女解放运动也被称为女性主义运动,这一社会运动主要致力于追求妇女的平等权利,并要求妇女与男人一样具有同等的社会地位和对自己的生活方式和事业自由选择的权利。

综上,可以从以下三个层面对女性主义的概念进行界定:政治层面、理论层面以及实践层面。

从政治层面来看,女性主义所认为的两性间的不平等应属于政治权利方面的问题,那么,女性主义就是一场有关社会意识形态方面的、以实现提升女性地位为目的的政治斗争。这一理念的最终目的在于消除性别的不平等以及其他诸多对女性持歧视态度的不平等现象,并应在人际间、性别间倡导平等、和谐和合作的理念。

从理论层面来看,女性主义可以被看成是一种崭新的对世界、社会和人类自身进行探索和认识的视角,这种视角的研究对女性的价值观念、方法论原则或学说等持肯定态度,并强调两性之间的平等地位。女性主义的目标不是抽象的知识,而是一种能够用来对女权主义政治实践起指导作用的知识。

从实践层面来看,女性主义是一场力争实现妇女解放的社会运动。基于以上的分析,不难发现,女性主义是一个具有层面多元性、多样化的集合体,这些多层面的认识也导致了女性主义内部发展的不平衡性以及理论层面的多种分歧。

(二)女性主义的特征

基于上述女性主义概念的介绍,下面将女性主义的特征归纳为以下几点:

1. 流动性、变化性

女性主义具有流动性、变化性的特点。从一开始,女性主义就不是一种传统意义上的具有独立性特点的科学。这一观点存在于现有的学科之内,但是又游离于这些学科之外。

这种观点还曾经被认为只有观点、没有理论和方法的非学术性的政治。并且,通过对诸多关于女性主义的研究进行分析,不难发现,其研究往往是同其他学科的发展存在着紧密的联系。

2. 历史性

女性主义具有历史性的特点。具体而言,不管是将其看作一种社会运动,或者看成一种思想革命,女性主义都以实现解放妇女为其历史使命,并且这种使命紧随着妇女解放的进程而发生了相应的发展。女性主义的历史性还表现在以下方面,即它在不同时代、不同社会中的历史使命有时也会发生具体的变化。

3. 政治性

女性主义具有政治性的特点,它不仅是抽象的思想意识,同时还有其具体的政治策略和政治纲领。女性主义是一种策略,这种策略对我们思考与行动的生活准则起着决定性的作用。

4. 多元性

女性主义具有多元性的特点。由于处在不同社会与境况下的妇女往往会在需求和理解力等层面存在着一些差异性,从单一视角对女性主义的认识通常很难对这些差异性给予有力的解释,也没有人能够对女性主义进行权威性的界定,这就使其具有了多元性的特点。

5. 世界性

女性主义具有世界性的特点。世界的也是民族的,这一特征主要表现为它将女性从任何形式的压迫中解放出来,并致力于促进世界各国妇女的团结一致。同时,女性主义的这一特征还力求其在具体的实践中,结合各国具体的经济、文化条件来考虑妇女解放的具体策略和重点。

二、女性主义的核心问题研究和翻译研究中的女性主义路向

(一)女性主义的核心问题研究

受到后现代主义、多元化理论强调差异性这一因素的影响,当代女性主义理论变得日益具体,并且其内部的分歧也日益增大。正因为这些分歧和争论的客观存在,与女性主义相关的一些核心问题的研究也日趋深化。其实,这些争论和分析也正好显示了女性主义充满着生机和活力。下面就对当代女性主义关于一些核心问题的相关研究进行探讨和分析。

1. 有关平等和差异的争论

通过对女性主义的发展历程进行纵览,不难发现,早期女性主义将平等作为其出发点,直到 20 世纪 70 年代之后,受到后现代思想家的影响,早期女性主义从平等走向差异。可以说,有关平等和差异问题的探讨是存在女性主义内部的一个争论不休的话题。早期女性主义对父权文化在各个不同领域对女性的歧视和排斥给予激烈的抨击,并希望争取妇女同男性平等的权利与机会。然而,在这一具体的斗争实践中,女性主义所提出的妇女解放标准事实上是将男性作为其标准的,也就是说,妇女要做同男人一样的人,并且对女性独特的生物存在与女性价值持否定态度。

自 20 世纪 70 年代以来,女性主义开始反省"平等理论"的观点,并开始逐渐认识到如果仅仅局限在男女平等这一层面,结果反而是对父权文化对女性排斥这一观点的认同。女性借助于男性文明获得某些方面的权利,事实上,也是对女性本身的自我否定。于是,他们开始将着眼点放在发掘女性作为群体和个体的独特性。同时,对以下内容加以强调:女性和男性是客观存在于现实中的,并且确实存在着一些有经验的女性,并且这一群体对社

会所发挥的作用也是有目共睹的。此外,还赋予了这种存在和经验新的意义和价值。

其实,不管是强调平等还是强调差异,都容易摆脱男性化的思维定式。不管是用男性标准来要求女性或者是用女性的标准来对男性文明进行审视,性别等级以及二元对立都将依然存在。

当代女性主义还提出了"双性共体"这一新的理想,这一思想理论的提出很可能帮助女性主义者从二元对立的男性化思维模式中解脱出来,而不是一直陷入用女性主义来代替男性主义这一困境中。"双性人格"这一概念具体阐释的是一种非僵化地派分两性特质和本能的情景,并设法将个人从理教的限制性中解放出来。具体而言,就是一种两性之间的水乳交融的精神,属于一种比较宽泛的个人经验的范畴,不仅允许女人具有侵略性,同时也允许男人温柔,这样就能使人类可以忽略风俗礼仪等因素来选择他们的定位。

2. 关于多样性和普遍性的争论

在一百多年的历史发展进程中,女性主义似乎已经在某些方面达成了一些共识。例如,在针对一些不平等的社会现象进行探讨时,都强调现存的社会结构属于男权,也就是说,一切都应以女性权益服从男性的利益的权利结构为其理论出发点。

女性主义还非常重视对不平等社会现象的根源的阐述,具体包括以下几点:

(1) 性别分工是怎样形成的。

(2) 在以性别为依据的社会分工的社会中,应该怎样认识社会的生产结构、生育结构和两性标准。

(3) 妇女解放的可能性和具体途径。

但是,女性主义从来都不是一个严密、完整的理论体系,在女性主义的内部,政治主张和理论建构都呈现出日益多元化的趋势。

从政治主张方面来看,有一部分人对妇女组建一个独立、有

第五章　文学翻译中的女性主义

其价值观和实践的文化团体持赞同态度,主要是因为妇女所遭遇的压迫存在于各个层面,如独裁的男性文化、被贬低的特定的女性价值活动等。另外一部分人则持反对态度,他们强调女性间的差异性,诸如在阶级、种族、性方面以及民族背景等方面。

从理论建构层面而言,各国的女性主义也按照其不同的理论根基提出了相应的理论框架。大体而言,呈现出法、美、英三极化这一趋势。

就法国的女性主义来看,主要受到福珂、拉康等学者的影响,并对语言、心理以及语言的生成变化等方面的问题表现出浓烈的兴趣。

就美国的女性主义来看,其女性主义倡导者更加侧重于对文学作品的文本分析。女性主义倡导者还对男作家作品中对妇女形象的认识进行了重新审视,并对以往作品中所隐藏的父权思想进行了揭露。

就英国的女性主义来看,女性主义代表者更注重对女性生长的具体历史环境的分析,并对特殊女性群体在特定历史时期的生存状况的政治含义进行了研究。女性主义代表者还认为,女性应参与历史进程并在促进深刻的社会变革中发挥作用。

由此不难发现,对女性主义进行研究的理论和方法的不同,使其研究呈现出多元化的发展趋势。

3. 对科学技术的批判

近代以来,科学技术的发展对人类的发展产生了深刻的影响,在此过程中也带给人类很多福祉。科学技术是一把双刃剑。科技的发展加速了人类历史的发展进程,无形中也导致一些其他方面问题的出现。第二次世界大战之后,出现了一些难以预料的灾难性后果,人们开始对科学的神圣地位进行反思,并随之产生了一些批判西方主流文化思潮的现象。女性主义就是一支重要的学术力量,并为此提供了独特的研究视角。根据女性主义的观点,科学技术领域不像传统观点中所认为的是客观、中性的领域。

就事实来看，无论从哪一个角度进行批判，科学和性别似乎都存在着紧密的联系。

女性主义者深刻地对科学理论和实践中的男性中心主义的偏见进行了剖析，并指出，从本质上来看，男性和科学发展是紧密相关的。随着研究工作的逐步深入，女性主义理论支持者也已经不再单纯地将其研究局限在批判科学技术领域所存在的性别偏见这一方面，她们甚至试图要扭转这一现状，并主张要重新建立一种"女性主义科学"，用此来取代传统科学。这种女性主义对科学技术领域性别批判的观点不仅促使人们重新认识科学技术的价值，同时也使女性主义自身的研究领域得以扩大。

上述的诸多迹象都表明，在当代，女性主义可以说是一支非常活跃的力量，并且在推动社会全面进步和人类发展方面发挥着很大的作用。特别是对全球妇女的解放做出了不可磨灭的贡献。与此同时，女性主义还是一种新的精神立场，并且已经灌注于经济、政治、社会、文化、历史等领域的相关研究中，对丰富人类精神文化也发挥了巨大的作用。

(二)翻译研究中的女性主义路向

加拿大一些相关的女性主义翻译研究者阐明了弱者的心声，并从不同的角度向传统的翻译研究发出了挑战。其中，海伦·西索丝就是其中的一位典型的女性主义文学批评家。根据其观点，写作是在中介间进行的，写作审视着生命之所以存在并且虽同而异的过程，并以此对死亡加以否定。女性主义翻译的相关研究学者还将此观点运用于翻译研究中，并对原文到译文的转化过程以及译者在该过程中的能动作用进行强调。

苏珊·巴斯奈特(Susan Bassnett)基于此提出了自己的见解和认识，她认为传统意义上的二元翻译理论将原文与译文视为两级。女性主义翻译理论所密切关注的是两级间的相互作用的空间。同时，她还指出很长时间以来被阐释为男性和女性的有关"不忠的情妇"这一观点，其中的原文是主导的、男性的，译文则是

第五章 文学翻译中的女性主义

从属的、女性的。通过强调中介间,女性主义翻译理论重建了翻译得以产生的空间,并认为翻译是双性的,并不专属于某一性。对翻译及译者从属地位的否定在于建立译者的主导地位。从传统翻译理论的观点来看,译者应该是自甘埋没,女性主义翻译的研究则强调译者本身的存在,并且强调译者对原文的占有和操纵。

萨拉·米尔斯(Sara Mills)也尝试着建立一种新的文体学,即"女性主义文体学",她认为,女性主义的分析主要将其精力放在注意并改变性别被再现的方式。这主要是因为,在现实中存在着很多不仅不是为女性并且也不是为男性的利益。因而,女性主义文体学所关注的并不仅仅局限在对文本中的 sexism 的描写,并且也对视角、agency、隐喻及物性以及 matters of gender 等相关的方式进行分析,借此来发现女性的写作实践能否被描写等。

在 *Language and Sexual Difference: the Case of Translation* 一文中,芭芭拉·戈达尔德(Barbara Godard)对译者在翻译女性作家特别是女性主义作家的作品时所应注意到的性别差异进行了具体分析。其一,女性译者在开发具体词语时应更加注重系统化,特别是当这些词语关系到生物生理学时。其二,尽管译者(不管男女)都会受到原文的制约,但是译者的世界观会在翻译时自觉或者不自觉地流露出来,并不同程度地会渗透在译文中。男性译者所具备的是一种置女性于父权统治下的心态,因而男性在翻译女性作家的作品时,通常会对原文中的女性人物进行有意识的或无意识的贬低或者压制。其三,男性对女性还会在不同的语义层上进行贬低。

到了 20 世纪 90 年代,女性主义同翻译的研究开始结合起来。在加拿大甚至国际范围内,这些都是具有代表性的研究,并且成为女性主义同翻译的研究相结合的奠基之作。其一是雪莉·西蒙(Sherry Simon,1996)《翻译中的性别:文化身份与政治的传递》(*Gender in Translation: Cultural Identity and the Politics of Transmission*)。其二为路易斯·冯·弗拉图(Luise von

Flotow,1997)《翻译与性别:"女性主义时代"的翻译活动》(Translation and Gender: Translation in the "Era of Feminism")。

第二节 女性主义翻译观

在20世纪后30年,西方女性主义同翻译研究的密切结合给传统的翻译理论和实践带来了很强的冲击作用,并逐渐成为译学界的一股新生力量。本节就结合女性主义翻译观的相关问题进行探讨和分析。

一、女性主义翻译理论的思想内核

事实上,女性主义和翻译都可以被看成是对语言进行批判的一种批判性理解。女性主义和翻译的有机结合形成了一种崭新的翻译理论。该理论的思想内核主要包括以下几个方面:

(一)消除翻译中的性别歧视

对中西方的翻译史进行分析不难发现,女性同翻译似乎存在着不解之缘,历来就有将翻译称为"媒婆""情妇""小女人"之类的说法。这些相关比喻不仅暗示了翻译的地位应从属于原文,并且具有派生性、次要性、被动性等特点,就好像女人应从属于男人一样。这样的称呼和看法其实隐含着对女性的性别歧视,同时也包含了对翻译和译作的歧视。

英国词典编撰家和翻译家约翰·弗洛里欧(John Florio)认为,翻译等同于女性,凡是翻译就存在着缺陷。法国修辞学家吉雷·梅纳日(Gilles Mènage)认为,可将翻译比喻成"不忠实的美人",这一观点很显然表达了对翻译和女性的蔑视。

女性主义翻译理论要求应消除语言翻译中性别歧视这一层面。很多女性主义翻译理论家们都进行了诸多丰富的翻译实践,

第五章　文学翻译中的女性主义

并对此做出了很大的理论贡献。哈沃德在其《圣经》译本的前言中这样写道:"在这一译本中我使用了一切尽可能的女性主义翻译策略来使女性主义能够在语言中体现。"这一主张就很好地体现了要用各种各样的翻译策略来彰显女性在文本中的地位,使女性的声音在语言中"可见",同时也打破了男权语言的成规,释放了女性的话语权。

(二)颠覆传统翻译理论绝对"忠实"的标准

女性主义翻译理论还倡导应颠覆传统翻译理论中绝对"忠实"这种标准。在传统翻译理论中,将"信"和"忠实"作为翻译标准的核心,并强调译文应对原文绝对忠实。女性主义翻译理论家们则对这一观点持强烈的反对态度,她们提出了一种所谓的"妇弄"文本,提倡应从女性的角度对女性特有的观点采取女性特有的方法策略进行操纵,并认为应大胆地践行自己的宗旨。这样一来,翻译就成了意义和知识的再生,这种再生同翻译工作者所持有的女性主义意识息息相关。

(三)对译者的地位进行重新阐释

在传统的翻译理论和实践中,翻译工作者是消极、被动和受制约的一方,并且译者的创造性在很大程度上受到了压制。甚至,译者在译文中是处于"隐形"的状态,译者要尽力忠实原作和译者,甚至消除自己在译文中的声音。最好应让读者在读译文时感受不到译文的痕迹。我国的很多翻译理论家的观点也都很好地体现了上述观点,如傅雷的"神似论",钱钟书的"化境论"等。

女性主义翻译理论则要求对译者的地位进行重新阐释,认为应彻底摒弃传统译者的"透明性诗学",明确提出应对译者的身份进行建构,并指出译者是作为主体存在的,在翻译过程中译者具有主导作用。重视译者对原文的操纵和占有。女性主义译者还往往热衷于翻译女性主义作家写的有关女性的作品,还宣称翻译就是"重写",公开显示了译者能够操控原文文本。他们用女性主义的方式对原文进行改写,使译者的主观能动性能够得到充分发挥。

根据戈达尔德的观点,女性主义译者对她的关键性差异进行了公开声明,包括对永无休止的重读以及重写的乐趣,公然打出对语篇进行操纵这一旗号。甚至她还提出,要粗暴地妇占(womanhandle)它所翻译的语篇,因而不会做一个谦恭的、隐形的译者。该观点明确地阐释了译者彰显自身的呼声。女性主义翻译理论的研究还发现,女性同翻译事业间存在着紧密的联系。在早期,女性借助于翻译这一实践加入了个人的政治宣言。

哈伍德(Harwood)将其翻译实践看成是一种让语言为女性说话的政治活动,更进一步说,假如一部翻译作品有作者的署名,就说明作者已经采取了一些翻译手段让语言女性化。在具体的翻译实践中,女性主义译者还采取了多样化的干涉文本的方式来使女性的话语权得以延展,同时要消除话语中的男性霸权意识。

弗拉图在其书中对比较常见的翻译实践方式进行了总结,即增补、加写前言和脚注、劫持等,借用这些实践方式来应对女性主义实验作品中经常出现的文字游戏、文化双关语等,以期通过这些方式来刻意地追求翻译中的性别表现的差异,来实现译文中女性身影和声音的凸显。例如,在戈达尔德所翻译的暗示双关语的女性小说标题:L'Amèr,其中 L' 代表 the,Amèr 代表 mother,sea 和 bitter 这几层意思,戈达尔德采用了增补的方式进行了处理,将其翻译如图 5-1 所示:

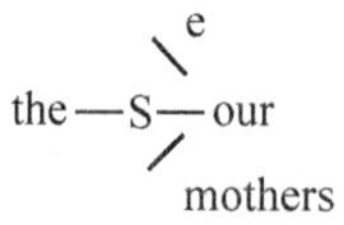

$$\text{the} - S \genfrac{}{}{0pt}{}{e}{\text{our}}$$
$$\text{mothers}$$

图 5-1 L'Amèr 的增补译法

(资料来源:杨朝燕、刘延秀,2007)

通过对其进行分析,可将其读成"These ours mothers."(这些我们的母亲)或"These Sour Smothers."(这些辛酸的溺爱者)

哈伍德则提出了"重新性别化语言"来突出女性的地位。例如,将 huMan rights(人权)中的 M 字母大写,可用来突出性别歧视。再如,将 one(法语中表示阴性)中的 e 黑体。

上述这些翻译实践都表明,女性译者超出了传统翻译理论中对她们所规定的限度,她们认为,女性应在翻译中处于主体地位。

二、女性主义翻译理论指导下的翻译策略

根据女性主义的典型代表人物苏珊·巴斯奈特的观点,当代诸多翻译研究属于与文化系统有机结合的一项具有动态性特点的活动。翻译作为创作形式的一种,其有着同原文本特有价值相区别的特性。

著名的女性主义翻译家哈伍德曾经对翻译进行了明确的界定,即翻译时用女权主义的方式再改写。戈达尔德曾经宣称:在女性主义的话语中,翻译是"生产",而不是"再生产"。上述这些认识都很好地说明了翻译其实就是特定的历史、社会以及文化背景下的一种为了争取女性话语权的主体写作,在作者和译者之间存在着一种合作但不是原有的忠实和被忠实的关系,翻译这一实践活动也能够超越时间和空间的限制,在译作中更好地发挥原作的生命力。很多女性主义译者在其翻译实践中通常都具有选择女性作家作为译本的倾向,她们通常将翻译视为一种借助女性主义方式进行的重写,然后公开地显示对原文文本的操控。依托女性主义翻译理论,很多女性主义翻译家在其翻译实践中,充分发挥出主观能动性和创造性,运用多种语言技巧来为女性说话。依照加拿大著名女性主义翻译理论的代表路易斯·冯·弗拉图,对一些受到女性主义翻译原则指导的工作者所采用的翻译策略进行总结和归纳,将女性主义翻译理论指导下的翻译策略归纳为以下几种:增补、加写前言与脚注以及劫持。借助于上述这三种翻译策略,女性主义译者较好地颠覆了男性特权对翻译的绝对控制,从而完成了创造性叛逆这一过程。下面就分别对这三种女性主义翻译原则指导的翻译策略进行探讨和分析。

(一)增补策略

增补策略是一种比较常见的翻译的辅助手段,通常我们可将其理解为一种"补偿"策略。在具体的翻译实践中,经常会遇到由于不同语言文化间的差别给翻译造成的麻烦。此时,就可以采取增补策略来有效地弥补源语文化同译入语文化间的相关信息理解的偏差。很多女性主义的译者都会借助这一翻译策略来体现女性要求的观点和理念,并将这种理念融入所翻译的作品中,这样就能很好地显现女性的身份特征和要求。

在《圣经》翻译实践中,女性主义译者为了显现翻译中的女性缺席以及之前译本中所流露出的性别歧视这一语言现象,便将所有的男性指称替换成不涉及性别的中性词或者直接加上表示女性的指称。例如:

用 God the Mother and father 替换 God the father

用 ruler 或 monarch 替换 king

此外,在一些翻译文本中,还有用来指所有人的 mankind/man 一律用男女两性兼容的诸如 sisters and brother 来替换,从而来表达出所有人(不管男女)都应被上帝眷顾这一真实意图。

(二)加前言与脚注策略

加前言与脚注策略指的是,译者在翻译中如果遇到了额外运用文字进行阐释翻译,以让读者能够充分理解这一目的而采取的一种辅助性的翻译策略。作者可采用加写前言或者脚注等方法解释原作,这些解释通常可涉及诸如作品的背景、作者的写作目的或者译者对其翻译过程和方法的具体阐述等。例如,戈达尔德在翻译布罗萨尔的图像理论时,在其日记和前言部分就针对其在翻译诸如科学、哲学以及后现代主义地带时进行文本展开的过程中所遇到的困难进行了记录,如"只要有我签名的翻译,就意味着在此篇翻译中运用各种策略以使得女性在语言中得以显现"。

第五章　文学翻译中的女性主义

(三)劫持策略

劫持策略可以说是女性主义翻译手法中使用得最过激的一种策略。同之前译者所不同的是,女性主义译者对其翻译主体地位有着更为充分的认识,为了使女性在文学中以及社会中的地位得到提升,女性主义翻译工作者擅长并且倾向于借助译者的主体作用对原文本进行叛逆性的创造。译界将这种"对原文本进行叛逆性的创造"的现象称作操纵或挪用。很多译者将这一翻译策略都看成超出传统译者权限的翻译策略。

例如,哈伍德在翻译莱兹·高文(Lise Gauvin)的一本运用普通法语写成的名为《她人的信》这部小说中,通过分析,发现在原文中使用了很多阴性词,在具体进行翻译时,译者从女性主义的角度出发进行了"改正"。例如,将 Quebecois(魁北克人,阳性名词)改成了 Quebecois-e-s,译者对原词进行了挪用,并创造了阴性词,进而使得这一词汇具有了兼具阴性和阳性的意义。

下面再列举一些运用劫持策略的女性主义翻译实例。这些例子源于加拿大魁北克省的一些女性主义作家在 1976 年合写的一个剧本。

"Ce soir, J'ENTRE DANS I historire sans relever majupe."

男性译者大卫·埃里斯(David Ellis)将其译为:

"This evening, I'm entering history without pilling up my skirt."

今晚,我不撩裙子就进入历史。

非常明显,在该剧本中原文意思指的是女人要想在社会中有所作为、崭露头角,唯一可以采用的办法就是凭借色相事权贵,也只有这样女性才能走向男性社会并立足。女性主义翻译家兰达·加博里安(Landa Gaborian)认为大卫·埃里斯的翻译不能很好地将女性走出社会长期压迫和性别歧视枷锁后的悲怆心情淋漓尽致地表现出来,她运用劫持策略将其改译如下:

"This evening, I'm entering history without opening up my legs."

今晚,我不叉开双腿就进入历史。

三、对女性主义翻译观的反思

相对于传统结构主义翻译观而言,女性主义翻译观可以说是在其基础上的一大进步。这一翻译观给人们反思传统译论的翻译标准以及译者的主体性等方面的问题提供了崭新的理论基础,并使人们对翻译的价值取向、权利运作以及意识形态等方面的问题给予更多的关注。同时,还使人们对翻译活动本身的意义有更加深刻的认识。

但是,这并不能表明女性主义翻译观已经发展到最佳状态,这种观点自出现以来就备受内外部的批评,认为这一理论观点太过于偏激。

很多人普遍认为,女性主义翻译理论太过情绪化、观念化和宗派化,在事态上也更为主观化。

女性主义的翻译研究过分强调了语言游戏所产生的政治影响,这一理论的很多观点对大多数普通妇女而言太过超前。

由此可见,女性主义翻译过于夸大女性主义在政治上的需求,并突出体现了译者主体地位的影响力,从而导致译者在用女性主义的方式来改写原文时具有任意性,甚至还会产生忽视对译本的交流前景的考虑,或脱离普通读者阅读能力和经验之类的问题。

斯皮瓦克(Spivak)认为,女性主义译者在翻译时还存在着"对非西方世界殖民主义构建"这一现象,由于西方女性译者更多地干涉和挪用文本,甚至对西方读者的爱好保持着一味迎合的态度,译文在很大程度上模糊了不同文化环境下的女性差异,译者的主观化色彩非常明显,有时甚至还改变了原作者的写作风格。还有一部分女性主义的翻译策略也过于激进,如劫持,这与斯坦纳(Steiner)所提出的对翻译过程进行阐释的"侵入"类似,甚至具有暴力倾向。甚至,在此过程中,如果把握不好度,对女性经验过分张扬,则极有可能会落入色情文学之列。

此外,女性主义翻译理论和实践本身也存在着自相矛盾和自我颠覆之处。在巴西,有一位女性主义批评家阿茹雅(Rosemary Arrojo)曾经对女性主义如此界定,她用"虚伪性""机会主义"以及"理论的非连贯性"等字眼对女性主义翻译观进行批判。例如,她声称应忠实于原文,但同时又主张用女性特有的方式对原文中自相矛盾的问题进行改写,并亟待女性主义翻译本身不断发展和完善。

弗洛托与西蒙可以说是女性主义翻译观倡导者的中坚力量。他们对女性主义的发展未来和空间都进行了思考。其中,在书中,弗洛托对女性主义翻译理论的发展趋势进行了展望,并认为该理论能在身份政治、处境状态以及历史维度等方面实现进一步拓展。西蒙认为,性别文化将会修正并拓展翻译和文化相结合的边缘地带。由此看来,女性主义还需要进一步发展,并对翻译的理论和实践产生影响。

第三节 女性主义翻译观对文学翻译的影响

女性主义翻译观是女性主义同翻译的文化转向发生了碰撞之后相结合的产物。女性主义翻译观的产生为翻译的相关研究提供了一个崭新的视角,即性别视角。女性主义翻译观将性别研究作为其线索,并将性别概念引入到文学翻译中,提出翻译是一种政治活动。因而,女性主义翻译观无形中会对文学翻译产生影响。下面就对女性主义翻译观对文学翻译的影响进行探讨和分析。

一、女性主义翻译观下译者的主体性

哈伍德是加拿大的女性译者,她在选择原创作品的过程中,

仅仅选取女作家的源语文本进行翻译。我国翻译家朱虹的主要翻译作品也大多是与女性问题的文本相关的问题。其实,在中西方女性主义翻译工作者中存在着一个共同点,就是她们都认为,译者应该翻译同性作家的作品。此时在选择译作时主要考虑以下两个标准。

(1)作家是女的。

(2)作品中的人物也是女的。

由此可见,女性主义译者在选择翻译作品时,表现出明显的女性意识和主体性。她们还倾向于选择那些带有女性意识的女作家所写的有关女性主题的作品进行翻译,并且,不同的译者在翻译时,还无形中受到其自身文化的影响,而且在翻译策略上也体现出明显的不同。相比较而言,西方的女性主义者呈现出激进的特点,而东方文化下的译者则相对较缓和些。但是,她们都表现出比较强烈的女性意识。

二、女性主义翻译观对译者风格的影响

风格是优秀的作家在其长期的创作实践中慢慢形成的独特的表达体系,该体系在词语、句型、修辞手法等各个方面都具有独特性。类似地,可将译本主观能动参与者的风格看作译者本身在其长期的翻译实践中逐渐形成的独特的遣词造句的表达方式,甚至还在不同程度上受到译者的职业、性别、地域等诸多因素的影响。具体而言,译者风格就是翻译工作者在其具体的翻译过程中所表现出来的个性化的创作理念。主要包括如题材选择的口味,所采用的具体的翻译策略以及译文语言运用的技巧等特点的综合,尤其是语言运用的特点。译者的风格还在很大程度上取决于他们的艺术偏好、世界观、创作的天赋等,这些稍微带些主观方面的因素,但更为关键的,这些翻译风格其实还是在实践中不断形成和发展的。

女性主义翻译观对翻译工作者风格的影响也非常明显。具

体体现在以下两点：

（1）在解读原文的过程中，女性主义译者是以女性主义的视角来理解原文的，在翻译过程中也难免带有女性主义思想的影子。

（2）在进行表达时，女性主义试图采取各种方法"操纵"和"干预"原文，译文也不可避免地带有译者的风格特点。

三、女性主义翻译观对译入语词汇选择的影响

词汇是文本用以表达其思想内涵最基本的语言单位。在文学翻译中，在译入语中如何更恰当地进行词汇选择也是翻译工作者所面临的最现实的问题。尽管人类的语言存在着诸多共性，如移植性、互换性、可学性等，但是由于各国所处的具体地理位置、风俗人文以及历史沿革等方面的巨大差异，文化语境不同的人们对相似语言内涵的理解也往往存在很大的差异。因而，要想很好地传译这些文学文本，可能对翻译工作者来说是一项巨大的挑战。

只有充分发挥译者的主动性，选择最贴切的词汇对源语进行转换，才能让读者充分感受源语所要传达的思想内涵。下面以《简·爱》这部小说的开头部分的翻译为例进行分析。

Why was I always suffering, always brow-beaten, always accused, for ever condemned? Why could I never please? Why was it useless to try to win any one's favor?

我为什么老受折磨，老受欺侮，老挨骂，一辈子也翻不了身呢？我为什么会从来得不到别人的欢心呢？为什么我竭力讨人喜欢也没有用呢？

本例是《简·爱》中的一个小片段，主要讲述的内容是关于年龄仅仅十岁的简在与她的约翰表哥发生冲突之后，她的舅妈里德太太命令佣人将她拖进了阴冷幽闭的红屋子里，她开始对自己的不幸命运进行的反思。这些反思对其后期自我意识的觉醒和独

立人格的形成奠定了基础。译者在进行翻译时,将原文中三个 always 连续用三个"老"字进行翻译,而没有译成"总是",这样的翻译更加符合儿童在使用语言时的特点,同时"老"字还暗含着强烈的感情色彩,使小简·爱在遭受不公平待遇后内心的愤怒和怨恨淋漓尽致地体现出来了。

What a consternation of soul was mine that dreary afternoon! How all my brain was in tumult, and all my heart in insurrection! Yet in what darkness, what dense ignorance, was the mental battle fought!

在那一个悲惨的下午,我的灵魂是多么惶恐不安啊!我整个脑海里是多么混乱啊,我整个的心又多么想反抗啊!然而,这一场精神上的搏斗,是在怎么样的黑暗、怎么样的愚昧中进行的啊!

本例也是《简·爱》中的一个小片段,在翻译时,将原文中的三个 what 翻译成了三个"多么",将原文中的一个 how 翻译成了"怎么样",栩栩如生地将一个十岁左右的小女孩历经暴风骤雨时内心的不安和忐忑以及内心发生冲突时的紧张焦虑描述了出来。

四、女性主义翻译观对中国文学翻译的影响

尽管女性主义翻译理论在我国的发展时间并不是很长,但是,在我国历史上,尤其是清代以来,女性长期受到排挤和压迫,其地位也得不到应有的尊重。步入文坛的中国女性也都或多或少地带有反压迫的意识。

从 19 世纪末到 20 世纪初,我国有一部分知识女性开始逐渐介入翻译活动,比较典型的代表有冰心、林徽因以及薛绍微等。在这些知识女性当中,冰心是一位自觉以文学作品形式对女性命运尤加关注的女性作家,同时,她也是一位非常优秀的翻译家。其女性意识也对她的翻译思想起到了相应的影响。冰心翻译理论的核心完全改变了传统观念中将原作者作为中心,强调译者应关注读者的体会,将读者作为中心这一思想。

第五章 文学翻译中的女性主义

通过对冰心的译作进行分析,不难发现,作为女性译者的代表者,她能够更加生动、真切地传达女性作家的情感。在具体的翻译工作实践中,冰心还采取了比较温和的翻译策略展现其女性意识。她在遵循忠实原则的前提下,发挥了一个女性译者的主体性和能动性。例如:

… she the tiny servant of her mother, grave with the weight of the household cares.

(*The Gardener*)

冰心译本:她是妈妈的小丫头,繁重的家务事使她变得严肃了。

刘国善译本:她是母亲的小仆人,家务重担使她这样肃穆庄严。

通过对这两个翻译版本进行分析,不难发现,冰心将 servant 译成"小丫头",刘国善的翻译版本则将 servant 翻译成了"小仆人",对比可见,冰心的翻译带有对劳动妇女歌颂的情感态度,并体现了她的女性观,她认为女性应该将家庭、事业安排得有条不紊,女性对于家庭的贡献也应着手于一些实际的事情,如照顾好家庭等。事实上,这些已经是对一些传统的对女性的观点的超越了。同时,冰心还摒弃传统的女性观念,即女性处于从属地位。她认为,作为当代女性,应通过实现她们的社会价值来对其独立的人格进行塑造。冰心选用的"小丫头"这一表述,很好地体现了她认为劳动妇女应独立的观点。

下篇　多视角背景下各种文学体裁的翻译

第六章　小说翻译

小说是文学题材中最常见的形式之一,它主要通过对特定典型的环境气氛的描述、引人入胜的故事情节的安排与鲜明丰满的人物形象的塑造来传达一定道德伦理感情。在文学翻译领域,小说的翻译虽然比较普遍,然而其翻译并不容易。为此,本章就对小说的翻译问题进行研究。

第一节　小说简述

一、小说的定义

小说是以艺术形象为中心任务,通过叙述和描写的表现方式,在讲述部分连续或完整的故事情节并描绘具体、生动、可感的生活环境中,多方位、多层面、深刻且具象地再现社会生活的面貌。

该定义中的艺术形象,主要包括人物形象、动物形象和景物形象的整体。其中,人物形象属于核心。小说通常用叙述、描写等手段,但这并不排除局部地、不同程度地用抒情、说明、议论等表达方式。其中,叙述和描写是最基本和根本的手段。小说一般都是完整的或相对完整的故事,而现代小说经常有时空跳跃,会故意将一个完整的情节分割成零碎的片段。但是,小说的情节必须保持局部的连续与表述的一致,具象化地再现,注重小说的文艺方式,不可与抽象的哲学方式混同,并且,还要尽可能地避免给抽象的主题找到一个形象化的图解的躯壳,这种创作会更加生动、可感、具体,但这并不是一贯的、发自内心的且真诚的具象构思。①

二、小说的分类

(一)长篇小说

长篇小说的字数可达十万字以上。长篇小说反映的纵断面生活更加厚实、背景更为浩繁、结构复杂、人物极多。一篇成功的长篇小说不但能塑造主要的人物,而且能塑造多个典型的人物。

长篇小说情节曲折、多变,其环境描写有特定的区域景物,还有特定的、由复杂人际关系构成的社会环境。其通常会因为对社会进行全面、深刻地反映而被称为"史诗"。在一定程度上,某一时代的文学作品都是长篇小说。

(二)中篇小说

中篇小说的字数一般会控制在 3 万到 10 万之间。结构稍显复杂,人物相对较多,但一般仅围绕一个人物展开,没有长篇小说的层面那么多。

中篇小说能描述有一定长度历史的纵断面生活,能从不同角度描写某一典型形象的性格系统,也能全方位地阐述一个人物的命运。中篇小说具有长篇小说"全景式""大容量"的特点,然而与长篇小说相比,中篇小说却能精练、简单地概括复杂的纵断面生

---

① 刘海涛. 文学写作教程[M]. 北京:高等教育出版社,2005:96-97.

活。中篇小说中的人物关系不一定复杂,情节枝蔓不多,却能对人物之间的内心冲突进行集中展示。

(三)短篇小说

短篇小说的字数通常是两千以上、3万以内。短篇小说主要是截取生活中有典型意义的横断面来反映一定的社会生活。在对人物刻画上,短篇小说会集中艺术笔墨塑造一个性格侧面较为系统、完整的人物。

(四)微型小说

微型小说是容量最小的,篇幅最短,其情节也非常单一,人物也很少。微型小说的字数可以是几十字、几百字或两千字之内。

微型小说的含义深刻,可以给读者留下很大的想象空间;取材一般来自生活中的小事,渗透一些褒贬或哲理。微型小说通常充满着智慧与巧妙,有着幽默、荒诞、夸张、象征、幻想等色彩,可以释放巨大的思想能量,震撼人心。

其实,篇幅上的差异仅是表面上的形式标志,主要的区别还应看小说的内容与形式,不同的材料适合写不同的小说,是要根据小说审美形态来选择的。①

第二节 小说的语言特点

一、形象与象征

小说语言一般是通过意象、象征等手法形象地表明或表达情感和观点的,而不是用抽象的议论或直述其事来表达。小说的语

---

① 郑逸,郭久麟.文学写作[M].天津:天津大学出版社,2009:107-108.

第六章 小说翻译

言会用形象的表达对一些场景、事件及人物进行具体、深入的描绘,使读者有身临其境之感,从而有一定的体会和感悟。小说对人物、事物会做具体的描述,其使用的语言一般以具象体现抽象,用有形表现无形,使读者渐渐受到感染。

小说中经常用象征的手法。象征并不明确或绝对代表某一思想和观点,而是用启发、暗示的方式激发读者的想象,其语言特点是以有限的语言表达丰富的言外之意和弦外之音。

用形象和象征启迪暗示,表情达意,大大增强了小说语言的文学性与艺术感染力,这也成了小说的一大语言特点。

二、讽刺与幽默

形象与象征启发读者向着字面意义所指的方向找更丰富、深入的内涵,层次则使读者从字面意义的反面去领会作者的意图。[1] 讽刺,即字面意思与隐含意思相互对立。善意的讽刺一般能达到诙谐幽默的效果。讽刺对语篇的道德、伦理等教育意义有强化作用。幽默对增强语篇的趣味性有着重要作用。虽然讽刺和幽默的功能差异很大,但将二者结合起来将会获得意想不到的效果。讽刺和幽默的效果一般要通过语气、音调、语义、句法等手段来实现。小说语言的讽刺和幽默效果的表现形式有很多,它们是表现作品思想内容的重要技巧,更是构成小说语言风格的重要因素。

三、词汇与句式

小说语言中,作者揭示主题和追求某种艺术效果的重要手段就是词汇的选用和句式的安排。小说语言中的词汇在叙述和引语中的特点是不同的。在叙述时,使用的词汇较为正式、文雅,书卷味很强。引语来自一般对话,但又与一般对话有所不同,其有

---

[1] 侯维瑞. 英语语体[M]. 上海:上海外语教育出版社,1988:197-198.

一定的文学审美价值。小说的引语应摒弃一般对话中开头错、说漏嘴、因思考与搜索要讲的话所引起的重复等所用的词汇与语法特点。

小说中的句式既有模式化的特征,如对称、排比等,又有与常用句式的"失协"。句式不同所产生的艺术效果也不同,作者就是通过运用不同句式而实现其表达意图的。

四、叙述视角

通俗地说,小说就是讲故事,所以其语言是一种叙述故事的语言。传统的小说特别注重小说的内容,关注讲的故事是什么,重点研究故事的要素,包括情节、人物和环境。但是,现代小说理论则更在意如何讲述故事,将原来的研究重点转向了小说的叙述规则、方法及话语结构、特点上。通常,小说可以用第一人称和第三人称的形式展开叙述。传统的小说通常采用两种叙述视角:一是作者无所不知的叙述;二是自传体,即用第一人称的方式进行的叙述。现代小说则变成一切叙述描写均从作品中某一人物的角度出发。总之,叙述视角的不同最后所获得的审美艺术效果也大为不同。[1]

第三节 小说的翻译方法

一、什么是小说翻译

1840年,西方列强以炮舰打开了中国的大门,使中国沦为一个半封建半殖民地的国家。与此同时,西学东渐呈现出强有力的

---

[1] 张保红. 文学翻译[M]. 北京:外语教学与研究出版社,2010:130-132.

态势,在这一文化背景下,各国文学作品也相继被译介到国内,形成了我国翻译史上第一次文学翻译高潮。

在各种外国文学的译介中,小说的翻译占了绝大多数。它始于1873年,于清末达到兴盛期,直至五四运动,前后经历了50多年的发展历程。期间,翻译小说的数量之大实在惊人,据统计达2 504种。翻译小说所涉的题材、内容也是五花八门、无所不包,如历史小说、政治小说、科学小说、侦探小说、社会小说、传奇小说、爱情小说、教育小说等。

近代翻译小说的大规模出现,对国人了解外部世界、丰富我国的传统文化、推动整个社会的变革,都产生了深远的影响。以往翻译界对这一段小说翻译活动的研究往往侧重于史料分析,如译者的生平,译作的主题、年代、数量及其在翻译史上的地位、作用、意义。国内学者如马祖毅、陈玉刚、郭延礼、韩迪后等人曾先后发表了许多著作,很具参考价值,特别是为研究近代翻译文学的学者提供了许多宝贵的资料。近年来,随着翻译研究的文化转向,翻译界对近代翻译小说的探讨由史料分析转向文化研究,即从主体文化对翻译活动的制约以及主体文化和翻译活动之间的互动关系来审视近代的翻译小说。

二、晚清小说翻译

中国古代小说长期并且一直归属于社会的边缘,为文人士大夫所不齿。鲁迅曾感叹,"在中国,小说向来不算文学家的""做小说的也不能称为文学家"。然而,清末民初,中国文学出现了小说革命的浪潮,晚清翻译小说是这次小说浪潮的中坚力量,翻译小说大量出现,数量巨大、类型全面、影响深远,在整个翻译文学中占据绝对的优势。

无论是中国小说,还是西方译介小说,从"小道"一跃而成为"文学之上乘",这一现象并非偶然。只有把整个翻译活动置于一个广阔的社会文化大背景下,抓住特定的历史时代主流思潮和意识形态,才能深刻地理解晚清翻译活动。晚清小说革命是小说翻译活动的直接动力,而翻译、介绍域外小说又是小说界革命的第一步。

戊戌变法失败以后,代表着当时政界、思想界、文学界先锋人物的维新派对自上而下的改革彻底绝望,认识到不能依靠保守的官吏和腐败的晚清政府来完成改革大业,只有从国民做起,唤起国民舆论,振作国民精神,使改革之事成为国民共同的事业方能成功。

1902年11月,《新小说》杂志在日本横滨创刊。梁启超在《论小说与群治之关系》中提出了"今日欲改良群治,必自小说界革命始,欲新民,必自新小说始"的小说界革命口号。国民素质关乎救国强种之要,在维新派的笔下,开民智、育民德一直是"新民"的主要任务。

严复曾经呼吁,"今日要政,统于三端:一曰鼓民力,二曰开民智,三曰新民德。"

梁启超在《新民说》"叙论"里开宗明义指出,同是圆颅方趾,同样的日月山川,为什么国家有强有弱?不在于地利,不在于个别英雄,而在于国民。梁启超还指出,欧美国民虽然强调个人权利,视独立、自由高于生命,但其群体观念又绝非中国民众所能及。他批评中国人奉行"人人皆知有己,不知有天下"的处世之道。他提倡"固吾群,善吾群,进吾群"的新道德,即公德。

出于启蒙的需要,小说作为一种有效的宣传手段,得到重新认识。在小说界革命正式提出之前,文界、政界维新人士就对小说的启蒙教诲功能有所阐释。

康有为在《日本书目志》(1897)中借上海点石者之口,说"书""经"不如八股,八股不如小说。小说可以启童蒙之知识,引以正道,并且使他们喜欢阅读。"仅识字之人,有不读经,无有不读小说者,故六经不能教,当以小说教之;正史不能入,当以小说入之;语录不能喻,当以小说喻之;律例不能治,当以小说治之。"[①]

---

① 陈平原,夏晓红. 二十世纪中国小说理论资料(第一卷)[M]. 北京:北京大学出版社,1997:29.

综上所述,小说界革命在于启蒙、新民,是意识形态的革新,而不是文学形式的革命。如果没有梁启超等人从意识形态上把小说纳入"文以载道"的正统文学大旗下,不给小说披上文学救国的正统外衣,为新小说的输入制造舆论和思想准备,引进新的小说价值体系,那么晚清小说翻译活动是否能够顺利进行就会成为未知数。

三、小说翻译的基本方法

(一)人物塑造与翻译

小说特别注重对人物的刻画。小说通常会塑造性格不同、栩栩如生的人物形象,如英勇伟岸的时代豪杰,平庸无奇的市井小人,浓施粉黛的大家闺秀,秀色可餐的小家碧玉等。这些人物形象一方面对读者具有启发作用,另一方面可以将读者带入特定的境界中,获得丰富的审美体验。在塑造类型各异的人物时,作家往往会使用各种风格的语言,以此来展现小说任务的精神状态,揭示其内心世界。译者在对各种不同小说人物进行翻译时应对此给予关注。

翻译是两种语言之间的形象转换。小说人物塑造的翻译应对附加在词汇本身概念上的联想意义进行甄别。英汉两种语言分属于不同的语言体系,中西文化传统也存在很大的差异,中西方人的思维模式各不相同,要想以一种完全不同的语言再现另一种语言创造的艺术品,并非易事。对此,国内有学者提出在译入语中对人物形象的忠实重塑应该遵循等值原则。奈达提出了"动态对等"翻译标准,也就是源语与译入语之间最贴切、最自然的对等。其核心是从译入语中找出恰当的表达手段,采用最自然的方式来将原作的对等信息表达出来。翻译等值概念的出现,使小说人物塑造的翻译走出两个极端(即直译与意译),获得了更新、更全面的等值翻译。

在具体的小说翻译实践中,译者要用心选词,找到恰当的表达方式,使读者通过阅读译文也能对人物形成深刻、鲜明的印象,获得与原文相同的效果。例如:

"Do you think I can stay to become nothing to you? Do you think I am an automation? —a machine without feelings? And can bear to have my morsel of bread snatched from my lips, and my drop of living water dashed from my cup? Do you think, because I am poor, obscure plain, and little, I am soulless and heartless? You think wrong! —I have as much soul as you—and full as much heart!"

"你难道认为,我会留下来甘愿做一个对你来说无足轻重的人?你以为我是一架机器?——一架没有感情的机器?能够容忍别人把一口面包从我嘴里抢走,把一滴生命之水从我杯子里泼掉?难道就因为我一贫如洗、默默无闻、长相平庸、个子瘦小,就没有灵魂没有心肠了?——你想错了!——我的心灵跟你一样丰富,我的心胸跟你一样充实!"

该例的原文向读者呈现了一个自强自爱、要求平等的简·爱,主人公的精神和个性得到了充分的体现。基于这一因素,译者在遣词造句和语气上都必须精心雕琢,以准确地再现原文主人公的形象。

Seated with Stuart and Brent Tarleton in the cool shade of the porch of Tara, her father's plantation, that bright April afternoon of 1861, she made a pretty picture. Her new green flowered-muslin dress spread its twelve yards of billowing material over her hoops and exactly matched the flat—heeled green morocco slippers her father had recently brought her from Atlanta. The dress set off to perfection the seventeen-inch waist, the smallest in three counties, and the tightly fitting basque showed breasts well matured for her sixteen years. But for all the modesty of her spreading skirts, the demureness of hair netted smoothly into a chignon and the quietness of small white hands folded in her lap, her true self was poorly concealed. The green eyes in the carefully sweet face were turbulent, willful, lusty with life, distinctly at variance with her decorous demeanor. Her manners had been imposed upon her by her mother's gentle admonitions and the sterner discipline of her mammy; her eyes were her own.

(Margaret Mitchell: *Gone with the Wind*)

1861年4月里的一天下午,阳光明媚。斯嘉丽小姐在她爸爸那个叫作塔拉的庄园里,由塔尔顿家两兄弟,斯图尔特和布伦特陪着,坐在走廊的阴影处,显得颇为妩媚动人。她穿着一身簇新的绿色花布衣服,裙摆展开呈波浪形,脚上配着一双绿色平跟山羊皮鞋,那是她爸爸新近从亚特兰大给她买来的。这身衣服把她只有十七英寸的腰肢——邻近三个县里首屈一指的纤腰——衬托得格外窈窕。一件巴斯克紧身上衣贴着一对隆起的乳房,使这年方十六的妙龄少女,看起来相当丰满成熟。可是不管她那展开的长裙显得多么端庄,她那梳得平整的发髻多么严肃,她那交叠着放在膝盖上的雪白小手多么文静,却还是掩饰不了她的本性。在她可爱而正经的脸容上,那一双绿色的眼睛显得风骚、任性、充满活力,和她那淑静的举止丝毫不能相称。她的仪态是她母亲的谆谆教诲和嬷嬷的严厉管束强加于她的,那双眼睛才真正属于她自己。

这段文字选自美国小说家玛格丽特·米歇尔的《飘》。原文主要对小说的女主人公——斯嘉丽·奥哈拉(Scarlett O'Hara)进行了描绘。通过阅读原文可以知道,尽管斯嘉丽·奥哈拉表面上看成熟端庄、严肃文静,但从其绿色的眼睛中就能看出她真实的性格是:turbulent, willful, lusty with life。译者在充分理解原文之后,将斯嘉丽·奥哈拉的性格特点准确地翻译了出来:风骚、任性、充满活力。

(二)小说修辞的翻译

小说的审美价值很大一部分体现在"小说修辞"中。所谓"小说修辞",是指"隐含作家"用来控制读者的技巧,而这一技巧具体来讲就是作者叙事的技巧。"叙事"正是叙事学中最基本的概念,"叙事之于小说犹如旋律节奏之于音乐、造型之于雕塑、姿态之于舞蹈、色彩线条之于绘画,以及意象之于诗歌,是小说之为小说的形态学规定。"小说的本质特性就是叙事,即"采用一种特定的言语表达方式叙述来表达一个故事"。小说离不开叙事,叙事是小说的灵魂。小说是文学作品的一大题材形式,是散文叙事艺术的集大成者,所有文学翻译的准则无疑都适用于小说翻译。

俄罗斯翻译理论家科米萨罗夫(1980)提出,按照原作的功能目的,翻译可分为"文艺翻译"和"非文艺翻译"(即"信息翻译")。之所以将文艺作品和其他言语产品对立,是因为它具有文艺美学功能,而在其他言语产品的翻译中占第一位的则是信息功能。

小说翻译受节奏、语音、语调的影响相对较小,也不太受形式和内容关系的约束,尤其是现实主义小说,因此译者在翻译小说时往往只注意原文的内容而容易忽视其形式,不能反映原文中通过语体或独特的文学话语体现出来的修辞、美学功能,更乐于在内容层面上建立对等,将注意力集中在小说事实上,忽略原作者对表现形式的操纵。这类翻译被称为"虚假等值"。

在小说翻译中,要达到文艺美学功能的等值,译者必须紧紧抓住叙事这一本质特性,恰当地把握原文作者的叙事技巧,准确地再现原作中的叙事类型。作者的叙事技巧往往表现在两个方面:

(1)小说的叙述结构安排。

(2)表现在"叙述话语"上,即表现在"用于讲述某一事件或一系列事件的口头或笔头形式"上。

在小说翻译过程中,对翻译产生直接影响的是叙述的话语层而非故事层,因为作者是通过叙述话语来塑造人物、反映生活的,对译者而言,作者所采用的任何语言手段都是其创造性再现的对象,而故事是完全独立于作家的写作风格的,不同的风格可以表达同样的故事,因此追求故事层上的对等是远远不够的。

第六章 小说翻译

  文学作品中语言手段的功能在很大程度上与作者的个人风格有关。一部成功的小说除了情节故事外,必定还有作者匠心独运的表达手法。在文学翻译过程中,唯有译者充分意识到这一点,并采取适当的手段进行传达,译作才能保持原作的韵味和艺术性。作者的叙述话语是完全融合在叙事类型中的。那什么是叙事类型呢？这是指由某种观点(作者、讲述者或人物的观点)组织起来的结构统一体,它有各种现实存在形式,具有自身的内容和功能,其特征是一整套相对稳定的结构特点和言语手段。

  小说中经常可以看到多种多样的修辞手段,对这类修辞手段进行翻译,译者需要结合上下文以及背景知识,选取合理的表达手法将原文翻译出来。下面来看一则小说修辞手法的翻译实例。

  ... Pure, bracing ventilation they must have up there at all times, indeed; one may guess the power of the north wind blowing over the edge, by the excessive slant of a few stunted firs at the end of the house; and by a range of gaunt thorns all stretching their limbs one way, as if craving alms of the sun.

(Emily Jane Brontë: Wuthering Heights)

  "呼啸"在当地是个有特殊意义的词儿,形容在大自然逞威的日子里,这座山庄所承受的风啸雨吼。可不是,住在这儿,一年到头,清新凉爽的气流该是不愁的了吧。只消看一看宅子尽头的那几株萎靡不振、倾斜得厉害的枞树,那一排瘦削的只向一边倒的荆棘(它们好像伸出手来,企求阳光的布施),也许你就能琢磨出从山边刮来的那股北风的猛劲儿了。

(方平 译)

  本例选自艾米莉·勃朗特的《呼啸山庄》。作者用 as if craving alms of the sun(好像是向太阳乞讨)来比喻荆棘向着一个方向伸展的样子,读者可以很容易就想象到当地冬天恶劣的环境,同时也能感受到一种不屈不挠的精神。

(三)小说文体的翻译

  文学文体学是一门探讨文学文体的文艺理论学科,它借助对文学文本的文体分析,集中探讨作者如何通过对语言因素及其结构形式的选择,来加强和表达作品的主题意义和美学效果。文学文体学对文学文本的分析一方面包括对作品话语体式,如语音、词汇、句法、修辞的分析,另一方面包括对文本整体结构方式上的把握,如诗歌的段落布置,小说的情节安排。在文体分析的基础上,文学文体学把社会文化内容融进作品的文体分析,并兼顾作家的个性心理和文体意识,以及读者的文体期待等因素,文学文体学把文学作品的语言分析与文化分析统一起来,是连接语言学和文学批评的桥梁。

以文学文体学的研究方法来探讨近代的翻译小说,本文首先关注的是它的话语体式。近代翻译小说在话语体式上最显著的特点是三种不同语体的运用:文言、浅近文言、白话,并且它的发展经历了一个由"雅"趋"俗",也就是不断地由文言趋向白话的演变过程。

小说是叙事的艺术,其主要的语言表达方式和功能就是叙事,所以小说文本的结构方式在这个意义上可以看作小说叙事语言的组织方式,也就是小说的叙事方式。叙事学对叙事方式的分析可以有各种各样的理论模式,考虑到近代翻译小说文体的实际发展过程,陈平原在《中国小说叙事模式的转变》一书中提出研究模式,他将中国小说叙事模式分为三个层次:叙事时间、叙事角度、叙事结构。其中,叙事时间是作家处理的体现在小说中的时间;叙事角度是叙事者叙述故事的视角;叙事结构指作家创作时在情节、性格、背景三要素中选择何种为结构中心。

作为话语体式和结构方式,翻译小说文体的文化阐释涉及以下三个方面:

(1)译文是译者在原文文体的基础上再创造的产物,它的形成与译者的文化心态和翻译态度相关。

(2)翻译小说的文体虽然是译者创造的产物,但也与接受者相关,因为文本的接受必须引入读者才能使文学交流得以完成。

(3)翻译小说文体的创造与接受总是在一定的历史文化环境

中,也就是在一定的翻译场中进行的。

在了解英文小说的文体特征之后,还要具备一定的翻译理论和掌握一些翻译方法,通过大量的阅读和翻译实践,才能把小说翻译好。

(1)小说反映的是广阔的社会现实,因此翻译小说必须有宽阔的知识面,有较为丰富的英语民族以及汉语民族的社会文化知识,如历史、地理、文学艺术、政治、宗教、体育、风土民情等,这对准确理解原著起着十分重要的作用。

(2)译者必须具备一定的文学鉴赏力,在一定程度上应是一位文学批评家。

(3)译者必须对译入语驾轻就熟,有较高的母语表达能力,既能对译出语意会,又能用译入语言传。应在遣词造句上下工夫,正确运用翻译技巧,以保证行文的连贯流畅。同时,译者还应深入分析原作的语言风格,如是正式的还是非正式的,是高雅的还是粗俗的,是日语化的还是书卷气十足的等。

下面来看看小说文体翻译的实例。

You're a pal!

(选自 *Presumed Innocent*)

你真够朋友/你真够哥们!

小说原文表达的是"你是一个朋友",但这句译文是判断或阐述,而原文是抒情,属于"表达类"言语行为。可见,好译文要翻译出原文的交际功能。

I am ready to pop.

(选自 *Liar Liar*)

我要爆炸了/我的肚子要裂开了。

该例原文是对"还要吃点吗?"的应答,因此是礼貌拒绝的功能。那么翻译成"吃不了""再吃就要爆炸了"比较贴切,切不可按照字面意思翻译成"我准备引爆"。

(四)小说风格的翻译

读者在阅读小说时可以发现,有的小说语言简单活泼,有的语言则幽默辛辣,不同的语言特点其实都源于小说家写作风格的不同。另外,小说的风格还会通过小说的主题、人物形象、故事情节、创作方法等表现出来。

关于风格,*Webster's Encyclopedic Unabridged Dictionary of the English Language*(1996)提供的释义是:"具有某一团体、时期、个人或性格特征的,在写作或讲话中为达到清晰、有效以及悦耳目的的,通过选择和安排适当的词语来表达思想的方式"。因此,风格的含义既是作品所特有的艺术格调,还是通过内容与形式结合而体现出来的思想倾向。

译文的读者一般不会直接接触原作,但依然希望与原作的读者一样领略作品中所包含的精神。美国翻译理论家奈达指出,真正需要的是提供这样一种译文:它可以使译文读者领略到读原著所能领略到的东西。虽然译者在风格方面不能做到完全统一,但是译者应尽可能地避免自身风格的影响,使作者期望达到的艺术功能与特殊效果得以保留。

这就要求译者在翻译不同小说家的作品时,必须在准确传达原文思想内容的基础上,忠实地再现原文的风格。

具体而言,准确再现原文风格,首先需要把握作者的创作个性,然后要了解作者的创作意图与创作方法,且要了解作者的世界观、作品的创作情况等。只有对这些问题有所掌握之后,才可能还原原文的艺术效果。例如:

"Let me just stand here a little and look my fill. Dear me! It's a palace—it's just a palace! And in it everything a body could desire, including cosy coal fire and supper standing ready. Henry, it doesn't merely make me realize how rich you are; it makes me realize to the bone, to the marrow, how poor I am—how poor I am, and how miserable, how defeated, routed, annihilated!"

让我在这儿站一会儿吧,我要看个够。好家伙!这简直是个皇宫——地道的皇宫!这里面一个人所能希望得到的,真是应有尽有,包括惬意的炉火,还有现成的晚饭。亨利,这不仅只叫我明白你有多么阔气,还叫我深入骨髓地看到我自己穷到了什么地步——我多么穷,多么倒霉,多么泄气,多么走投无路,真是一败涂地!

该例是马克·吐温的《百万英镑》中的一段话。通过阅读可以发现,马克·吐温的作品使用了诙谐幽默的语言。据此,译文就应采用相同的口语化的语言,传达出原文的轻松诙谐,获得与原文相同的艺术风格。

We had come, through Temple Bar, into the City. Conversing no more now, and walking at my side, he yielded himself up to the one aim of his devoted life, and went on, with that hushed concentration of his faculties which would have made his figure solitary in a multitude. We were not far from Blackfriars Bridge, when he turned his head and pointed to a solitary female figure flitting along the opposite side of the street. I knew it, readily, to be the figure that we sought.

(Charles Dickens: *The Personal History of David Copperfield*)

我们这时候已经穿过了庙栏,来到了城圈了。我们这阵儿未谈话了,他在我旁边走着,就把全副精神都集中在他这种耿耿忠心、唯一追求的目标上面,一直往前,默不作声,耳不旁听,目不旁视,心无旁骛;因此,即便在一大群人中间走动,也只是旁若无人,踽踽独行。我们走到离黑衣僧桥不远的地方,他把头一转,往大街对面一个踽踽独行的女人倏忽而过的身形指去。我一下就看出来,那正是我们所要寻找的那个人。

(张谷若 译)

该例选自狄更斯的《大卫·科波菲尔》。这段文字形象地描写了大卫和勾坡提在伦敦大街上尾随玛莎时的神秘气氛。同样,译文也准确地再现了这一风格。

(五)小说语境的翻译

语境,即语言环境,是指用语言进行交际的具体场合。小说的语境均是特定语言创设的语境,而语境的翻译要比语义翻译更加困难。

语境在很大程度上影响着译者对原文的理解。在进行翻译实践的过程中,译者了解作为符号的语言与具体语境之间的关系对于信息的正确传递具有重要的影响。如果译者忽视了语境的作用,则很难忠实于原文的风格进行翻译,同时无法准确传递出原文信息。英汉两种语言具有很大的差异性,因此想要取得完全相同的表达效果是不可能的。在小说翻译中,译者需要在运用自身的语言知识的基础上重视语境对文章表达的影响,从而在很大程度上还原原文的信息。

小说是在语境中生成意义的,这种语境可能涵盖政治、经济、文化等很多方面,虽然看似毫无关联,却能给作品构造出框架,体现作者的思想。因此,从本质上来看,小说翻译就是不同文化语境的碰撞与交流。因此,译者在小说翻译的过程中要在转换语言的同时对其文化语境展开深入分析,使用恰当的词语和表达方式,准确地翻译原文语境。例如:

It was Miss Murdstone who has arrived, and a gloomy looking lady she was; dark, like her brother, whom she greatly resembled in face and voice; and with very heavy eyebrows, nearly meeting over her large nose, as if, being disabled by the wrongs of her sex from wearing whiskers, she had carried them to that account. She brought with her two uncompromising hard black boxes, with her initials on the lids in hard brass nails. When she paid the coachman she took her money out of a hard steel purse, and she kept the purse in a very jail of a bag which hung upon her arm by heavy chains, and shut up like a bite. I had never, at that time, seen such a metallic lady altogether as Miss Murdstone was.

来的不是别人,正是枚得孙小姐。只见这个妇人,满脸肃杀,发肤深色,和她兄弟一样,而且噪音,也都和她兄弟非常的像。两道眉毛非常的浓,在大鼻子上面几乎都连到一块儿了,好像因为她是女性,受了冤屈,天生的不能长胡子,所以才把胡子这笔账,转到眉毛的账上了。她带来了两个棱角崚嶒、非常坚硬的大黑箱子,用非常坚硬的铜钉,把她那姓名的字头,在箱子的盖儿上钉出来。她开发车钱的时候,她的钱是从一个非常坚硬的钢制钱包儿里拿出来的,而她这个钱包儿,又是装在一个和监狱似的手提包里,用一条粗链子挂在胳膊上,关上的时候像狠狠地咬了一口一样。我长到那个时候,还从来没见过别的妇人,有像枚得孙小姐那样完全如钢似铁的。

(张谷若 译)

该例选自狄更斯的《大卫·科波菲尔》。这段文字描写了枚得孙的姐姐兼管家刚到科波菲尔家时的场景。可以看出,作者对此人物是持否定态度的。根据作者的态度,译者在遣词造句时就要注意体现其观点,努力再现原文的情景。例如,将 gloomy looking 译为"满脸肃杀",将 uncompromising 译为"棱角崚嶒"等。

第四节　小说翻译佳作赏析

(1)原文:

The Lemon Lady

Katiti

We called her the "Lemon Lady" because of the sour-puss face she always presented to the public and because she grew the finest lemons we had ever seen, on two huge trees in her front garden. We often wondered why she looked so sour and how she grew such lemons—but we could find out nothing about her. She was an old lady—at least 70 years of age, at a guess, perhaps more.

One day we answered an advertisement for a flat to rent, as we had been asked to vacate ours as soon as we could, and when we went to the address given, it was the house of the Lemon Lady.

She did not "unfreeze" during the whole of our interview. She said the flat would not be ready for occupation for about a month; that she had 45 names on her list and might add others before it was ready and then she would just select the people who seemed to suit her best. She was not antagonistic, just firm and austere, and I gathered that we were not likely to be the ones selected.

As my husband and I were leaving, I said: "How do you grow those wonderful lemons?" She gave a wintery smile, which transformed her whole expression and made her look sweet and somehow pitiful.

"I do grow nice lemons," she replied. We went on to tell her how much we had always admired them every time we had passed, and she opened up and told us quite a lot about this fruit. "You know the general theory of pruning, I suppose?" she asked.

"Oh," said my husband, "I understand about pruning fruit trees and roses, but you must not prune lemons, or so I understand." He added these last words when he saw from the Lemon Lady's expression that he had said the wrong thing.

"No," said the Lemon Lady, "You must not prune lemons unless you want them to grow like mine. What is the reason for pruning?"

"Well, to cut off dead or diseased wood; to prevent one branch chafing another; to let the sunlight into the centre of the bush and to promote the growth of the more virile buds."

"Very nicely put," said the Lemon Lady. "and why do you think that lemons are better with dead or diseased wood on them; why should you not let sunlight into them; why should allowing many sickly buds to develop make it a healthier tree?"

第六章 小说翻译

"I had not thought about it at all," confessed my husband rather shame-facedly, as he prides himself on being an original thinker, and here he was allowing an old lady to out-think him. "Everyone here said you must not prune lemons, so I thought it must be right."

We thanked her for the information and left, on much better terms with her than we would have ever thought possible. We even felt quite a degree of affection towards her.

In the course of the next three weeks we saw several places that might have been to let but which for various reasons we could not get. Eventually, we got a place that suited us very well and I returned to tell the Lemon Lady that we would not be needing her flat.

She was very nice and gave us afternoon tea. She said in her precise and careful style, "I'm glad you have a house for your own sake and for the sake of your little boy, because a flat is no place for a child, especially a boy. But for my own sake, I'm very sorry. I had decided to let you have the flat because I think we could have got very well together and because you liked my lemons."

As I left, she handed me a bag with two huge lemons in it. They were the most magnificent I have ever seen—huge and without blemish, and two were all the load I would care to carry. As I looked back from the gate and saw her sweet smile, I wondered why we had called her the Lemon Lady.

As my husband said to me afterwards, "No one could do anything so well as she grew those lemons, without being very proud of the accomplishment, and our touching on them was a good point in psychology."We have used that idea to good effect several times since then.

At the house we did rent was a decayed, dying old lemon tree with the woodlice playing havoc with the remnant of its body. My husband shook his head sadly as he gazed at it. "Too late for treatment, I'm afraid," he said, but he set to and pruned it ruthlessly. We were in that house for four years and from the second year onward, we each had the juice of a lemon every morning, and when we left we took with us two 60-pound cases of lemons from the tree, and after we left a friend wrote and asked why we had not picked the lemons before we left.

We still call her the Lemon Lady, but the term is now one of pure affection.

译文：

柠檬老太

卡蒂蒂

我们之所以叫她"柠檬老太"，一是因为她老在人前板着个脸，二是因为她种在她家前花园的那两棵巨大的柠檬树结出了我们见过的最好的柠檬。我们常常想弄清楚她为什么看上去如此不苟言笑，以及她是如何种出这么好的柠檬的——但结果还是对她一无所知。她是一位老太太——至少70岁了吧，这是猜的，也许岁数更大。

一天，我们看到一则有一套公寓要出租的广告，便决定去看看——因为现在的房东要求我们尽快腾出所住的房间。当我们按照广告上的地址找过去，才发现那是"柠檬老太"的房子。

我们面谈的整个过程中她脸上的表情一直没有"解冻"。她说要出租的公寓在大约一个月后才会收拾好供人入住；还说她的求租者名单上已经有45个人了，而在公寓收拾好之前可能还有其他人要添加上，之后她只会挑选看起来最合适她的人出租。她没有敌意，只是既坚定又严肃，而我估计我们十有八九是不会被选中的。

当我和我丈夫就要离开时，我说："您是怎么种出那些特棒的柠檬的呀？"她淡淡一笑，这笑改变了她整个的面部表情，使她看上去温和了些,且多少有点值得同情。

"我确实能种出很好的柠檬。"她回答道。我们接着告诉她,每次经过的时候,我们总是那么羡慕她的那些柠檬。于是她打开了话匣子,告诉了我们许多关于这种水果的知识。她问道:"我想,你们知道关于植物修剪的一般原则吧?"

"噢,"我丈夫说,"我知道一点儿怎样修剪一般的果树与玫瑰,但柠檬树绝不能修剪,我大概知道这个。"当他从"柠檬老太"的表情上看出他说错了话时,就加上了最后几个字。

"不对,""柠檬老太"说,"除非你不想让柠檬树长得像我的一样,那样的话你就不要修剪。你知道修剪是为了什么吗?"

"哦,为了除掉死去的或者患病的树枝;为了防止树枝之间相互擦伤;为了让阳光照进树枝中间;还是为了促进更强壮的芽苞生长。"

"说得非常好。""柠檬老太"说,"那么,你为什么认为柠檬树在有死树枝或者患病树枝的情况下还能长得更好;你为什么不应该让阳光照进树枝中间;又为什么让许多病态的芽苞发育会使整棵树长得更健康呢?"

"这个我压根儿就没有考虑过。"我丈夫有些羞愧地承认道,他总是为自己是个有主见的人而感到骄傲,不料今天让一个老太太给问倒了,"这里的每个人都说绝不能修剪柠檬树,所以我想那肯定没错了。"

我们谢过老太太提供的知识便离开了,与她的关系比我们原先可能想象的要好得多。我们甚至感觉对这位老太太有了相当程度的好感。

在接下来的三周时间里,我们又去看了几个可能租到房屋的地方,但由于种种原因,我们都未能租到。最终,我们找到了一处非常适合自己的房子,于是我回去告诉"柠檬老太",我们不需要租她的公寓了。

她非常和善,请我喝了下午茶。她以自己那种周密而谨慎的风格说:"我很高兴你们租到了一处适合自己也适合你们小儿子的房子,因为公寓并不适合小孩子住,尤其是小男孩。不过为了我自己,我感到很遗憾。我本来已经决定将公寓租给你们了,因为我想我们在一起肯定会相处得很好,也因为你们喜欢我的柠檬。"

在我离开时,她递给我一个袋子,里面有两只超大个儿的柠檬。那是我所见过的最棒的柠檬——又大又没有瑕疵,两只柠檬就已经够我带了。当我从大门回头望去时,看见了她和蔼的微笑,我真不知道以前我们为什么叫她"柠檬老太"。

正如我丈夫后来对我说的那样:"一个人做事像她种柠檬种得那么好却不对自己的成就感到自豪,是不可能的,我们跟她谈那些柠檬从心理学上说是个很好的切入点。"自那以后,我们几次运用这种理念,都取得了良好的效果。

在我们最后租住房子的地方,有一棵腐烂得快要死掉了的老柠檬树,树上的虫子正肆无忌惮地吞噬它剩下的躯体。我丈夫盯着它仔细看了看,难过地摇了摇头。他说:"要治好这颗柠檬树恐怕太迟了。"但他还是动手干了起来,毫不留情地修剪了它的树枝。我们在那所房子居住了四年,从第二年起,我们每人每天早上都能享受到一只柠檬榨出的美味果汁;当我们搬走时,我们带走了两箱各60磅重的柠檬,都是那棵柠檬树结的;而在我们离开后,一位朋友还写信问我们为什么没有在走之前将树上的那些柠檬都摘下来。

我们仍然叫她"柠檬老太",但这个词现在代表的是一份纯粹的钟爱之情。

分析:通过阅读原文可知,小说的最主要的人物就是 the lemon lady,她看起来严肃、不苟言笑,实则认真和善。为了突出主人公的这一特点,译者在翻译时特别注重面部表情的措辞,如"既坚定又严肃""淡淡一笑""和蔼的微笑"等,完美地再现了小说人物的特征。另外,在句式的组织上,译者用与原文句子长短相近的句子进行翻译,再现了原文平实、简单的语言风格,如"不对","柠檬老太"说,"除非你不想让柠檬树长得像我的一样,那样的话你就不要修剪。你知道修剪是为了什么吗？"

(2)原文：

The Last Leaf

O. Henry

Two young women named Sue and Johnsy shared a studio apartment at the top of a three-story building. Johnsy's real name was Joanna.

In November, a cold, unseen stranger came to visit the city. This disease, pneumonia, killed many people. Johnsy lay on her bed, hardly moving. She looked through the small window. She could see the side of the brick house next to her building.

One morning, a doctor examined Johnsy and took her temperature. Then he spoke with Sue in another room.

"She has one chance in—let us say ten," he said. "And that chance is for her to want to live. Your friend has made up her mind that she is not going to get well. Has she anything on her mind?"

"She—she wanted to paint the Bay of Naples in Italy some day," said Sue.

"Paint?" said the doctor. "Bosh! Has she anything on her mind worth thinking twice—a man for example?"

"A man?" said Sue. "Is a man worth—but, no, doctor; there is nothing of the kind."

"I will do all that science can do," said the doctor. "But whenever my patient begins to count the carriages at her funeral, I take away fifty percent from the curative power of medicines."

After the doctor had gone, Sue went into the workroom and cried. Then she went to Johnsy's room with her drawing board, whistling ragtime.

Johnsy lay with her face toward the window. Sue stopped

whistling, thinking she was asleep. She began making a pen and ink drawing for a story in a magazine. Young artists must work their way to "Art" by making pictures for magazine stories. Sue heard a low sound, several times repeated. She went quickly to the bedside.

Johnsy's eyes were open wide. She was looking out the window and counting—counting backward. "Twelve," she said, and a little later "eleven"; and then "ten" and "nine" and then "eight" and "seven" almost together.

Sue looked out the window. What was there to count? There was only an empty yard and the blank side of the house seven meters away. An old ivy vine, going bad at the roots, climbed half way up the wall. The cold breath of autumn had stricken leaves from the plant until its branches, almost bare, hung on the bricks.

"What is it, dear?" asked Sue.

"Six," said Johnsy, quietly. "They're falling faster now. Three days ago there were almost a hundred. It made my head hurt to count them. But now it's easy. There goes another one. There are only five left now."

"Five what, dear?" asked Sue.

"Leaves. On the plant. When the last one falls I must go, too. I've known that for three days. Didn't the doctor tell you?"

"Oh, I never heard of such a thing," said Sue. "What have old ivy leaves to do with your getting well? And you used to love that vine. Don't be silly. Why, the doctor told me this morning that your chances for getting well real soon were—let's see exactly what he said—he said the chances were ten to one! Try to eat some soup now. And, let me go back to my drawing, so I can sell it to the magazine and buy food and wine for us."

"You needn't get any more wine," said Johnsy, keeping her eyes fixed out the window. "There goes another one. No, I don't want any soup. That leaves just four. I want to see the last one fall before it gets dark. Then I'll go, too."

"Johnsy, dear," said Sue, "will you promise me to keep your eyes closed, and not look out the window until I am done working? I must hand those drawings in by tomorrow."

"Tell me as soon as you have finished," said Johnsy, closing her eyes and lying white and still as a fallen statue. "I want to see the last one fall. I'm tired of waiting. I'm tired of thinking. I want to turn loose my hold on everything, and go sailing down, down, just like one of those poor, tired leaves."

"Try to sleep," said Sue. "I must call Mister Behrman up to be my model for my drawing of an old miner. Don't try to move until I come back."

Old Behrman was a painter who lived on the ground floor of the apartment building. Behrman was a failure in art. For years, he had always been planning to paint a work of art, but had never yet begun it. He earned a little money by serving as a model to artists who could not pay for a professional model. He was a fierce, little, old man who protected the two young women in the studio apartment above him.

Sue found Behrman in his room. In one area was a blank canvas that had been waiting twenty-five years for the first line of paint. Sue told him about Johnsy and how she feared that her friend would float away like a leaf.

Old Behrman was angered at such an idea. "Are there people in the world with the foolishness to die because leaves drop off a vine? Why do you let that silly business come in her brain?"

"She is very sick and weak," said Sue, "and the disease has

left her mind full of strange ideas."

"This is not any place in which one so good as Miss Johnsy shall lie sick," yelled Behrman. "Some day I will paint a masterpiece, and we shall all go away."

Johnsy was sleeping when they went upstairs. Sue pulled the shade down to cover the window. She and Behrman went into the other room. They looked out a window fearfully at the ivy vine. Then they looked at each other without speaking. A cold rain was falling, mixed with snow. Behrman sat and posed as the miner.

The next morning, Sue awoke after an hour's sleep. She found Johnsy with wide-open eyes staring at the covered window.

"Pull up the shade; I want to see," she ordered, quietly Sue obeyed.

After the beating rain and fierce wind that blew through the night, there yet stood against the wall one ivy leaf. It was the last one on the vine. It was still dark green at the center. But its edges were colored with the yellow. It hung bravely from the branch about seven meters above the ground.

"It is the last one," said Johnsy. "I thought it would surely fall during the night. I heard the wind. It will fall today and I shall die at the same time."

"Dear, dear!" said Sue, leaning her worn face down toward the bed. "Think of me, if you won't think of yourself. What would I do?"

But Johnsy did not answer.

The next morning, when it was light, Johnsy demanded that the window shade be raised. The ivy leaf was still there. Johnsy lay for a long time, looking at it. And then she called to Sue, who was preparing chicken soup.

"I've been a bad girl," said Johnsy. "Something has made that last leaf stay there to show me how bad I was. It is wrong to want to die. You may bring me a little soup now."

An hour later she said, "Someday I hope to paint the Bay of Naples."

Later in the day, the doctor came, and Sue talked to him in the hallway.

"Even chances," said the doctor. "With good care, you'll win. And now I must see another case I have in your building. Behrman, his name is—some kind of an artist, I believe. Pneumonia, too. He is an old, weak man and his case is severe. There is no hope for him; but he goes to the hospital today to ease his pain."

Later that day, Sue came to the bed where Johnsy lay, and put one arm around her.

"I have something to tell you, white mouse," she said. "Mister Behrman died of pneumonia today in the hospital. He was sick only two days. They found him the morning of the first day in his room downstairs helpless with pain. His shoes and clothing were completely wet and icy cold. They could not imagine where he had been on such a terrible night."

"And then they found a lantern, still lighted. And they found a ladder that had been moved from its place. And art supplies and a painting board with green and yellow colors mixed on it."

"And look out the window, dear, at the last ivy leaf on the wall. Didn't you wonder why it never moved when the wind blew? Ah, darling, it is Behrman's masterpiece-he painted it there the night that the last leaf fell."

译文：

最后一片叶子

苏艾和琼珊在一座矮墩墩的三层砖屋的顶楼设立了她们的画室。"琼珊"是琼娜的昵称。

到了十一月,一个冷酷无情,肉眼看不见,医生管他叫"肺炎"的不速之客,在艺术区里潜蹑着,用他的冰冷的手指这儿碰碰那儿摸摸。琼珊躺在那张漆过的铁床上,一动也不动,望着荷兰式小窗外对面砖屋的墙壁。

一天早晨,那位忙碌的医生扬扬他那蓬松的灰眉毛,招呼苏艾到过道上去。

"依我看,她的病只有一成希望。"他说,一面把体温表里的水银甩下去。"那一成希望在于她自己要不要活下去。人们不想活,情愿照顾殡仪馆的生意,这种精神状态使医药一筹莫展。你的这位小姐满肚子以为自己不会好了。她有什么心事吗?"

"她——她希望有一天能去画那不勒斯海湾。"苏艾说。

"绘画?——别扯淡了!她心里有没有值得想两次的事情——比如说,男人?"

"男人?"苏艾像吹小口琴似地哼了一声说,"难道男人值得——别说啦,不,大夫;根本没有那种事。"

医生说,"我一定尽我所知,用科学所能达到的一切方法来治疗她。可是每逢我的病人开始盘算有多少辆马车送他出殡的时候,我就得把医药的治疗力量减去百分之五十"。

医生离去之后,苏艾到工作室里哭了一声,把一张日本纸餐巾擦得一团糟。然后,她拿起画板,吹着拉格泰姆音乐调子,昂首阔步地走进琼珊的房间。

琼珊躺在被窝里,脸朝着窗口,一点儿动静也没有。苏艾以为她睡着了,赶紧停止吹口哨。

她架起画板,开始替杂志画一幅短篇小说的钢笔画插图。青年画家不得不以杂志小说的插图来铺平通向艺术的道路,而这些小说则是青年作家为了铺平文学道路而创作的。

第六章　小说翻译

苏艾正为小说里的主角,一个爱达荷州的牧人,画上一条在马匹展览会里穿得漂亮的马裤和一片单眼镜,忽然听到一个微弱的声音重复了几遍。她赶紧走到床边。

琼珊的眼睛睁得大大的。她望着窗外,在计数——倒数上来。

"十二,"她说,过了一会儿,又说"十一";接着是"十""九";再接着是几乎连在一起的"八"和"七"。

苏艾关切地向窗外望去。有什么可数的呢?外面见到的只是一个空荡荡、阴沉沉的院子,和二十英尺外的一幢砖屋的墙壁。一树极老极老的常春藤,纠结的根已经枯萎,攀在半墙上。秋季的寒风把藤上的叶子差不多全吹落了,只剩下几根几乎是光秃秃的藤枝依附在那堵松动残缺的砖墙上。

"怎么回事,亲爱的?"苏艾问道。

"六。"琼珊说,声音低得像是耳语,"它们现在掉得快些了。三天前差不多有一百片。数得我头昏眼花。现在可容易了。喏,又掉了一片。只剩下五片了。"

"五片什么,亲爱的?"苏艾问道。

"叶子,常春藤上的叶子。等最后一片掉落下来,我也得去了。三天前我就知道了。难道大夫没有告诉你吗?"

"哟,我从没听到这样荒唐的话。"苏艾装出满不在乎的样子数落地说,"老藤叶同你的病有什么相干? 你一向很喜欢那株常春藤,得啦,你这淘气的姑娘。别发傻啦。我倒忘了,大夫今天早晨告诉你,你很快康复的机会是——让我想想,他是怎么说的——他说你好的希望是十比一! 哟,那几乎跟我们在纽约搭街车或者走过一幢新房子的工地一样,碰到意外的时候很少。现在喝一点儿汤吧。"让苏艾继续画图,好卖给编辑先生,换了钱给她的病孩子买点儿红葡萄酒,也买些猪排填填她自己的馋嘴。

"你不用再买什么酒啦。"琼珊说,仍然凝视着窗外,"又掉了一片。不,我不要喝汤。只剩四片了。我希望在天黑之前看到最后的藤叶飘下来。那时候我也该去了。"

161

"琼珊,亲爱的,"苏艾弯着身子对她说,"你能不能答应我,在我画完之前,别睁开眼睛,别瞧窗外?那些图画我明天得交。"

"你一画完就告诉我。"琼珊闭上眼睛说,她脸色惨白,静静地躺着,活像一尊倒塌下来的塑像,"因为我要看那最后的藤叶掉下来。我等得不耐烦了,也想得不耐烦了。我想摆脱一切,像一片可怜的、厌倦的藤叶,悠悠地往下飘,往下飘。"

"你争取睡一会儿。"苏艾说,"我要去叫贝尔曼上来,替我做那个隐居的老矿工的模特儿。我去不了一分钟。在我回来之前,千万别动。"

老贝尔曼是住在楼下底层的一个画家。他年纪六十开外,有一把像米开朗基罗的摩西雕像上的胡子,从萨蒂尔似的脑袋上顺着小鬼般的身体卷垂下来。贝尔曼在艺术界是个失意的人。他耍了四十年的画笔,还是同艺术女神隔有相当距离,连她的长袍的边缘都没有摸到。他老是说就要画一幅杰作,可是始终没有动手。除了偶尔涂抹了一些商业画或广告画之外,几年没有画过什么。他替"艺术区"里那些雇不起职业模特儿的青年艺术家充当模特儿,挣几个小钱,他喝杜松子酒总是过量,老是唠唠叨叨地谈着他未来的杰作。此外,他还是个暴躁的小老头儿,极端瞧不起别人的温情,却认为自己是保护楼上两个青年艺术家的看家狗。

苏艾在楼下那间灯光黯淡的小屋子里找到了酒气扑人的贝尔曼。角落里的画架上绷着一幅空白的画布,它在那儿静候杰作的落笔,已经有二十五年了。她把琼珊的想法告诉了他,又说她多么担心,唯恐那个虚弱得像枯叶一般的琼珊抓不住她同世界的微弱牵连,真会撒手去世。

老贝尔曼对这种白痴般的想法大不以为然"难道世界上竟有这种傻子,因为可恶的藤叶落掉而想死?我活了一辈子也没有听到过这种怪事。不,我没有心思替你当那无聊的隐士模特儿。你怎么能让她脑袋里有这种傻念头呢?唉,可怜的小琼珊小姐。"

"她病得很厉害,很虚弱,"苏艾说,"高烧烧得她疑神疑鬼,满脑袋都是稀奇古怪的念头。"

贝尔曼嚷道,"像琼珊小姐那样好的人实在不应该在这种地方害病。总有一天,我要画一幅杰作,那么我们都可以离开这里啦。"

他们上楼时,琼珊已经睡着了。苏艾把窗帘拉到窗槛上,做手势让贝尔曼到另一间屋子里去。他们在那儿担心地瞥着窗外的常春藤。接着,他们默默无言地对瞅了一会儿。寒雨夹着雪花下个不停。贝尔曼穿着一件蓝色的旧衬衫,坐在一翻转过身的权弃岩石的铁锅上,扮作隐居的矿工。

第二天早晨,苏艾睡了一个小时醒来的时候,看到琼珊睁着无神的眼睛,凝视着放下来的绿窗帘。

"把窗帘拉上去,我要看。"她用微弱的声音命令着。

苏艾困倦地照着做了。

可是,看那经过了漫漫长夜的风吹雨打,仍旧有一片常春藤的叶子贴在墙上。它是藤上最后的一片了。靠近叶柄的颜色还是深绿的,但那锯齿形的边缘已染上了枯败的黄色,它傲然挂在离地面二十来英尺的一根藤枝上面。

"那是最后的一片叶子。"琼珊说,"我以为昨夜它一定会掉落的。我听到刮风的声音。它今天会脱落的,同时我也要死了。"

"哎呀,哎呀!"苏艾把她困倦的脸凑到枕边说,"如果你不为自己着想,也得替我想想呀。我可怎么办呢?"

但是琼珊没有回答。

天色刚明的时候,狠心的琼珊又吩咐把窗帘拉上去。

那片常春藤叶仍在墙上。

琼珊躺着对它看了很久。然后她喊喊苏艾,苏艾正在煤卸炉上搅动给琼珊喝的鸡汤。

"我真是一个坏姑娘,苏艾,"琼珊说,"冥冥中有什么使那最后的一片叶子不掉下来,启示了我过去是多么邪恶。不想活下去是个罪恶。现在请你拿些汤来。"

一小时后,她说:"苏艾,我希望有朝一日能去那不勒斯海湾写生。"

下午，医生来，他离去时，苏艾找了个借口，跑到过道上。

"好的希望有了五成。"医生抓住苏艾瘦小的、颤抖的手说，"只要好好护理，你会胜利。现在我得去楼下看看另一个病人。他姓贝尔曼——据我所知，也是搞艺术的，也是肺炎。他上了年纪，身体虚弱，病势来得很猛。他可没有希望了，不过今天还是要把他送进医院，让他舒服些。"

那天下午，苏艾跑到床边，琼珊靠在那儿，心满意足地在织一条毫无用处的深蓝色户巾，苏艾连枕头把她一把抱住。

"我有些话要告诉你，小东西。"她说，"贝尔曼在医院里去世了。他害肺炎，只病了两天。头天早上，看门人在楼下的房间里发现他病得要命。他的鞋子和衣服都湿透了，冰凉冰凉的。他们想不出，在那种凄风苦雨的夜里，他是到什么地方去了。后来，他们找到了一盏还燃着的灯笼，一把从原来地方挪动过的样子，还有几支散落的画笔，一块调色板，上面和了绿色和黄色的颜料，末了——看看窗外，亲爱的，看看墙上最后的一片叶子。你不是觉得纳闷，它为什么在风中不飘不动吗？啊，亲爱的，那是贝尔曼的杰作——那晚最后的一片叶子掉落时，他画在墙上的。"

分析：《最后一片叶子》(*The Last Leaf*)描述了一名画家为了激励另一位重病的画家鼓起生的勇气，冒着寒风为她描画最后一片绿叶，最后自己受寒，死于肺炎。这篇小说内容感人至深、结局出人意料，是欧·亨利文学创作手法的典型代表作。欧·亨利(O. Henry，1862—1910)是威廉·西德尼·波特(William Sydney Porter)的笔名，美国著名作家。他出生于美国北卡罗来纳州，早年在北卡罗来纳和德克萨斯州生活，曾做过牧场帮工和银行职员。他30岁时成为一名记者，并开始创作短篇小说。欧·亨利是一位多产作家，一生创作过250部短篇小说。

欧·亨利的主要作品有短篇小说集《白菜和国王》(*Cabbages and Kings*，1904)，《饰边台灯》(*The Trimmed Lamp*，1907)，《命运之路》(*Roads to Destiny*，1909)和《乱七八糟》(*Sixes and Sevens*，1911)等。欧·亨利的短篇小说以广大的城市贫民百姓为对

象,反映了他们的现实生活。欧·亨利在他的作品中提倡穷人与富人应受到同样的尊敬与重视。因此,他的作品受到大众的欢迎。此外,他注重小说情节描写,故事发展的节奏较快,充满幽默与活力,结尾往往出人意料,含义深远,给人以耳目一新的感觉。

第七章　诗歌翻译

在文学文体中,诗歌是一种重要的文学体裁形式。诗歌的交流与发展离不开翻译。诗歌翻译是沟通世界文学艺术的一个重要渠道。本章就来研究诗歌翻译,先对诗歌进行简述,然后对诗歌的语言特点、翻译方法进行探讨,最后是诗歌翻译佳作赏析,希望读者对诗歌与诗歌翻译有一个整体的认识与了解,从而促进诗歌翻译能力的提高。

第一节　诗歌简述

诗歌既是一种重要的文学艺术形式,同时也是最为古老的传统文学形式。从某种程度上来讲,诗歌艺术的繁荣是文学艺术繁荣的一种体现。

人们可以通过诗歌来表达对生与死的感叹,可以用来抒发情与爱,可以表达对小至日常事物,大至宇宙的感受与体悟。

关于诗歌的社会功用,我国杰出的思想家、教育家孔子曾总结:"小子何莫学夫诗?诗可以兴,可以观,可以群,可以怨。迩之事父,远之事君,多识于鸟兽草木之名。"(《论语·阳货》)孔子的这一概述可以说是对诗歌的高度赞扬。

孔子的兴、观、群、怨的诗学理论具有开创性,影响深远。下面简要进行分析。

(1)兴。孔子所谓的"兴"指的是"起",即对道德情感的激活。就艺术创作而言,最需要激情的是诗歌与音乐。所以,诗人与音乐家在创造作品过程中,通常会唤起曾经体验过的情感,同时通过将其转化为诗句和韵律将这种情感传递出来,引发读者和听众的共鸣,这就是移情。这就是"诗可以兴"所表达的意思。

(2)观。所谓的"观",指的是"观察""考察"。根据孔子的观点,诗歌既可以将诗人的心理与情感展示出来,同时也可以反映特定历史时期群众的心理与情感以及社会的风俗盛衰。这就是所谓的"诗可以观"。

(3)群。这里的"群"作动词用,词义是"合"。孔子认为,人通过赋诗,彼此交流、沟通,从而促进人际关系的和谐,使国家内部团结在一起,使国与国之间联合在一起。这便是"诗可以群"的内涵。

(4)怨。"诗可以怨"指的是诗人通过诗歌可以发泄怨恨、排解忧愁。

总体而言,孔子的兴、观、群、怨的诗学理论与"诗言志,歌咏言"可以说是对诗歌作用的全面概括。

这里将诗歌与功能的作用总结为:"抒发诗人之情,言明骚人之志,教化平民百姓,洞察时世民情,反映民众意愿,怡悦读者身心。"[①]

第二节 诗歌的语言特点

与其他文学体裁相比,诗歌具有独特的语言特点,具体体现为:节奏明快、音韵和谐、结构独特、语言凝练、多用修辞、意象丰富。下面分别予以详细的论述。

一、节奏明快

诗歌十分讲究节奏,没有节奏不成诗歌。诗歌的节奏体现在

---

① 周方珠.文学翻译论:汉、英[M].北京:中国对外翻译出版有限公司,2014:189.

有规律的音节停顿的长短和音调的轻重抑扬变化上。

英语诗歌包括格律诗与无韵诗。这两类诗歌都体现出节奏明快的特点。

在英语诗歌中,格律诗的节奏感最强。格律诗可分为诗节,诗节又可分为诗行,诗行又可细分为若干音步。

常见的音步主要有抑扬格(Lambus)、扬抑格(Trochee)、扬抑抑格(Dactyl)、抑抑扬格(Anapest)。英语诗歌每行的音步数不同,主要有八种,即单音步(monometer)、双音步(dimeter)、三音步(trimeter)、四音步(tetrameter)、五音步(pentameter)、六音步(hexameter)、七音步(heptameter)和八音步(octameter)。如果一首英语诗歌使用的是扬抑格,每行诗句含有两个音步,那么就可以称为"两步扬抑格"。

无韵诗对不讲究押韵,但是节奏也十分明快,通常以抑扬格五音步为一行,其中最典型的代表就是莎士比亚的诗歌。

总之,节奏可以使诗歌变得优美动听,且使诗歌更具表现力。例如:

> The curfew tolls the knell of parting day,
> The lowing herd wind slowly o'er the lea,
> The plowman homeward plods his weary way,
> And leaves the world to darkness and to me.

(Thomans Gray: *Elegy Written in a Country Churchyard*)

上述诗句选自格雷(Thomans Gray)的《乡村挽歌》(*Elegy Written in a Country Churchyard*)的第一节。这一节对傍晚的钟声与疲惫的脚步声的描述体现了强烈的节奏感。此外,第四行的最后连续三个非重读音节(me 不应读得太重)将乡村暮色中低沉、宁静的气氛很好地烘托出来。再如:

> When you are old and gray and full of sleep,
> And nodding by the fires, take down this book,
> And slowly read, and dream of the soft look,
> Your eyes had once, and of their shadows deep;

How many loved your moments of glad grace,
And loved your beauty with love false and true,
But one man loves the pilgrim soul in you,
And loved the sorrows of your changing face;

And bending down beside the glowing bars,
Murmur, a little sadly, how love fled,
And paced upon the mountains overhead,
And hid his face amid a crowd of stars.

上述诗句是叶芝为 Maud Gonne 所写,节奏鲜明、语调悦耳。同时,诗歌的节奏有助于突出诗句中的重要词语,如第一行的 you, old, gray, full, sleep, 最后一行的 hid, face, amid, crown, stars 等,其余诗行也是这样。

相比之下,汉语每一个字是一个音节,一般是两个音节组合在一起,通过平仄转换,也就是长短交替,平调与升调或促调的交替形成顿,从而形成汉语诗歌的节奏感。我国古代格律诗的节奏通常是四字句二顿、五字句和六字句三顿、七字句四顿等。例如:

闻官军收河南河北

杜甫

剑外忽传收蓟北,初闻涕泪满衣裳。
却看妻子愁何在,漫卷诗书喜欲狂。
白日放歌须纵酒,青春作伴好还乡。
即从巴峡穿巫峡,便下襄阳向洛阳。

这首诗为七字句四顿,结构工整,节奏明快。"裳""狂""乡""阳"本身都押韵,节奏上读起来更为畅快。

二、音韵和谐

与其他文学形式相比,诗歌具有押韵的特点。英语诗歌的押

韵指的是在语流中,对其中相同的因素进行重复和组合而产生的共鸣与呼应。押韵可以使诗歌优美和谐,读起来朗朗上口。例如:

> On the idle hill of summer,
> Sleepy with the flow of streams,
> Far I hear the steady drummer
> Drumming like a noise in dreams.
>
> Far and near and low and louder
> On the roads of earth go by,
> Dear to friends and food for powder,
> Soldiers marching, all to die.
>
> (A. E. Housman: *On the Idle Hill of Summer*)

上述诗句基本都为四步抑扬格,节奏明快;每节诗句的单行与双行都押韵,音韵谐美,因此读起来朗朗上口,和谐优美。

根据韵音在诗行中所出现的位置,押韵可以分为尾韵与行内韵。

(1)尾韵是押在诗行的最后一个重读音节上面。

(2)行内韵则是在诗行中间的停顿或休止之前的重读音节与这一诗行的最后一个重读音节押韵,这一押韵法有利于增强诗歌的音乐感。

根据押韵音节的多少,押韵可以分为下面三种:

(1)单韵,所押韵的音局限于诗行中重读的末尾音节,这一韵体强劲有利,如诗行中以 destroy,enjoy 结尾所押的就是单韵。

(2)双韵,押韵于连接的两个音节上面,后一个音节是非重读音节,这一韵体通常比较轻柔、幽美,如 motion 与 ocean。

(3)三重韵,押韵于连接的两个音节上面,这一韵体读起来比较严谨、庄重,多用于表达幽默与讽刺,如 tenderly 与 slenderly。

汉语字音一般分为声母、韵母和升调三部分。大部分汉字都可以分为声母和韵母两大部分,但是也有小部分汉字以元音起头,称为"零声母"。因此,汉语诗歌的押韵形式与英语诗歌有较大区别。现行的汉语韵母分为十三大类,称为"十三韵辙",即中东、人辰、江阳、言前、怀来、花发、油求、遥条、一七梭波、乜斜、姑苏、灰堆等。各个韵辙声音响亮程度不同,又有洪亮、柔和与细微等各种音色的区别。例如,上面的《闻官军收河南河北》选用的"江阳"韵辙,音调激昂,音域宽广,具有较大的共鸣度,与诗人"放歌""纵酒"的心情是配合的。而《周总理,您在哪里?》则不同。

周总理! 我们的好总理!

您在哪里? 您在哪里?

您可知道:我们想念您! 想念您!

我们对着高山喊:周总理!

山谷回声:他刚离去! 他刚离去!

革命征途千万里啊,

他一直和毛主席在一起。

我们对着大地喊:周总理!

该诗歌选用的是低调、压抑的"一七"韵辙,体现了音韵和谐,更好地抒发了诗人的情感。

三、结构独特

诗歌具有独特的结构形式,这是区别于其他文学艺术的显著特征。英语诗歌除了散文诗之外,都需要分行,且通常有字数的规定。因此,为了在有效的篇幅中表现极其丰富的生活内容,诗歌通常打破日常的理性逻辑,而以想象的逻辑与情感的逻辑作为其依据。受想象与情感线索的引导,诗歌经常由过去跳跃到未来,或由此地跳跃到彼地,不受时间与空间的限制,这既有利于传递诗歌的意义,也有利于拓展诗歌的审美空间。

此外,英语对音步与格律的严格要求也体现了其结构的独特性。例如,商籁体诗歌:Shall I compare thee to a Summer's day? 行数固定,格式也固定,同时其韵脚也是固定的,为 abab cdca efef gg 韵。

汉语是意合语言,汉语并没有语法形态和词语屈折的变化,不会因为性别、人物、时间等而发生改变。因此,汉语的词法、句法特质要比英语灵活得多,非常适合诗词创作。汉语的意合结构在句法形态上似乎不够精确,但却为诗歌创作打开了方便之门,使诗人摆脱了束缚,冲破了语法桎梏,创作出灵动、跳跃的诗作。例如:

田园乐

王维

山下孤烟远村,

天边独树高原。

一瓢颜回陋巷,

五柳先生对门。

全诗并没有一个动词,完全是空间意象的叠加。这种超越句法结构的独特结构形式在中国古典诗歌中是非常常见的。

四、语言凝练

诗歌可以说是语言的结晶。与其他文学艺术形式相比,诗歌包含更多的信息。"名诗佳作能以只言片语容纳高山巍岳,宇宙星空,奇特的晶体,显耀万千景象。"[①]

诗歌反映生活一般以集中性与深刻性为特色,其要求对生活材料进行精心选择,抓住富有表现力的自然景物与生活现象,采用极具概括性的艺术形象来反映现实审美。

诗人一般通过练意、练句、炼字使诗歌的魅力凝聚于诗歌的焦点,使诗歌充满巨大的能力与信息量,激发读者的想象力。很多优秀的诗歌作品都经过了字句的锤炼。例如:

The apparition of these faces in the crowd;
Petals on a wet, black bough.

(Ezra Pound: *In a Station of the Metro*)

---

① 周方珠. 文学翻译论:汉、英[M]. 北京:中国对外翻译出版有限公司,2014:190.

这首庞德的《地铁车站》的第一稿有 30 多行,后被浓缩为上述两行。

当然,这一点在汉语诗歌中也是非常常见的。例如:

> 放也放不下,
> 忘也忘不了:——
> 刚忘了昨儿的梦,
> 又分明看见梦里的一笑。

这首诗是胡适作的,刚写成时,该诗为三段十二行,后来经过凝练削减为两段八行,之后又删减成上述四句。最后,又舍弃了前两句,只剩下最后两行。可见,对诗歌要进行加工和提炼。

五、多用修辞

为了提高诗歌的感染力,达到预期的艺术效果,诗人经常会使用各种修辞手段,如比喻、比拟等。例如:

A Madrigal

Crabbed Age and Youth
Cannot live together:
Youth is full of pleasance,
Age is full of care;
Youth like summer morn,
Age like winter weather,
Youth like summer brave,
Age like winter bare:
Youth is full of sport,
Age's breath is short.
Youth is nimble, Age is lame:
Youth is hot and bold,
Age is weak and cold.

Youth is wild, and Age is tame:
Age, I do abhor thee;
Youth, I do adore thee;
O! My Love, my Love is young!
Age, I do defy thee—
O sweet shepherd, hie thee,
For methinks thou stay'st too long.

这首莎士比亚(William Shakespeare)的诗巧妙地使用了比喻的修辞手法。全诗共 20 行,除了最后两行,其他诗行都使用了比喻,极大地增添了语言的魅力。

一首好的诗歌通常将多种修辞手法并用,从而创造出极佳的艺术效果。例如:

The Cloud

—Percy Bysshe Shelley

I bring fresh showers for the thirsting flowers,
From the seas and streams;
I bear light shade for the leaves when laid
In their noonday dreams.
From my wings are shaken the dews that waken
The sweet buds every one,
When rocked to rest on their mother's breast,
As she dances about the sun.
I wield the flail of lashing hail,
And whiten the green plains under,
And then again I dissolve it in rain,
And laugh as I pass in thunder.

云

我从海洋江河为饥渴的花朵
带来清新的甘霖;

第七章　诗歌翻译

　　我为午睡未醒、还在留恋梦境
　　的绿叶盖上轻荫。
　　从我的翅膀上洒下玉霞琼浆
　　去唤醒朵朵蓓蕾，
　　而她们的慈母绕着太阳飞开，
　　摇晃得她们入睡
　　我用冰雹的连枷把绿色原野捶打
　　打得像银装素裹，
　　再用雨把冰消融，只听得笑声轰隆
　　那是我在雷鸣中走过。

　　在雪莱(Percy Bysshe Shelley)所写的这首诗中，使用了很多修辞手法，如诗中在描述"云"时，采用了第一人称"我"；将"树枝"与"新芽"分别比作"母亲"和"孩子"；重复使用 and 等。
　　同样，汉语中很多诗词都使用了修辞。例如：
　　　　花开堪折直须折，
　　　　莫待无花空折枝。
本诗歌中，"花"指代的是美好的时光，是一种转喻。再如：
蜀道之难，难于上青天！（夸张）
蜡烛有心还惜别，替人垂泪到天明。（拟人）
夜阑更秉烛，相对如梦寐。（明喻）

六、意象丰富

　　意象指的是"可以引起人的感官反应的具体形象和画面"[①]。毫无凭借的、抽象的情感表达通常难以引起读者的共鸣，而诉诸具象的、经验的情感表述则一般可以使读者感同身受，留下深刻的印象，因此诗人表情达意时经常诉诸意象。
　　在诗歌中，意象有多种，不同的意象可以引导读者从不同角度

---

① 马莉.翻译理论与实践[M].北京：北京大学出版社，2010：204.

来感受并体味意象在诗作中所包含的蕴意以及丰富的审美内涵。

从存在形态来讲,意象有动态与静态之分。动态意象一般具有叙述性;静态意象则具有描述性。

从心理学角度来讲,诗歌意象包括视觉的、听觉的、触觉的、嗅觉的、味觉的、动觉的以及联想的意象。

从具体层次来讲,意象包括总称意象和特称意象。总称意象具有交往的概括性与含糊性,且在语义与空间上都具有很大的张力;特称意象指向具体的事物,因此比较明确、清晰。

诗歌中的意象通常是诗人以心灵影射万象,使主观意象与客观物境交融互渗后所产生的一种境界。很多优秀的诗歌作品都包含了丰富的意象,以唤起人们的某种体验。例如:

> You do not do, you do not do
> Any more, black shoe
> In which I have lived like a foot
> For thirty years, poor and white
> Barely daring to breathe or Achoo
> (Sylvia Plath: *Daddy*)

在这首诗中,诗人将自己的父亲比作"黑色的鞋子",将自己比作关在鞋子里的一只苍白的脚,意象独特,生动地体现了诗人独特的感受与体验,值得读者细细品味。

同样,汉语诗歌也展现出丰富的意象。例如:

天净沙·秋思
马致远

> 枯藤老树昏鸦,
> 小桥流水人家,
> 古道西风瘦马。
> 夕阳西下,
> 断肠人在天涯。

该诗是一首描写羁旅游子思乡的佳作。作者运用巧妙的构思描绘出了一幅萧瑟、苍凉的秋郊夕照图,将人在天涯的乡愁刻

第七章　诗歌翻译

画得淋漓尽致。全诗十二个意象都是自然界中最平凡、最常见的朴实之物,作者将这些精选出来的孤立的景物用蒙太奇的手法组合成了一个有机的整体,一派萧瑟而暗淡的画面便随之呈现在了读者面前,意境悠长。

第三节　诗歌的翻译方法

在各种文学文体的翻译中,最难的就是诗歌的翻译,因此有"诗不可译"之说。这里的"诗不可译"主要说的是诗歌的音韵美与诗味难译,并不是说诗歌不能译。因此,客观来说,译诗难但是也是可以译的。

在对诗歌进行翻译时,为了更好地译出诗歌原有的内涵与意境,译者应注意以下几个方面:

(1)了解诗的内涵。在翻译诗歌时,译者应首先对原作有一个深入的理解,了解诗的内涵,抓住诗中的意象及其背后的意义。这是忠实而准确地传达原文意蕴的前提。

(2)要具有丰富的想象力。诗歌通常是诗人发挥想象力、使用形象性的语言创作而成的。因此,要想译出原诗的意象,译者也应具有丰富的想象力,从而进入诗人的想象情境,领会其中的意境。

(3)理解原诗包含的感情。诗歌的语言往往具有强烈的感情色彩,诗人借助生动的语言将心中的情感抒发出来。因此,译者只有怀着与诗人相同的感情,使用动情的语言,才可能忠实地传递原文的感情。

在把握上述几个要求的基础上,译者应采取一些恰当的翻译方法,提高翻译的效果。具体而言,翻译诗歌可以采取的方法包括:形式性翻译法、阐释性翻译法、调整性翻译法、模仿性翻译法。下面就分别予以分析。

一、形式性翻译法

诗歌的思想内容与形式关系紧密,诗人要想更好地表达自己的思想感情,应选用恰当的诗歌形式。在对诗歌进行翻译时,译者可以采取形式翻译法,尽可能采取与原诗相同或相近的形式,保留原文的韵味。形式性翻译注重译文形式完全忠实于原文,追求译文的学术价值,通常会避免外来成分(如社会、哲学、历史、文化成分等)的介入。

形式性翻译具体应做到以下两点:

(1)确保译文保存原诗的诗体形式。诗体形式包括定型形式与非定型形式。前者对字数、平仄、行数、韵式等具有比较严格的要求,可以反映独特的民族文化特点;后者所呈现的外在形式表征着诗情的流动和凝定。从这一层面来看,译文应将原文所包含的文化特性与诗学表现功能传递出来。

(2)确保译文保持诗歌分行的艺术形式。不同的诗行形式演绎着各不相同的诗情流动路径,体现着作者各种各样的表情意图。翻译时,译者应对诗歌分行所产生的形式美学意味予以考虑。

例如:

Farewell,Sweet Grove

George Wither

Farewell,

Sweet groves to you;

You hills,that highest dwell,

And wanton brooks and solitary rocks,

My dear companions all,and you,my tender flocks!

Farewell,my pipe,and all those pleasing songs,whose moving strains

Delighted once the fairest nymphs that dance upon the plains;

You discontent,whose deep and over-deadly smart,

Have, without pity, broke the truest heart;
That east did with me dwell,
And all other's joy
Farewell!

Adieu.
Fair shepherdesses;
Let garlands of sad yew
Adom your dainty golden tresses
I, that loved you, and often with my quill
Made music that delighted fountain, grove, and hill:
I, whom you loved so, and with a sweet and chaste embrace.
(Tea, with a thousand rarer favours) would vouchsafe to grace,
I, now must leave you all alone, of love to plain;
And never pipe, nor never sing again.
I must, for evermore, be gone.
And therefore bid I you
And every one,
Adieu.

哦再见，可爱的林木

哦再见，

可爱的林木，

高高耸立的山峦；

再见吧一切低幽山谷，

凄清山岩，蜿蜒曲折的溪流，

我的温驯羊群和所有亲密朋友！

再见吧我的芦笛，我的美妙动人的乐曲，

它们曾使舞在田间的绝色女郎欢愉；

不满足呀你的打击最重最致命，

无情地碾碎最最真挚的心；

可我要对别人的得意，

终日伴我的悲叹、

眼泪和愁绪

说再见。

哦再见，

牧羊的娇娃；

悲哀的紫杉枝环

将会装点你娇美金发。

爱过你的我常用羽笔写歌，

让这些树丛这些山山水水欢乐；

你也恋过我，你的拥抱纯洁而又甜蜜。

对，我原会答应给你千百种深情厚谊，

如今却得让你为失去爱而忧伤；

我将永远不再吹笛不再唱，

而且已决心一去不回，

所以我来见你面，

也向每一位

说再见。

在本例中，译者采用了与原诗相同的形式，以求与原诗在形式与意象上做到完全对应。

需要提及的一点是，由于英诗与汉诗在形式上的差别较大，翻译时做到与原诗的形式完全相同是不可能的，因此在翻译实践中，适当的改变也是不可避免的。鉴于此，形式性翻译法在翻译实践中使用较少。

汉语诗歌翻译中形式对等的并不是很多，因为汉语诗歌往往是用简单字来传达丰富的寓意。下面以之前提到的马致远的《天净沙·秋思》的翻译为例说明。例如：

天净沙·秋思
马致远
枯藤老树昏鸦，
小桥流水人家，
古道西风瘦马。
夕阳西下，
断肠人在天涯。

Tune to "Sand and Sky"—Autumn Thoughts

Dry vine, old tree, crows at dusk,

Low bridge, stream running, cottages,

Ancient road, west wind, lean nag,

The sun weltering

And one with breaking heart at the skys edge.

对比原文与译文，乍一看形酷似。原曲 28 个字，译文 30 个字，似有元曲"风骨"，简洁、短小。同时，原曲的九个名词词组分别也被译成九个英语名词词组，在原曲中，只有"人家"不带修辞成分，译文中也采取这种语法结构，该种形式的对等是十分明显的。但仔细一对照也有不相似之处，如"昏鸦"译成 crows at dusk，"流水"译成 stream running，"断肠人"译成 one with breaking heart，因为原曲之句都使用修饰语＋中心词，而译诗却相反。

二、阐释性翻译法

在翻译诗歌时，阐释性翻译是一种常用的翻译方法。阐释性除了要保持原诗的形式之外，还强调对原诗意境美与音韵美的保留。

在意境美方面，要求译诗与原诗一样可以打动读者。意境美的传达通常涉及以下几点：

(1)再现原诗的物境,即诗作中出现的人、物、景、事。

(2)保持与原诗相同的情境,即诗人所传递的情感。

(3)体现原诗的意境,即原诗歌诗人的思想、意志、情趣。

(4)确保译入语读者获得与原文读者相同的象境,即读者根据诗作的"实境"在头脑中产生的想象与联想的"虚境"。[①]

在音韵美方面,要求译作忠实地传递原作的音韵、节奏以及格律等所体现的美感,确保译文富有节奏感,且押韵、动听。

在采用解释性翻译方法时,译者要注重所面临的语言与文化方面的问题,译者应尽可能地在新的语言中重新创造与原文基本对等的作品。例如:

Ode to the West wind

—Percy Bysshe Shelley

I

O wild West Wind, thou breath of Autumn's being,
Thou, from whose unseen presence the leaves dead
Are driven, like ghosts from an enchanter fleeing,
Yellow, and black, and pale, and hectic red,
Pestilence-stricken multitudes: O thou,
Who chariotest to their dark wintry, bed
The winged seeds, where they lie cold and low,
Each like a corpse within its grave, until
Thine azure sister of the Spring shall blow
Her clarion o'er the dreaming earth, and fill
(Driving sweet buds like flocks to feed in air)
With living hues and odors plain and hill:
Wild Spirit, which art moving everywhere;
Destroyer and preserver; hear, oh, hear!

---

① 张保红. 文学翻译[M]. 北京:外语教学与研究出版社,2010:94.

第七章 诗歌翻译

西风颂

一

呵,狂野的西风,你把秋气猛吹,
不露脸便将落叶一扫而空,
犹如法师赶走了群鬼,
赶走那黄绿红黑紫的一群,
那些染上了瘟疫的魔怪——
呵,你让种子长翅腾空,
又落在冰冷的土壤里深埋,
像尸体躺在坟墓,但一朝
你那青色的东风妹妹回来,
为沉睡的大地吹响银号,
驱使羊群般的蓓蕾把大气猛喝,
就吹出遍野嫩色,处处香飘。
狂野的精灵!你吹遍了大地山河,
破坏者,保护者,听吧——听我的歌!

(王佐良 译)

在本例中,译者对原诗的翻译采用了阐释性翻译法,在形式、意境、音韵方面与原文效果相同。再如:

凉州词
王之涣

黄河远上白云间,
一片孤城万仞山。
羌笛何须怨杨柳,
春风不度玉门关。

译文一:

Out of the Great Wall

The yellow sand uprises as high as white cloud,
The lonely town is lost amid the mountains proud.

Why should the Mongol flute complain no willows grow?
Beyond the Gate of Jade no vernal wind will blow.

译文二：

Liang Zhou Song

Winding up into white clouds the yellow river kisses the sky,
Amidst soaring peaks a lonely fort rises high.
The Qiang flute need not bewail willows,
Beyond the Yumen Pass the vernal breeze never blows.

阅读上述两个译文，译文一有以下问题有待商榷：首先是标题，依据《辞海》的解释，"《凉州词》，一名《凉州歌》，乐府《近代曲》名。原是凉州（州治今甘肃武威）一带的歌曲。唐代诗人多用此调作歌词，描写西北方的塞上风光和战争情景。其中以王翰和王之涣所作较为著名"。由此可见，凉州为真实地名，《凉州词》也确有其曲，且具有特定的文化内涵。显然，《凉州词》译为 Out of the Great Wall 所指太泛，语义内涵流失太多。其次，该诗首行中的"黄河"不知何故译成了 the yellow sand，且为小写，令人匪夷所思。再次，"羌笛"译为 the Mongol flute 也不妥，Fletcher 将"羌笛"译为 my Mongol flute 更为离谱。《现代汉语词典》将羌笛释义为："羌族管乐器，双管并在一起，每管各有六个音孔，上端装有竹簧口哨儿，竖着吹。"《辞海》将羌族释义为："中国少数民族之一，主要聚居在四川省茂汶羌族自治州和松潘县南部。"显然羌笛是流行于我国甘肃、青海和川北地区的一种乐器，将其译为 the Mongol flute 与原义相去甚远。最后，"玉门关"位于今甘肃敦煌西北小方盘城，是汉武帝时设置的重要关隘，与西南的"阳关"同为当时通往西域各地的交通门户，距离今玉门市千里之遥，绝非今日玉门市的城门。因此，将"玉门关"译为 The Gate of Jade 过于牵强，基本语义和文化内涵流失太多。相比之下，译文二很好地弥补了这些问题，可谓是阐释性翻译的佳作，将原文的意蕴忠实地传达了出来。

三、调整性翻译法

调整性翻译是在直译的基础上对结构进行一定的调整,从而准确地传递原文的思想,同时符合译入语的表达习惯。调整性翻译是介于形式性翻译与阐释性翻译之间的一种方法。例如:

A Red, Red Rose

—Robert Burns

O, my lure's like a red, red rose,
That's newly sprung in June;
O, my lure's like the melodic
That's sweetly play'd in tune.

As fair art thou, my bonnie lass,
So deep in luve am I,
And I will luve thee still, my dear,
Till a' the seas gang dry.

Till a' the seas gang dry, my dear,
And the rocks melt wi' the sun!
And I will lure thee still, my dear,
While the sands o' life shall run.

And fare thee weel, my only lure,
And fare thee weel, a while!
And I will come again, my lure,
Tho' it were ten thousand mile!

红玫瑰

吾爱吾爱玫瑰红,

六月初开韵晓风;

吾爱吾爱如管弦，
其声修扬而玲珑。
吾爱吾爱美而殊，
我心爱你永不渝，
我心爱你永不渝，
直到四海海水枯；
直到四海海水枯，
岩石融化变成泥，
只要我还有口气，
我心爱你永不渝。
暂时告别我心肝，
请你不要把心耽！
纵使相隔十万里，
踏穿地皮也要还！

（郭沫若 译）

在对原诗进行翻译时，译者对原文结构做出了一些调整，忠实地传递了原文的内容。

宿建德江

移舟泊烟渚，
日暮客愁新。
野旷天低树，
江清月近人。

A Night-Mooring on the Chien-Te River

While my little boat moves on its mooring of mist,
And daylight wanes, old memories begin…
How wide the world was, how close the trees to heaven,
And how clear in the water the nearness of themoon!

此诗前两句先写羁旅夜泊，再叙日暮添愁，但是后两句却没有写为何而愁，或直接表达究竟愁绪有多浓，而是用工整的对仗描绘景色,借景言愁。"日暮"和"月"的内涵意义非常具有典型性,为整首诗定下了基调:恬淡的意境中带着一丝哀愁。而译文非常符合英语的规范,语言非常流畅优美,虽是译诗却没有任何生硬之感,这也正是为何该译文为英美读者所欢迎的重要因素。译者采用了调整性或自由式译法,不刻意追求原诗的音韵美。起行用 while 带我们进入诗人的记忆之流,"移舟"的翻译采用了主谓句式 My boat moves,避免了"移"这一动作主语的出现,采用连词 and 来承接也是宾纳翻译的一大特色,且译者非常喜欢运用跨行以及连接词等来增加译文的流畅度。通过 and 的连接,daylight waves 成了 old memorized begin 的时间状语,"客愁新"译为了 old memorized begin,全诗的诗眼"愁"的意味丢失了,以省略号结尾给读者留下很大的想象空间。接下来采用两个感叹句,没有了"愁"这一诗眼,仿佛此时译者正在回忆美好的情境一样,陶醉不已,却没有什么愁绪,也不符合汉诗不直接抒情而在景物描写中不着痕迹地暗含感情的传统。

四、模仿性翻译法

模仿性翻译指的是译者从原始的形式或思想出发,使用译入语对原诗进行再创造。严格来讲,这很难说是一种翻译。读者在阅读这类作品时,与其说喜欢原文,不如说是喜欢译文。根据拉夫尔的观点,它其实是一种杂交的形式,既不是原诗,也不是翻译,但是有其存在的价值。这种翻译对译者具有极高的要求,因此在翻译实践中使用较少。

例如,《鲁拜集》的英译本中有一节如下:

The ball no question makes of Ayes and Noes,
But Here or There as strikes the Player goes;
And He that toss'd you down into the Field,
He knows about it all—He knows—HE KNOWS!

(Edward Fitzgerald 译)

这节诗中的足球运动在波斯语原文中其实是一种马球游戏，在翻译时译者转换了原诗的意象。在译为中文时，黄克孙将这一意象转换为围棋：

> 眼看乾坤一局棋，
> 满枰黑白子离离。
> 铿然一声成何劫，
> 唯有苍苍妙手知。

不难看出，汉语译文在形式与意象上与原文极为不同。黄克孙称这一翻译方法为"衍译"。严格来讲，这是借用别人思想进行的一种再创造，不是翻译。再如：

江　雪
柳宗元

> 千山鸟飞绝，
> 万径人踪灭。
> 孤舟蓑笠翁，
> 独钓寒江雪。

Angling in Snow

Over mountains no bird in flight, (a)

Along paths no figure in sight. (a)

A fisherman in straw rain coat, (b)

Angling in snow in a lonely boat. (b)

很明显，上例译文的节奏与原诗歌类似，押韵也采用的是aabb韵律，很明显符合了汉语诗歌的韵式，便于译入语读者接受。

这几种类型的区分，在于所强调的因素不同。拉夫尔在《假语真言》中使用一个生动的比喻，对以读者为中心与以作者为中心的区别进行了说明。他指出，对待口渴的小孩，目前有两种截然不同的态度：有的母亲会把水直接端给孩子；有的母亲会把孩子带到水边。

我国的作家、翻译家、理论家对诗歌翻译也有相关的论述。郭沫若认为，文学翻译，包括诗歌翻译应不失"风韵"。

第七章 诗歌翻译

成仿吾指出"译诗应当是诗"。在他看来,译诗就像获得诗人的灵感而创造。

巴金认为,一部文学作品译出来也应该是一部文学作品。

总体而言,译诗与写诗大致相同。译诗首先是一首诗,同时又能体现原诗的神韵与意义;在神韵与意义之间,应优先考虑神韵。

第四节 诗歌翻译佳作赏析

在对诗歌的相关知识与诗歌的翻译方法进行论述的基础上,下面提供一些诗歌翻译佳作,以供欣赏。

(1)原文:

I Wandered Lonely as a Cloud

—William Wordsworth

I wandered lonely as a cloud
That floats on high o'er vales and hills,
When all at once I saw a crowd,
A host, of golden daffodils;
Beside the lake, beneath the trees,
Fluttering and dancing in the breeze.

Continuous as the stars that shine
And twinkle on the milky, way,
They stretched in never-ending line
Along the margin of a bay:
Ten thousand saw I at a glance,
Tossing their heads in sprightly dance.

The waves beside them danced; but they

Outdid the sparkling waves in glee;
A poet could not but be gay,
In such a jocund company;
I gazed—and gazed—but little thought
What wealth the show to me had brought:

For oft, when on my couch I lie
In vacant or in pensive mood,
They flash upon that inward eye
Which is the bliss of solitude;
And then my heart with pleasure fills,
And dances with the daffodils.

译文：

水仙

我独自漫游，像山谷上空
高高飘过的一朵云彩，
我突然望见，望见一大丛
金黄的水仙，纷纷绽开；
在湖水之滨，树荫之下
正迎风摇曳，舞姿潇洒。

连绵密布，像繁星万点
在银河上下闪烁明灭，
这一片水仙，沿着湖湾
排成延续无尽的行列；
我一眼就看见万朵千株，
摇动着花冠，轻盈飘舞。

湖面的涟漪也迎风起舞，
水仙的欢乐却胜过涟漪；

第七章 诗歌翻译

　　有了这样愉快的伴侣，
　　诗人怎能不心旷神怡！
　　我望了又望，却未曾想到
　　这美景给了我怎样的珍宝。

　　因为，每当我倚榻而卧，
　　或情怀抑郁，或心境茫然，
　　水仙呵，便在心目中闪烁——
　　那是我孤寂时分的乐园；
　　于是我的心便欢情洋溢，
　　和水仙一道，舞蹈不息。

（杨德豫 译）

　　分析：在翻译英语原诗时，译者既要注意分析这首诗的文体风格，同时还应考虑中西文化差异，把握其中的文化意象。杨德豫的翻译对原诗进行了一定的创造，便于译入语读者的理解，使读者更好地把握原诗的情感。

（2）原文：

She Walks in Beauty

—George Gordon Byron

She walks in beauty, like the night
Of cloudless climes and starry skies;
And all that's best of dark and bright
Meet in her aspect and her eyes;
Thus mellowed to that tender light
Which heaven to gaudy day denies.
One shade the more, one ray the less,
Had half impaired the nameless grace raven
Which waves in every raven tress,
Or softly lightens or her face;

Where thoughts serenely sweet express
How pure, how dear their dwelling place.
And in that cheek, and or that brow,
So soft, so calm, yet eloquent,
The smiles that win, the tints that glow,
But tell of days in goodness spent,
A maid at peace with all below,
A heart whose love is innocent!

译文：

她走在美的光影里

她走在美的光影里,好像
无云的夜空,繁星闪烁;
明与暗的最美的形象
交会于她的容颜和眼波,
融成一片恬淡的清光——
浓艳的白天得不到恩泽。

多一道阴影,少一缕光芒,
都会损害那难言的优美;
美在她绺绺黑发上飘荡;
在她的脸颊上撒布柔辉;
愉悦的思想在那儿颂扬,
这神圣寓所的纯洁高贵。

那脸颊,那眉宇,幽娴沉静,
情意却胜似万语千言;
迷人的笑语,灼人的红晕,
显示温情伴送着芳年;
和平的,涵容一切的灵魂!
蕴蓄着纯真爱情的心田!

(杨德豫 译)

分析:通过对译例进行分析可以发现,译文的形式与原诗大致相同,译文每行的节拍与原诗的音步数基本一致,同时译文中脚韵也是结合原文的形式进行安排的,很好地体现了原诗的风格与神韵,再现了原诗的音韵节奏。

(3)原文:

SONNET 18

—William Shakespeare

Shall I compare thee to a summer's day
Thou art more lovely and more temperate.
Rough winds do shake the darling buds of May,
And summer's lease hath all too short a date.

Sometime too hot the eye of heaven shines,
And often is his gold complexion dimm'd;
And every fair from fair sometime declines,
By chance or nature's changing course untrimm'd;

But thy eternal summer shall not fade,
Nor lose possession of that fair thou ow'st,
Nor shall death brag thou wonder'st in his shade,
When in eternal lines to time thou grow'st,

So long as men call breath, or eyes can see,
So long lives this, and this gives life to thee.

译文:

十四行诗 第18首

我能不能拿夏天来同你相比?
你呀比夏天来得可爱和温煦;
娇宠的蓓蕾经不起五月风急,
而夏天又是多么短促的季节。

有时那天上的眼睛照得太热,
它金色的脸庞又常暗淡无光;
任凭哪一种美也难永葆颜色——
机遇或自然进程剥去它盛装。

可是你永恒的夏天不会变化,
不会失去你享有的美丽姿容;
死神不能吹嘘你落在他影下——
在不朽的诗中你像时间无穷。

只要人还能呼吸,眼睛能看清,
我的诗就将流传并给你生命。

(黄杲炘 译)

分析:莎士比亚十四行诗第 18 首 Shall I compare thee to a summer's day,每行皆为五音步,抑扬格,韵脚的安排为 abab,cd-cd,efef,gg。

译者在翻译时,尽可能使译文与原文的形式保持一致,由于汉语中没有音步,译者通过使用每行 12 个来进行处理,译文的每行、每小节都与原诗一一对应;在用词方面,译者选取了与原文意义相同的词,所用词包含了英语原词的感情色彩与风格,忠实地传递了原诗的思想内容。此外,译者在翻译时也做了一些变化,如原诗中的 Rough winds do shake the darling buds of May 被译为"娇宠的蓓蕾经不起五月风急",原句中 of May 的形容关系被改变,更符合汉语的表达习惯,同时又不失原意。

(4)原文:

On the Grasshopper and the Cricket

—John Keats

The poetry of earth is never dead:
When all the birds are faint with the hot sun,
And hide in cooling trees, a voice will run

第七章　诗歌翻译

From hedge to hedge about the new-mown mead;
That is the Grasshopper's—he takes the lead
In summer luxury, he has never done
With his delights; for when tired out with fun
He rests at ease beneath some pleasant weed.
The poetry of earth is ceasing never:
On a lone winter evening, when the frost
Has wrought a silence, from the stove there shrills
The Cricket's song, in warmth increasing ever,
And seems to one in drowsiness half lost,
The Grasshopper's among some grassy hills.

译文：

蝈蝈与蟋蟀

大地的诗歌永远不会消亡：
烈日炎炎百鸟倦飞齐喑；
躲进凉爽林荫，一个声音飞鸣
道道树篱，回荡在新刈的草场；
那是蝈蝈的叫声，他率先高唱
夏日的华贵繁盛，不懈地歌吟
无边的欢欣。倦意袭来兴致尽
静静地卧躺在芳草丛休养。

大地的诗歌永远不会中断：
寂寥的冬夜，漫天飞霜凝成
一片沉寂，炉边嘹亮地响起
蟋蟀的歌声，一声声唱暖心田，
醺醺欲睡着恍惚又听闻
蝈蝈引吭高歌在青草丛里。

(张保红 译)

分析：本例原诗为意大利十四行诗，译者关照原诗的形式，将其译为相应的十四行诗,译诗中每句五"顿"与原诗中各句的五音步相对应,生动地再现了原诗中的"蝈蝈"与"蟋蟀"的形象,通过徐缓的节奏营造了静思的意蕴气氛。

(5)原文:

A Match

If love were what the rose is,
And I were like the leaf,
Our lives would grow together
In sad or singing weather.
Blown fields of flowerful closes.
Green pleasrure of grey giref;
I love were what the rose is,
And I were like the leaf.

If I were what the words are,
And love were like the tune,
With double sound and single
Delight our lips would mingle,
With kisses glad as birds are
The get sweet rain at noon;
If I were what the words are,
And love were like the tune.

译文:

情侣

爱情若是红玫瑰,
我是绿叶永相随,
花叶同枝共生长,
任凭日晒与风吹,
田园小径均开遍,
绿是喜悦灰是悲;

第七章 诗歌翻译

爱情若是红玫瑰，
我是绿叶永相随。

我若是蜜语甜言，
爱情是心曲缠绵，
同一曲鸾凤和鸣，
双人唱心照不宣，
喜相吻飞鸟比翼。
饮甘霖日上中天；

我若是蜜语甜言，
爱情是心曲缠绵。

分析：在本例中，译文没有完全采用原诗的格律音韵，而使用了中国传统诗歌的七言律诗形式，每节一韵到底，读起来朗朗上口，有利于中国读者接受。从结构形式上来说，译文保留了原文的形式；从内在意义上来讲，译文的每行都与原诗相对应，不论是直译还是略加调整，都传递了原诗的意义。可以说，这是一则优秀的译作。

(6) 原文：

静夜思
李白
床前明月光，
疑是地上霜。
举头望明月，
低头思故乡。

译文：

STILL NIGHT'S MUSE

Li Bai
Afront the bed the Luna beams bright,
Wearing a look of seemingly rime white.

　　　　Eyes upcast toward the Luna,
　　　　Eyes downcast, engenders my nostalgia.

（黄龙 译）

　　分析：在本例中，译文在结构、格律和选词方面都展现得非常完美。原文每行五个音节，四行共 20 个音节。而译文四行共 37 个音节，且译文更接近原文。另外，该译文较好地处理了押韵的问题，如 bright 与 white，eyes upcast 和 eyes downcast 与原文的效果相同，更为重要的是译文在选词的语体等级上与原文一致，如 luna, rime, nostalgia 等词均属语体庄重的文学或诗歌用语。总之，该译文文辞典雅，风格古朴，古诗韵味较浓。

　　（7）原文：

再别康桥

徐志摩

轻轻的我走了，
正如我轻轻的来；
我轻轻的招手，
作别西天的云彩。
那河畔的金柳，
是夕阳中的新娘；
波光里的艳影，
在我的心头荡漾。
软泥上的青荇，
油油的在水底招摇；
在康桥的柔波里，
我甘心做一条水草！
那榆荫下的一潭，
不是清泉，
是天上虹；
揉碎在浮藻间，
沉淀着彩虹似的梦。
寻梦？撑一支长篙，

向青草更青处漫溯,
满载一船星辉,
在星辉斑斓里放歌。
但我不能放歌,
悄悄是别离的笙箫;
夏虫也为我沉默,
沉默是今晚的康桥!
悄悄的我走了,
正如我悄悄的来;
我挥一挥衣袖,
不带走一片云彩。

译文:

Saying Goodbye to Cambridge Again

Very quietly I take my leave,
As quietly as I came here;
Quietly I wave goodbye
To the rosy clouds in the western sky.
The golden willows by the riverside
Are young bridges in the setting sun;
Their reflections on the shimmering waves
Always linger in the depth of my heart.
The floating heart growing in the sludge
Sways leisurely under the water,
In the gentle waves of Cambridge,
I would be a water plant!
That pool under the shade of elm trees
Holds not water but the rainbow from the sky;
Shattered to pieces among the duckweeds
Is the sediment of a rainbow-like dream.
To seek a dream? Just to pole a boat upstream

To where the green grass is more verdant;
Or to have the boat fully loaded with starlight
And sing aloud in the splendour of starlight.
But I cannot sing aloud:
Quietness is my farewell music;
Even summer insects keep silence for me:
Silent is Cambridge tonight!
Very quietly I take my leave,
As quietly as I came here;
Gently I flick my sleeves;
Not even a wisp of cloud will I bring away.

分析：该例是现代诗人徐志摩的著名诗歌《再别康桥》。《再别康桥》是中国新诗史上的著名篇章，这首诗歌明显受到西方诗歌的影响，采用四行一个诗节的形式，二、四行押尾韵，读起来朗朗上口，极富音乐美。这篇译文非常忠实于原文，准确地传达出了原文的意象。译文的第一节翻译得非常好："Very quietly I take my leave,/As quietly as I came here;/Quietly I wave goodbye/To the rosy clouds in the western sky."用了三个 quietly 的重复翻译，把全诗的重点鲜明地表现出来，同时通过三、四行的行末押韵，把韵律美也表现出来了。

第八章 散文翻译

　　散文作为与诗歌、小说、戏剧并称的一种文学体裁,是语言艺术的典范,有着很高的审美价值,这就对散文翻译提出了更大的挑战。本章主要围绕散文简述、散文的语言特点、散文的翻译方法和翻译佳作赏析几个问题进行探究。

第一节　散文简述

一、散文的定义

　　散文是一种文体概念,可以有狭义和广义之分。广义的散文是一个相对概念,是相对于韵文来讲的,韵文以外的所有文体都可以包含在广义的散文概念中。而狭义的散文则是特指那些抒发情感、发表议论、写人记事的文章。狭义的散文在语言上同小说的语言十分相似,但是在其他方面还是有很大区别的,最主要的区别就在于:小说多是虚构的,而散文则属于非虚构性质,而且散文语言读起来更加清新自然,能给人以美的享受。

　　可以说,在所有文学文体中,散文是我们最为熟悉也是最陌生的文体。说它熟悉,是因为读者很多,作者也多;说它陌生,是因为要准确地解释什么是散文是非常不容易的。导致这一结果出现的原因有两个:一是散文文体在形式与内容上都很不固定,具有很大的游离性和随意性;二是散文文体在长期的发展过程中,其内涵和外延均不断发生变化,使人们对它的认识和理解也在发生着改变,所以文体的概念也有不确定性。

基于上述原因,人们对散文概念的研究只能集中在狭义层面上。综合诸多专家的观点,结合当前的实际情况,我们可以得出,散文是一种能充分利用各种题材,创造性地运用各种文学的、艺术的表现手段,自由地展现主体个性风格,以抒情写意、广泛地反映社会生活为主要目的的文学文体。[①]

二、散文的分类

按照作品的内容、体裁、基本表达等,散文大致可以分为四种:

(一)记叙性体裁的散文

记叙性散文以记叙人物、事件、景物为主,它是向小说过渡的重要桥梁。一些小说以散文化的语言进行表现,或者是以散文、诗歌、小说交叉地进行表现,这就给读者辨析散文带来了一定的障碍。

小说和散文的区别主要体现在四个方面:第一,记叙性散文讲述的是真人真事,属于写实;而小说中的人物和事件都是虚构的,整个小说也都是虚拟的世界。第二,散文中的"我"就是指作者自己,通常都是主观书写,没法虚构,所以散文被人们看成是无法伪装的艺术;小说对人物的褒贬是通过故事和情节进行表现的,所以适合做客观的抒写,小说中的"我"仅为作者虚构的人物。第三,小说特别注重情节的描写,有着前后的因果联系。也就是说,散文的取材并不需要完整的故事情节,一般将作者的情感作为纽带,截取生活中的几个片段,将各种材料串联在一起。叙事性散文在写人时一般较为简练概括,且不需要塑造人物的性格,仅突出人的某一个侧面。通常用白描的方式对人物的神态进行大致的勾勒,而重点是抒写作者对人、事的感受与体验,抒发其情

---

① 刘海涛. 文学写作教程[M]. 北京:高等教育出版社,2005:121.

感。第四,散文的语言自然且流畅,主观性较强,但小说语言更具客观性,其必须忠实于特定环境中的人、事,不具有强烈的主观色彩。

因此,散文中有人物、有故事,也有细节的环境描写,但与小说创作仍存在本质上的区别。如果再详细些,叙事性散文可以分为如下三种:以写人为主的记叙性散文、以记事为主的记叙性散文、以写景为主的记叙性散文。

(二)议论性体裁的散文

所谓议论性散文,是指以阐明事理、发表议论为主的散文。议论性散文主要借助事例进行阐述、用形象的描绘进行说理。从这一点可以看出,议论性散文不会像杂文那样尖刻辛辣,也不会有一般的议论文那样用严密的逻辑进行推理。

议论性散文与一些议论成分较重的抒情散文很相似,但抒情性散文更注重抒情。议论性散文更注重发表意见,讲道理,尽管其很富于抒情,但更侧重在议论中的爱憎情感与理想意愿的流露。[1]

(三)抒情性体裁的散文

所谓抒情性散文,是指注重表现作者的思想感受,抒发其思想情感的散文。抒情性散文是对具体事情的记叙与描绘,但一般没有贯穿全篇的情节,以表达或披露作者的主观情感为主。这种散文一般通过以寄寓情感的人、情、景、物和生活片段作为情感依托,将作者的情感具象化,以达到更为鲜明、充分的抒情效果。与其他类型的散文相比,抒情性散文蕴含的情感更为浓烈,想象也更加丰富,语言更富有文采,极具诗意。

这种散文会采用不同的抒情方式。有些直抒胸臆,即不用借助外物而将心中的情感直接表达出来。有些散文会用间接的方

---

[1] 郑遨,郭久麟. 文学写作[M]. 天津:天津大学出版社,2009:93-95.

式抒发感情,如借景抒情、托物言志等。

作为一种散文表达的方式,抒情性散文的语言更具有情感性。抒情性散文的情感性主要体现在具有以情动人的力量。不管是直接抒情还是间接抒情,这种散文都应该是作者有感而发的。只有是真情实意的表达,才能使读者产生情感的共鸣,从而达到以情动人的效果。

抒情性散文语言要想具有情感性,作者就必须有一定的修养,做到真、美、高尚。这是因为,在抒情的表达方式中,其传达的思想与情感是起主导作用的。语言的情感力量来自作者的真实情感;只有作者具备了健康、高尚的情感,其文章才能更具有感染力。

(四)描写性体裁的散文

描写性散文以"写感受"为核心。写物是托物言志、寄托志趣。写景是为了营造气氛、衬托心境、抒发情怀。写人是树立人的形象,表达对生活的感受和认识。描写性散文有着极强的抒情风格,具有形象性、直觉性和情感性的语言特点。相较于其他类散文,描写性散文的语言更加清新、饱含诗意。

第二节 散文的语言特点

散文,有的重在叙事,有的重在抒情,有的重在议论。散文作者通常把本意情感做了艺术化的处理才形成含蓄美。其往往通过以下手法来实现:一是托物言情,借物言志;二是寓情于景,景之神乃作者之情;三是虚实相生,借助设想、想象,曲折地表达好恶与爱憎;四是运用象征或使用多种修辞手法将真意婉转表达出:

散文的语言特点主要表现在:散中见整,清新自然,朴素、自然、流畅、洁净等。

第八章　散文翻译

言为心声,文如其人,文章是作者思想认识水平和人格修养的体现。不同的作者,生活在各自的时代和社会环境中,各人的先天禀赋有别,后天阅历不同,因此才识、性情、气质就有高低、深浅、刚柔、雅俗、文野、曲直等区别,写出来的文章就形成了不同的风格特点。语言表达的特色就是这种风格特点的一个重要标志。

一、简练、畅达

"简练是中文的最大特色。也是中国文人的最大束缚。"[①]简练的散文语言既可以充分传达作者所要表达的内容,又能高效地传达作者对人对物的情感与态度。这不是作者专心雕刻的结果,而是作者朴实、真实情感的自然流露。

畅达的散文语言既指作者措辞用语挥洒自如,又指其情感表达的自由自在。林非在讨论散文语言特点时提出:"如果认为它也需要高度的艺术技巧的话,那主要是指必须花费毕生艰巨的精力,做到纯熟地掌握一种清澈流畅而又蕴藏着感情浓度和思想力度的语言。"[②]

总之,散文语言的简练和畅达是相辅相成的,它们是构成散文语言艺术的重要生命线。

二、口语化、文采化

散文作者会根据自己讲话的姿态、声音、风格等,向读者倾诉、恳谈,这样才能充分展示其说话的风格和个性。因此,散文的口语化更加浓重。散文的口语化特征并不是说其失去了文采或是不讲究文采,其常常有"至巧近拙"的文采。

---

① 方遒. 散文学综论[M]. 合肥:安徽教育出版社,2004:121.
② 同上,第120页.

三、节奏整齐、顺畅

众所周知,散文的节奏感很强,这主要体现在其声调和抑扬的合理分配上。散文的节奏整齐还体现在其句式是整散交错的,且长短句结合。正是因为散文的节奏整齐,所以其会使读者读起来感觉很顺畅,朗朗上口。[①]

第三节 散文的翻译方法

散文的创作和审美对象是文字,因此其是一种重要的文学艺术体裁。散文带有很大的自由性,没有形式和字数上的限制,作者在表达时可以根据主观思想进行充分的创作。

散文的语言生动优美、清新明丽,在翻译散文时,首先要细读原文,仔细体会作者的写作风格和写作意图,随后用同样清新优美的文笔进行翻译。翻译时要做到把握全篇的中心思想,分清作品的结构层次,传达作者的浓郁情感,重构原文的审美意境,努力再现作者的独特风格。通常而言,当译者在翻译记叙性散文、说明性散文、议论性散文时需要做到以下三个方面:

(1)记叙文通常叙述的是亲身经历或听到、读到的故事传说、奇闻轶事。翻译记叙文时,不仅要翻译文章内容,还需要注意作者个性、写作风格的传递,即要忠实地传达原文的风格与韵味。

(2)说明文是对事物的发生、发展、结果、特征、性质、状态、功能等进行解释、介绍、阐述的一种文章。说明文具有用词精确、结构严谨、逻辑性强的特点。因此,在翻译的时候要准确把握说明文的特点,注意词句的选用。其中有些富有哲理的警句最难翻

---

① 张保红. 文学翻译[M]. 北京:外语教学与研究出版社,2010:29—30.

第八章 散文翻译

译,但它们又是文章精华之所在,所以在翻译时要不断推敲,再三润色。

(3)议论性散文是指作者采用客观的态度,从一定角度来讨论问题的散文。在写议论性散文时,为了使自己的文章有征服人心的力量,作者往往一方面用逻辑推理性的方法来诉诸读者的理性和智力,另一方面也用打动人心的论点来诉诸读者的知觉与情感。因此,在翻译的时候译者应把握议论性散文的这些特点,并遵循精练、准确、严谨的原则,同时也要注意文字所包含的情感因素,以使译文更好地打动读者的心灵,使读者产生共鸣。

一、散文翻译的原则

(一)传达情感原则

由于散文的创作主要是为了表达作者的思想感情,所以情感是散文灵魂。在翻译散文时,译者首先要做到的是对原文情感效应的对等翻译。也就是说,要使读者在读完一篇翻译好的散文后,能产生与原文相同的情感。为了准确转译散文作者的真实情感,译者可以采用移情法。最早提出"移情"一词的学者是德国哲学家劳伯特·费肖尔(Robert Vischer)。他指出,移情即将情感注入翻译过程中。

具体来说,译者在使用移情法翻译散文时,需要把握如下技巧:

(1)在翻译之前,译者需要了解原散文的写作背景,并认真揣摩作者的思想。

(2)尊重原著情感是移情的前提,译者应将自己放在与原作者相同的情感地位中,充分感受和体会作者的思想感情。

(3)必要时,译者也要在译文中注入自己的感情,以便使原文思想充分地表达出来。

可见,译者对原文的掌控力和对作者思想的领悟能力直接决定着译作翻译的成功与否。下面来看一则翻译实例。

我爱热闹,也爱冷静;爱群居,也爱独处。像今晚上,一个人在这苍茫的月下,什么都可以想,什么都可以不想,便觉是个自由的人。白天里一定要做的事,一定要说的话,现在都可以不理。这是独处的妙处:我且受用这无边的荷塘月色好了。

I like a serene and peaceful life, as much as a busy and active one; I like being in solitude, as much as in company. As it is tonight, basking in a misty moonshine all by myself, I feel I am a free man, free to think of anything, or of nothing. All that one is obliged to do, or to say, in the daytime, can be very well cast aside now. That is the beauty of being alone. For the moment, just let me indulge in this profusion of moonlight and lotus fragrance.

这段文字充分展示了作者的思想感情,表达了作者当时的思想状况。译者对原文的深入体会,可以使读者感受其对荷塘美景的赞叹与作者自己当时的复杂心境。"我且受用这无边的荷塘月色好了"一句,更是表现出了作者的无奈以及内心的烦忧。译者认真分析和体会了作者的思想,在翻译时准确地把握了原文的基调,很好地再现了原文的意境。

(二)重现意境原则

意境是散文思想表达的依托,所以作者在散文写作中将意境的营造放到首位。散文创作的目的是给读者带来美的享受以及生命的思考,所以译者在翻译时,对意境的重现是至关重要的。

文学作品是在语境中生成意义的,这种语境可能涵盖政治、经济、文化等很多方面,虽然看似毫无关联,却能够给作品构造出框架,体现作者的思想。因此,从本质上来看,文学翻译就是不同文化语境的碰撞与交流。正如茅盾所说,"文学翻译是用另一种语言,把原文的艺术意境传达出来,使读者在读译文的时候能够像读原文时一样得到启发、感动和美的享受"[1]。在这样的情况

---

[1] 曾文雄. 语用学翻译研究[M]. 武汉:武汉大学出版社,2007:127.

下,译者在文学翻译的过程中要在转换语言的同时对其文化语境展开深入分析,从而对源语文化进行相应转换。

散文的语言表达非常自由,重"义"而不重"形",所以译者在翻译时不要拘泥于句子的表达,应做到收放自如,在准确再现原文意义的基础上,用优美、流畅的语言再现原文的意境。例如:

It is a marvel whence this perfect flower derives its loveliness and perfume, springing as it does from the black mud over which the river sleeps, and where lurk the slimy eel, and speckled frog, and the mud turtle, which continual washing cannot cleanse. It is the very same black mud out of which the yellow lily sucks its obscene life and noisome odor. Thus we see too in the world, that some persons assimilate only what is ugly and evil from the same moral circumstances which supply good and beautiful results—the fragrance of celestial flowers—to the daily life of others.

(Nathaniel Hawthorne: *The Old Manse*)

荷花如此清香可爱,可以说是天下最完美的花,可是它的根,却长在河底的黑色污泥中,根浊花清,这不得不说是一种奇迹。河底潜伏着滑溜的泥鳅,斑斑点点的青蛙,满身污秽的乌龟,这种东西虽然终年在水里过活,身上却永远洗不干净。黄色睡莲的香味恶俗,姿态妖媚,它的根也是生在河底的黑泥里面。因此,我们可以看见,在同样不道德的环境之下,有些人能够出污泥而不染,开出清香的荷花,有些人却受到丑恶的熏陶,成了黄色的睡莲了。

(夏济安 译)

在翻译这段文字之前,译者应对原文进行仔细分析。经分析可以发现,虽然原文只有三句话,但通过抑扬讽喻的表达、结构紧凑的布局、对照鲜明的意象,使原文含义更加丰富,表意更加清楚。如果要翻译如此优美的文字,译者要最大限度地保存原文的意境美,即运用贴切、自然的语言展现原文的思想和内容,且选词和表达必须达到与原文同样的境界和风格,使原文和译文在总的艺术效果上达到一致。

(三)把握风格原则

不同作者有着不同的写作风格,翻译时对于原文风格的把握特别重要。如果译文与原文风格大相径庭,即便译文语言再优美,表达再到位也称不上佳译。因为译文一旦偏离了原文的风格,读者通过译文读到的并不是原作者的文笔风格,就难以体会作者字里行间的情感。因此,译者要认真体会散文的时代风格与作家风格。例如:

(1)在翻译培根的散文时应该知道,他的作品中有大量的排比并列句式,形式较为工整,这也是17世纪的英国散文明显的修辞特点。

(2)18世纪的散文,在初期主要是口语化语言很流行,其代表作家是艾迪生(Joseph Addison)和斯梯尔(Richard Steele),而到了末期,文学语言又转向了典雅华丽。

(3)到了19世纪,文学艺术界由于受到浪漫主义思潮的影响,虽然仍有一些作家坚持散文的朴实无华,但是浪漫派散文已经开始形成主流。当时的作家在写散文时往往直抒胸臆,极力表现自己的独特个性。这个时期的散文特点是,语言新颖,句式灵活,有很强的感染力。强烈的节奏感、飞扬的文采、生动的比喻形成了散文的时代特色。

下面来看培根的《论读书》的翻译。

Of Studies

—Francis Bacon

Studies serve for delight, for ornament, and for ability. Their chief use for delight, is in privateness and retiring; for ornament, is in discourse; and for ability, is in the judgment and disposition of business. For expert men can execute, and perhaps judge of particulars, one by one; but the general counsels, and the plots and marshalling of affairs, come best from those that are learned. To spend too much time in studies is sloth; to use them too much for ornament, is affectation; to make judgment wholly by their rules, is the humor of a scholar. They perfect nature, and are perfected by experience: for natural abilities are like natural plants, that need proyning by study; and studies themselves, do give forth directions too much at large, except they be bounded in by experience. Crafty men contemn studies, simple men admire them, and wise men use them; for they teach not their own use; but that is wisdom without them, and above them, won by observation. Read not to contradict and confute; nor to believe and take for granted; nor to find talk and discourse; but to weigh and consider. Some books are to be tasted, others to be swallowed, and some few to be chewed and digested; that is, some books are to be read only in parts; others to be read, but not curiously; and some few to be read wholly, and with diligence and attention. Some books also may be read by deputy, and extracts made of them by others; but that would be only in the less important arguments, and the meaner sort of books, else distilled books are like common distilled waters, flashy things.

Reading make a full man; conference a ready man; and writing an exact man. And therefore, if a man write little, he had need have a great memory; if he confer little, he had need have a present wit; and if he read little, he had need have much cunning, to seem to know that he doth not. Histories make men wise; poets witty; the mathematics subtitle; natural philosophy deep; moral grave; logic and rhetoric able to contend. Abeunt studia in mores. Nay, there is no stand or impediment in the wit, but may be wrought out by fit studies: like as diseases of the body may have appropriate exercises. Bowling is good for the stone and reins; shooting for the lungs and breast; gentle walking for the stomach; riding for the head; and the like. So if a man's wit be wandering, let him study the mathematics; for in demonstrations, if his wit be called away never so little, he must begin again. If his wit be not apt to distinguish or find differences, let him study the schoolmen; for they are cymini sectors. If he be not apt to beat over matters, and to call up one thing to prove and illustrate another, let him study the lawyers' cases. So every defect of the mind may have a special receipt.

译文：

论读书

读书足以怡情，足以傅彩，足以长才。其怡情也，最见于独处幽居之时；其傅彩也，最见于高谈阔论之中；其长才也，最见于处世判事之际。练达之士虽能分别处理细事或一一判别枝节，然纵观统筹、全局策划，则舍好学深思者莫属。读书费时过多易惰，文采藻饰太盛则矫，全凭条文断事乃学究故态。读书补天然之不足，经验又补读书之不足，盖天生才干犹如自然花草，读书然后知如何修剪移接；而书中所示，如不以经验范之，则又大而无当。有一技之长者鄙读书，无知者羡读书，唯明智之士用读书，然书并不以用处告人，用书之智不在书中，而在书外，全凭观察得之。读书时不可存心诘难作者，不可尽信书上所言，亦不可只为寻章摘句，而应推敲细思。书有可浅尝者，有可吞食者，少数则须咀嚼消化。换言之，有只须读其部分者，有只须大体涉猎者，少数则须全读，读时须全神贯注，孜孜不倦。书亦可请人代读，取其所作摘要，但只限题材较次或价值不高者，否则书经提炼犹如水经蒸馏，淡而无味矣。

读书使人充实，讨论使人机智，笔记使人准确。因此，不常做笔记者须记忆特强，不常讨论者须天生聪颖，不常读书者须欺世有术，始能无知而显有知。读史使人明智，读诗使人灵秀，数学使人周密，科学使人深刻，伦理学使人庄重，逻辑修辞学使人善辩。凡有所学，皆成性格。人之才智但有滞碍，无不可读适当之书使

第八章 散文翻译

之顺畅，犹如身体百病，皆可借相宜之运动除之。滚球利睾肾，射箭利胸肺，慢步利肠胃，骑术利头脑，诸如此类。如智力不集中，可令读数学，盖演题须全神贯注，稍有分散即须重演；如不能辨异，可令读经院哲学，盖是辈皆吹毛求疵之人；如不善求同，不善以一物阐证另一物，可令读律师之案卷。如此头脑中凡有缺陷，皆有特药可医。

（王佐良 译）

弗朗西斯·培根是英国文艺复兴时期著名的散文家、哲学家、实验科学的先驱，留有58篇散文传世。培根下笔，时而洋洋洒洒，时而十分简约，潇洒飘逸，有大将风度，口吻十分自信、认真。论断分明，又不失诗人奔驰的想象。不时用上一句拉丁文，使他的文章多了一份书卷气，带上一点古香古色。培根的散文以准确、清楚、条理分明著称，加上他擅长写出饱含人生经验和智慧的名言警句，形成了培根散文的独特风格，使其能经久不衰。

《论读书》是培根散文中的经典之作，因此要译好这篇文章实属不易。翻译培根这篇散文，重要的是要译出培根散文之简约的风格，译出他那种自信的口吻、格言般的警句。在这方面，王佐良先生做得最好，他用半文半白的文体，十分精湛地再现了培根散文的风格，可谓尽善尽美。再如：

曲曲折折的荷塘上面，弥望的是田田的叶子。……层层的叶子中间，零星地点缀着些白花，有袅娜地开着的，有羞涩地打着朵儿的；正如一粒粒的明珠，又如碧天里的星星，又如刚出浴的美人。微风过处，送来缕缕清香，仿佛远处高楼上渺茫的歌声似的。……叶子本是肩并肩密密地挨着，这便宛然有了一道凝碧的波痕。

All over this winding stretch of water, what meets the eye is a silken field of leaves. ... Here and there, layers of leaves are dotted with white lotus blossoms, some in demure bloom, others in shy bud, like scattering pearls, or twinkling stars, or beauties just out of the bath. A breeze stirs, sending over breaths of fragrance, like faint singing drifting from a distant building. … The leaves are caught trembling in an emerald heave of the pond.[①]

二、散文翻译的常见方法

散文的真首先是在语言表达上，不假雕饰、开门见山、直奔主题、全凭本色的真实和直接。它不像诗歌那样含蓄，不用讲究语言的韵律感、意象和象征等修辞手法，也不用像小说、戏剧一样讲究语言技巧。散文的真还体现在感情上，无论是抒情散文还是叙事散文，都有真情的渗入，蕴含动人的力量。提起散文，人们总会想起一句话："形散而神不散。"散文的散，从表层来看，主要体现在散文的选材范围无拘无束，表现的形式自由开放；在选材方面，一切都可以成为散文的写作内容；从形式上看，对于结构、韵律没有规范的要求，可以叙事、抒情、说理。散文也可被称为"美文"，它的美主要体现在韵味和意境上。散文的语言质朴、平实、流畅、自然，但是一旦经过感情的渗透就可以在平淡中凸显出品位。

散文的翻译，顾名思义，就是将散文翻译成不同文字的文本。想要再现原文的风格，就要识别原文的风格特征，领悟原文的精神风貌、行文和神韵等。再现原散文的韵味不能仅局限在文字层面，还涉及原文所表现的精神追求和艺术追求。

(一)真实再现散文的意义

散文的核心在于传情达意，状物叙事和说理真切、直接，故准确再现散文之意是散文翻译的前提，这要求译文在意义、形式、趣味、格调等方面力求与原文等质等量。要做到这一点，首先需要对散文进行充分、细致的解读。对散文的解读不仅要落实到单个字词的意义、语音、拼写等微妙的细节上，也要涉及对词语的内涵

---

① 徐军，孙宪梅．浅论散文的语言特点与翻译[J]．德州学院学报，2006，(2):59.

第八章 散文翻译

和外延意义、比喻意义和象征意义,再到句子、语篇的主题意义等的理解。

再现散文之意要兼顾散文的内容和形式,从语言层次上说,译文由微观到宏观,从字、词、句、篇到修辞、逻辑、文体、主题的仔细把握,使用精确、恰当的词句来再现原意;从文化层次上说,译文必须结合原文的社会、历史、文化和文学背景,准确地体现原文的意义。

我国著名翻译理论家张培基先生充分掌握了英汉词汇的差异,翻译时他能根据上下文语境把握词语所代表的内涵意义,进而准确地做出相应转换。在翻译过程中,特别采用了增词、减词、变通等多种手段,很好地保留了原文的语意和美感。例如:

行李太多了,得向脚夫行些小费,才可以过去。

(《谈骨气》)

There was quite a bit of luggage and bargain with the porter over the fee.

根据文章上下文,在这句话中的"小费",张培基先生把它翻译成 fee 而不是 tip,因为这并不是通常所说的指给搬运工、侍者、出租车司机等的额外服务费用,而是指付给搬运工的搬用费,如此翻译体现了其翻译的准确性。

一个人,哪怕他的脾气有如虎狼那么凶暴,我相信如果长住在海滨,一定会变得和羔羊一般驯服。

(《海恋》)

A person with a terrifying hot temper will become, I believe, as meek as a lamb after a long stay by the seashore.

上例中的"脾气有如虎狼那么凶暴",如果直译为 with a temperament as fierce as that of a tiger or wolf,会使读者认为这个人很凶残,那么就在翻译过程中错误地传达了作者的意思,张培基先生将之意译成 with a terrifying hot temper,则产生了非常好的效果。

总之,准确真实地再现散文之意是散文翻译的第一要务,但与其他文学作品一样,散文的意义和形式是紧密相连的,所以在把握原文意义的基础上采用合适的译入语形式也是散文翻译的关键。

(二)恰当保存散文的形式

散文的选材自由,形式开放,但并不意味着散文就不注重形式,它只是不像诗歌讲究音韵格律,也不像小说虚构情节,采用特殊的叙事手段。散文的美除了体现在意境和情趣上,也体现在散文的形式上,包括散文的音韵节奏、遣词造句、修辞手段等。如果在翻译散文时忽略原文的形式,那必定会失去原文的美。散文最显著的表现形式就是通过散文的词句体现出鲜明的个性和风格。

燕子去了,有再来的时候;杨柳枯了,有再青的时候;桃花谢了,有再开的时候。

(《匆匆》)

If swallows go away, they will come back again. If willows wither, they will turn green again. If peach blossoms fade, they will flower gain.

原文是包含了三个分句的一句话。形式上,每个分句的字数相等,结构一致,而且都用了两个谓语动词。内容上,每个分句都隐含着条件关系,即"如果……就……",同时分句之间是并列关系。所以,译文中,译者使用了断句分译方法,把一句话中的三个分句处理成三个独立的句子,且都使用了 if 引导的条件句式,把原文分句的前一个谓语动词放在从句中,把后一个谓语动词放在主句中。这样不仅把原文隐含的条件关系显现出来,而且解决了谓语动词的矛盾。

秋天,无论在什么地方的秋天,总是好的。

(《故都的秋》)

Autumn, wherever it is, always has something to recommend itself.

译文将 autumn 单独放在句首,加上插入语 wherever it is,同样构成了三个小句。原文是独白式的口头语,译文也达到了同样

第八章 散文翻译

的效果。然而,由于语言文化的差异,原文形式不可能完全照搬进译文。在翻译时,译者应尽量切合原文的风格。因此,在译文中最大限度地保存散文的形式也是翻译散文的重要原则之一。

(三)消除原文和译文之间的文化差异

语言是文化的载体,我们只有消除文化上的隔阂,才能使读者在转换两种语言时消除理解上的鸿沟。要清除这些隔阂,并不是将所有的文化因素都抛弃掉,而是要想办法译得准确。原文的意味和意境不能改变,另外还可以利用注释和说明来完整传递原文的意趣。张培基先生在翻译散文时,使用适当的句型表现逻辑关系,译文通俗易懂。

那年冬天,祖母死了,父亲的差使也交卸了,正是祸不单行的日子……

(《背影》)

Misfortunes never come singly. In the winter of more than two years ago, grandma died and father lost his job.

原文先陈述事实,然后给出结论,而译文刚好相反,先得出结论,再叙述事实。调整结论与事实的顺序,更符合西方人的逻辑思维习惯。

可是她的时间大半给家务和耕种占去了,没法照顾孩子,只好让孩子们在地里爬着。

(《母亲的回忆》)

But she was too busily occupied with household chores and farming to look after the kids so that they were left alone crawling about in the fields.

too…to…表示一种逻辑上的因果关系,so that 表示结果。

文化因素如果处理不当,就会成为理解的障碍。张培基先生采用了增词法、意译法等消除了这些障碍。

有时也兼做点农作,芒种的时节,便帮人家插秧……

(《为奴隶的母亲》)

Sometimes she also worked in the fields; early each summer she turned farm-hand.

芒种是中国的二十四节气之一,直译法必须加注 early each summer,否则会让人费解,意译法简洁明了。

他姓差,名不多。

(《差不多先生传》)

His surname is Cha and his given name, Buduo, which altogether mean "About the Same".

此句用增补法,补充了中文"差不多"的意义,译入语读者就能理解这篇文章的中心内容。

总而言之,对于散文的翻译,译者应该把握意义、形式和文化方面的内容,真实地再现散文的意义;恰当地保存散文的形式;消除原文和译文之间的文化差异,这是翻译散文的基本方法。

第四节　散文翻译佳作赏析

(1)原文:

匆匆

朱自清

燕子去了,有再来的时候;杨柳枯了,在再青的时候;桃花谢了,有再开的时候。但是,聪明的,你告诉我,我们的日子为什么一去不复返呢?——是有人偷了他们罢:那是谁?又藏在何处呢?是他们自己逃走了罢:现在又到了哪里呢?

我不知道他们给了我多少日子,但我的手确乎是渐渐空虚了。在默默里算着,八千多日子已经从我手中溜去,像针尖上一滴水滴在大海里,我的日子滴在时间的流里,没有声音,也没有影子。我不禁头涔涔而泪潸潸了。

去的尽管去了,来的尽管来着;去来的中间,又怎样的匆匆呢?早上我起来的时候,小屋里射进两三方斜斜的太阳。太阳他有脚啊,轻轻悄悄地挪移了;我也茫茫然跟着旋转。于是——洗手的时候,日子从水盆里过去;吃饭的时候,日子从饭碗里过去;默默时,便从凝然的双眼前过去。我觉察他去得匆匆了,伸出手遮挽时,他又从遮挽着的手边过去,天黑时,我躺在床上,他便伶伶俐俐地从我身上跨过,从我脚边飞去了。等我睁开眼和太阳再见,这算又溜走了一日。我掩着面叹息。但是新来的日子的影儿又开始在叹息里闪过了。

在逃去如飞的日子里,在千门万户的世界里的我能做些什么呢?只有徘徊罢了,只有匆匆罢了;在八千多日的匆匆里,除徘徊外,又剩些什么呢?过去的日子如轻烟,被微风吹散了,如薄雾,被初阳蒸融了;我留着些什么痕迹呢?我何曾留着像游丝样的痕迹呢?我赤裸裸来到这世界,转眼间也将赤裸裸地回去罢?但不能平的,为什么偏要白白走这一遭啊?

聪明的,你告诉我,我们的日子为什么一去不复返呢?

译文:

Transient Days

If swallows go away, they will come back again. If willows wither, they will turn green again. If peachblossoms fade, they will flower again. But, tell me, you the wise, why should our days go by never to return? Perhaps they have been stolen by someone. But who could it be and where could he hide them? Perhaps they have just run away by themselves. But where could they be at the present moment?

I don't know how many days I am entitled to altogether, but my quota of then is undoubtedly wearing away. Counting up silently, I find that more than 8,000 days have already slipped away through my fingers. Like a drop of water falling off a needle point into the ocean, my days are quietly dripping into the stream of time without leaving a trace. At the thought of this, sweat oozes from my forehead and tears trickle down my cheeks.

What is gone is gone, what is to come keeps coming. How swift is the transition in between! When I get up in the morning, the slanting sun casts two or three squarish patches of light into my small room. The sun has feet too, edging away softly and stealthily. And, without knowing it, I am already caught in its revolution. Thus the day flows away through the sink when I wash my hands; vanishes in the rice bowl when I have my meal; passes away quietly before the fixed gaze of my eyes when I am lost in reverie. Aware of its fleeting presence, I reach out for it only to find it brushing past my outstretched hands. In the evening, when I lie on my bed, it nimbly strides over my body and flits past my feet. By the time when I open my eyes to meet the sun again, another day is already gone. I heave a sigh, my head buried in my hands. But, in the midst of my sighs, a new day is flashing past.

Living in this world with its fleeting days and teeming millions, what can I do but waver and wander and live a transient life? What have I been doing during the 8000 fleeting days except wavering and wandering? The bygone days, like wisps of smoke, have been dispersed by gentle winds, and, like thin mists, have been evaporated by the rising sun. What traces have I left behind? No, nothing, not even gossamer-like traces. I have come to this world stark naked, and in the twinkling of an eye, I am to go back as stark naked as ever. However, I am taking it very much to heart: why should I be made to pass through this world for nothing at all?

O you the wise, would you tell me please: why should our days go by never to return?

(张培基 译)

分析：张培基先生的译文很好地再现了原文抒发的情感，保

第八章 散文翻译

留了作者的语言风味,词语拿捏准确,生动不生硬,在再现原文的基础上运用问句抒发作者情感。语言流畅,行云流水,用词朴实无华,自然生动。译者本就是"戴着镣铐的舞者",但本文译者却运用"化境"将译文翻译得惟妙惟肖又出神入化。

译文再现了原文排比、拟人、比喻的修辞手法,灵活地把握了原文疑问句和设问句。原文中连续的问句引发读者深思,译文中张培基先生尊重原文也采取问句的形式达到译文原文的和谐统一。

"但是,聪明的,你告诉我,我们的日子为什么一去不复返呢?——是有人偷了他们罢:那是谁?又藏在何处呢?是他们自己逃走了罢:现在又到了哪里呢?"

But, tell me, you the wise, why should our days go by never to return? Perhaps they have been stolen by someone. But who could it be and where could he hide them? Perhaps they have just run away by themselves. But where could they be at the present moment?

原文开篇运用排比,看似短小,翻译起来却颇有难度。汉语重意合,结构像竹节,注重隐性连贯,不用连接词,注重时间和地点顺序。英语重形合,像树一样,一个根上有多个树干树枝,多用连接词、分句、从句,注重句子形式。在此,张培基恰到好处地再现了原文的逻辑结构。原文用疑问句加强读者反思,又加深情感的作用,译文中选用虚拟语气作为强调,符合整体韵味,传递了作者追悔逝去美好光阴的无奈情感。

翻译的地道与否主要看用词的准确程度。张培基先生从译多年,对文字的把握程度已经达到了很高的造诣。疑问中多处选词生动并多样贴切,很值得我们欣赏学习。

"我不禁头涔涔而泪潸潸了。"

At the thought of this, sweat oozes from my forehead and tears trickle down my cheeks.

译文没有直接用人称代词 I,而用 sweat,tears 做这句的主语,很好地强调了情感,符合英文表达习惯,动词选择非常准确生动,很有意境感。

原文通过景色描写,形象的比喻、排比等多种修辞手法,描述了时光易逝不复返,看似像针尖的水一样渺小的时光滴入时间的流里就没有了痕迹,也没有了影子,表达了作者的无力感与无奈。我们能抓住的东西并不多,但是对于时间我们只能眼睁睁地看着它溜走,毫无办法。作者深感空虚无力。

"我不知道他们给了我多少日子,但我的手确乎是渐渐空虚了。"

I don't know how many days I am entitled to altogether, but my quota of then is undoubtedly wearing away.

译文 I am entitled to 中用被动表达原文"他们给了我多少日子",符合英语表达习惯,生动地传达了作者无奈与无力感。我们要怎样才能不白白地走这一遭呢?珍惜时间,努力做有意义的事情吧,每个生命都会为努力绽放而发光。译者通过把握文章的情感,进行翻译创作,并没有枯燥地进行字面的翻译而是理解作者所表达的情感,并运用自己对两种语言的理解进行创作,实属化境的典范。

(2)原文:

Some Truths about Leadership

After leaving the university, I spent nearly five years researching a book on leadership. I travelled around America spending time with 90 of the most effective, successful leaders in the nation—60 from corporations and 30 from the public sector. My goal was to find these leaders' common traits, a task that required more probing than I had expected. For a while, I sensed much more diversity than commonality among them. The group included both rational and intuitive thinkers; some who dressed for success and some who didn't; well-spoken, articulate leaders and laconic, inarticulate ones; some aggressive types and some who were the opposite.

I was finally able to come to some conclusions, of which perhaps the most important is the distinction between leaders and managers: leaders are people who do the right thing; managers are people who do things right. Both roles are crucial, but they differ profoundly. I often observe people in top positions doing the wrong thing well.

After several years of observation and conversation, I defined four competencies evident to some extent in every member of the group: management of attention, management of meaning, management of trust, and management of self. The first trait apparent in these leaders is their ability to draw others to them, not just because they have a vision but because they communicate an extraordinary focus of commitment. Leaders manage attention through a compelling vision that brings others to a place they have not been before.

One of the people I most wanted to interview was Leon Fleischer, a child prodigy who grew up to become a prominent pianist, conductor, and musicologist. I happened to be in Colorado one summer while Fleischer was conducting the Aspen Music Festival. Driving through downtown Aspen, I saw two perspiring young cellists carrying their instruments, and I offered them a ride to the music tent. As we rode I questioned them about Fleischer. "I'll tell you why he's so great," said one. "He doesn't waste our time."

Fleischer agreed not only to be interviewed but also to let me watch him rehearse and conduct music classes. I linked the way I saw him work with that simple sentence, "He doesn't waste our time." Every moment Fleischer was before the orchestra, he knew exactly what sound he wanted. He didn't waste time because his intentions were always evident.

So the first leadership competency is the management of attention through a set of intentions or a vision, not in a mystical or religious sense but in the sense of outcome, goal, or direction.

The second competency is management of meaning. To make dreams apparent to others and to align people with them, leaders must communicate their vision. Communication and alignment work together.

The third competency is management of trust. Trust is essential to all organizations. The main determinant of trust is reliability, what I call constancy. When I talked to the board members or staffs of these leaders, I heard certain phrases again and again: "She is all of a piece."

"Whether you like it or not, you always know where he is coming from, what he stands for." A recent study showed that people would much rather follow individuals they can count on, even when they disagree with their viewpoint, than people they agree with but who shift positions frequently.

The fourth leadership competency is management of self, knowing one's skills and deploying them effectively. Management of self is critical; without it, leaders and managers can do more harm than good.

Leaders know themselves; they know their strengths and nurture them. The leaders in my group seemed unacquainted with the concept of failure. What you or I might call a failure, they referred to as a mistake. I began collecting synonyms for the word failure mentioned in the interviews, and I found more than 20: mistake, error, false start, bloop, flop, loss, miss, foulup, stumble, botch, bungle—but not failure. One CEO told me that if she had a knack for leadership, it was the capacity to make as many mistakes as she could as soon as possible and thus get them out of the way. Another said that a mistake is simply "another way of doing things." These leaders learn from and use something that doesn't go well; it is not a failure but simply the next step.

译文：

领导艺术的真谛

  我卸任大学校长一职之后，用了差不多五年时间撰写一部论述领导艺术的书。我走遍美国各地，与这个国家最得力、最成功的几十位领导者会面，其中六十位是企业首脑，三十位担任公职。我的目的是找出这些领导人的共同特质，这任务之艰难超出了我的料想。我曾一度觉得他们不同之处多于相同之处。他们有的善于理性思维，有的善于直觉判断；有的为事业成功而讲究穿着，有的则穿得普普通通；有的谈吐优雅、善于辞令，有的说话简简单单、不善于辞令；有的咄咄逼人，有的温文尔雅。

  最后我得出一些结论，其中最重要的一点可能就是领导者与管理者之间的区别：领导者知道该做什么，管理者则知道怎样去做。这两类角色同样举足轻重，但却有很大区别。我经常看到身居要职的人把某项不该做的事也处理得井井有条。

  经过几年的观察和交往，我发觉这群领导者在某种程度上都具备四种能力：引起注意、善于表达、赢得信赖与驾驭自我的能力。这些领导者明显具备的第一种特质是吸引他人的能力，这不光是因为他们有远见，而且还因为他们表现出极强的献身精神。领导者以其远见卓识启迪别人，将别人吸引到自己周围。

  我最想采访的人是利昂·弗莱彻。他是个神童，长大后成了著名的钢琴家、乐队指挥和音乐研究专家。有一年夏天我在科罗拉多，碰巧弗莱彻担任阿斯彭音乐节的指挥。我驾车穿过阿斯彭闹市区时，看到两个携带乐器、汗流浃背的年青大提琴手，于是我把他们送到音乐练习场去。途中，我问他们关于弗莱彻的事。其中一人说，"我告诉你他为什么这么出色：他从不浪费我们的时间。"

  弗莱彻不仅同意跟我见面，而且还让我观摩他的排练和指挥课。我把他的工作方式与那句朴质的话"他从不浪费我们的时间"联系起来。每当弗莱彻站在乐队前面,便能准确地知道自己想要的乐调。他不浪费时间,因为他的意图永远明确。

总之,第一种领导能力是通过一系列的意旨或远见来引起众人的注意,这类意旨或远见没有神秘的或宗教的含义,而是具有结果、目标或方向的意义。

第二种领导能力是表达能力。为了让别人清楚他们的理想和把众人团结在自己的周围,领导者必须善于表达自己的见解,沟通和团结是相辅相成的。

第三种领导能力是赢得信赖的能力。信赖对所有机构都是至关重要的。信赖的主要决定因素是可靠性,我称作恒久性。当我跟这些领导者的董事会成员或职员谈话时,我不止一次听到这样一些话:"她始终如一","不管你喜欢不喜欢,你知道他的论据及主张是什么。"最近的一项研究表明,人们宁愿追随那些彼此观点也许并不一致但是可以信赖的人,而不是那些虽与自己意见相同但不断改变立场的人。

第四种领导能力是驾驭自我、了解及有效地运用自己技能的能力。驾驭自我是至关重要的:如果没有这方面的能力,领导者和管理人员就可能会成事不足,败事有余。

领导人通常有自知之明:他们了解自己的长处并加以发挥。我所调查的领导者似乎没有失败的概念。你我称作失败的事他们都叫作失误。在交谈时,他们用别的同义词代替"失败",这些同义词有二十多个,如出错、差错、出师不利、当众出丑、栽了、失利、亏了、一团糟、弄错、差劲、砸锅……但都不是失败。一位最高行政主管告诉我,如果说她有领导诀窍的话,那就是尽早尽多地把要犯的错误都犯了,以免日后再出错。另一位说,犯错误无非是"另一种办事方法"。这些领导人吃一堑长一智,事情办得不好并不等于失败,相反,它使人们知道下一步该怎样走。

分析:译者在翻译这篇文章时,很好地通过汉语中的四字词,将原文思想言简意赅地表达了出来,如"出师不利、当众出丑"。

另外,译者根据原文用词的真实含义,用恰当的译入语表达了出来,避免死译带来的翻译失误。总之,译文很好地还原了原文的语言风格,是一个成功的译作。

(3)原文:

The Good Teacher

For many of these teachers-to-be, the image of the ideal teacher they carried with them into their pre-service course was of one who did not simply "teach" in the sense of "passing on" or quickening skills, knowledge and facts, but one who would "make a difference", "touch lives": one for whom pupils' cognitive and affective development was paramount, but for whom such development needed to take place within what might be called a fundamentally pastoral mode of pedagogy. For these novice teachers, the teacher they envision eventually becoming is a career, nurturer and role model as much as an "educator" in the narrower sense of the word, one whose modus operandi is characterized by personal "performance" and student admiration along the lines described by Harris and Jarvis in their finding from their own research with student teachers that "the cultural images dominating the minds of intending teachers are those of charismatic individuals who have changed the lives of those with whom they work."

There is nothing wrong, of course, about teachers being remembered or about new teachers wanting to emulate the ways and styles of teachers whom they have previously experienced as successful themselves. Nor, on the evidence of the testimonies of the teachers and students involved in the projects on which this book is based, would many prioritize the charismatic, enthusiastic, caring, inspirational conceptualization of the good teacher to the extent of ignoring or refuting other, less obvious qualities and skills that a successful teacher might require. We might also agree that at a time when technicist models of teaching appear (certainly, to the student teachers we spoke to) to be holding centre stage, the more intuitive, spontaneous, collaborative aspects of teaching need celebrating more than ever. As Hartley poignantly asks: "Where the pleasure is for the teacher in this emerging and empowered charisma-free zone called the 'competent' classroom? ... What now is the pedagogical relationship when contract replaces trust?"—reminding us of Woods' timely reminder that teaching is, very often, "expressive and emergent, intuitive and flexible, spontaneous and emotional."

There are, however, difficulties with the notion of the charismatic subject, one of which I have already alluded to and which emerges when student teachers are asked to elaborate on their recollections of good teaching. While it is not uncommon for them to recite qualities such as a sense of humor, a commitment of fairness, good communication skills or infectious enthusiasm for the subject area, these are often expressed in the very vaguest of terms, suggestive of an over-reliance on notions of "personality" and a corresponding under-reliance on matters of technique—something which can prove both very dangerous and very unhelpful to practitioners setting out on their teaching careers. There is, certainly, seldom reference in these accounts (explained partly, perhaps, by their "invisibility" as far as the school-student may be concerned) to such things as planning, preparation, classroom management skills or assessment of students' work and progress. As Rousmaniere et al. have observed in this connection.

Often the stories that we remember and tell about our own schooling are not so much about what we learned, but how we learned and with whom. There are stories about teachers we loved, teachers we hated and those we feared.

第八章　散文翻译

Always, in such stories, the emphasis is on the teacher as personality, and always the implication is that good teachers are "born" rather than "made", that their qualities are somehow inherent and perhaps even inherited.

An additional difficulty is immediately apparent: if the identified qualities of good teaching are inherent, what hope does the student teacher who self-perceives as charismatically deficient have of acquiring them, or of even knowing how to acquire them? And how might the student teacher's own teachers contribute to the achievement of such a difficult goal? As Dalton observes, the spectre of the charismatic teacher often has the unfortunate effect of making life very difficult for student teachers when, in the classroom situation, they discover that they cannot emulate, or be instantly respected in the manner of, the only truly effective teacher they can remember from their own school days. One reason for this, I would suggest, is that the attempted emulation of such role models is typically based on a simple misunderstanding "charisma" is innate. In reality, however, while a teacher's "charisma" may appear to be embodied in and to "emanate from" the teacher, it is in essence an attribute that is conferred upon the teacher by their students. (This is what Zizek and others, after the psycho-analyst Jacques Lacan, have referred to as the "transferential illusion", whereby a quality that one invests in another object appears to reside, intrinsically, in the object itself.)

译文：

好教师

许多即将成为教师的人在进行岗前培训时心中就已经勾勒出好教师的形象，他们认为好教师不是简单的"教"，也就是所谓的"传递"，或者说迅速地传授技能、知识和事实，而应该能够"产生巨大影响""触及生命"：对一个好教师来说，学生的认知和情感发展至关重要,而这样的发展需要在以所谓田园式教学模式为基调的情境中进行。在准教师的心目中,教师不仅是狭义上的"教育者",还应该是对学生施以关怀和进行培育的人,是学生的楷模。他们还认为教师的普遍特征是"展现"自我和赢得学生的敬仰,就像哈瑞斯和加沃斯对实习教师们进行研究后所描述的那样:"准教师心目中占主导地位的文化意象是那些有超凡魅力的人,他们改变了受教育者的人生。"

当然,有些教师被人们记住,有些新教师刻意效仿自己以前见过的成功教师的风格或授课方式,这些都无可厚非。而根据对参与有关研究项目(本书即是根据这些项目编写的)的师生们的调查,他们中的许多人也没有过分强调个人魅力、热情待人、关心他人、善于鼓舞人心等优秀教师的特质,从而忽视了成功的教师还需要具备的而没有受到广泛关注的其他素质和技巧。我们还认为,当技术型教学模式(当然是在我们所调查的实习教师眼里)占据了中心舞台的时候,那种更凭借直觉、更朴实自然、更强调合作性的教学模式比以往任何时候更应该受到大家的重视。就像哈特里尖锐地指出的那样:"在这个被称为'达标'教师的、不靠个人魅力的新兴场所,教师的乐趣何在?……现在,合同取代了信任,教育学的关系又是怎样的呢?"这使我们想到伍斯的及时提醒:教学通常是一种"自我表达且即兴而发,要凭借直觉并灵活变通,还要不矫不饰而富于情感"。

然而,"人格魅力"这个概念理解起来还有诸多问题。其中一个问题前面我已经提过,当要求实习教师回忆什么是他们心目中的优秀教学模式并进行详细说明时,问题就产生了。如果他们机械地列出诸如幽默感、主持公道、良好的沟通技巧或者是对所教学科怀有感人至深的热情等品质作为答案的话,那一点儿也不奇怪,但上述品质常常表述得很模糊,似有过分强调"人格",而过分忽视教学技巧之嫌——这对刚刚走上讲台的教师的发展有百害而无一利。当然,他们很少提及(部分原因可能是,在校学生还"看不到"这些东西)诸如编写教案、备课、对课堂的掌控技巧以及

第八章　散文翻译

对学生作业和进步的评估等因素。儒斯迈尼尔等人就此评论道：

通常，我们对自己学生时代的记忆和讲述不是学了什么，而是怎么学和跟哪位老师学的。有许多关于老师的故事，包括我们喜欢的老师，讨厌的老师和惧怕的老师。这些故事通常强调教师的个性特征，言外之意好教师是"天生的"而不是"培养的"；他们的品质是与生俱来的，甚至可能是遗传的。

另一个问题也就随之而来：如果好教师的品质是天生的话，那么那些意识到自己缺乏个人魅力的师范生还有什么希望获得这些品质，甚至只是了解一下获得这些品质的途径呢？师范生的教师们又将怎样帮助自己的学生实现这个难以达到的目标呢？据达尔顿观察，做一个极具个人魅力的教师的念头，其影响常常是负面的，这给实习教师的课堂教学带来重重困难。实习教师发现，他们无法模仿记忆中那些教学效果极佳的教师，也不能像那些老师那样马上赢得学生们的敬爱。究其原因，我认为这种试图模仿榜样的行为恰恰是基于一种错误的认识，即"魅力"是与生俱来的。然而事实上，虽然教师的"魅力"体现或"发散"于他们自身，但从根本上来说，那所谓"魅力"是学生赋予教师的。（这就是继心理学分析家杰奎茨·拉坎之后，兹载克等人提出的"让渡的幻觉"，即某人将某种品质归结到某人身上，而看起来，这个品质却像是那个人所固有的。）

分析：原文讨论的是一名优秀的教师应该是什么样的。文章句式繁复，逻辑缜密。译者在翻译过程中也特别注意文章脉络的梳理，将一些长句拆分成了几个分句，或对原句结构做了一定调整，目的是使译文更符合汉语表达习惯。例如，在翻译 on which this book is based 时，译者并没有将其硬译为定语，而是将其译为一句话置于括号中，增加了译文的流畅性；第二段最后一句中的三个形容词，译者也没有照搬词典含义，而是根据上下文语义用最贴切的词语进行翻译，使语义更加贴近原文。

第九章 戏剧翻译

　　戏剧是一门古老的舞台艺术,有着悠久的历史和古老传统。作为文学艺术的重要组成部分和一种独特的文学样式,戏剧是通过集语言、动作、舞蹈、音乐等形式于一体,并借此达到叙事目的的一种舞台表演艺术,是一门综合艺术。戏剧作品在各个国家之间译介和流传的历史可谓源远流长,但关于戏剧翻译,学术界所做的研究却十分有限。而这主要源于戏剧的双重性,首先戏剧作为最重要的文学体裁之一,被看作是一种语言艺术,其次戏剧是通过舞台来展现艺术的形式,常被看作是一种表演艺术。戏剧的这种双重性使得人们对戏剧有着不同的认识,同时也导致人们对戏剧翻译的认识也有所不同。戏剧翻译不同于小说、诗歌的翻译,它不仅涉及语言方面的转译,还涉及很多语言以外的因素。本章就对戏剧翻译的相关内容进行详细探究和论述。

第一节 戏剧简述

　　在人类历史上,无论是哪一个国家、文化还是时期,人们演戏的欲望从未终止过,戏剧的发展历史可谓十分久远,源远流长。早在小说诞生之前,戏剧就已经活跃在了舞台上。戏剧最早由远古时期人们祭拜神的仪式演变而来。在远古时期,人们害怕自然灾害,但又无力控制和克服,于是就通过一定的仪式向神祭拜,祈求神的帮助。人们模仿这种仪式进行表演,由此就有了最初的戏剧。随着社会的不断发展,人们的日常生活成了戏剧的主要源泉,人们将生活中发生的事情编成故事,通过演员表演给观众看。

第九章　戏剧翻译

关于戏剧的讨论,从戏剧诞生之日起就没有停止过。本节就对戏剧的定义及其本质特征进行简要论述和说明。

一、戏剧的定义

什么是戏剧？关于戏剧本质的讨论一直以来都是一个众说纷纭的话题,至今仍没有达成共识。

古希腊亚里士多德提出了"戏剧是行动的艺术"这一观点,认为戏剧是一种模仿,而且是对人的行动的模仿。模式是促使戏剧生成的一种重要途径,而"行动"则是戏剧的外部呈现特征。

与亚里士多德的观点相同,印度第一部戏剧理论著作《舞论》将戏剧的模仿方式界定为"语言和形体动作及内心的表演"。

英国著名戏剧理论家马丁·艾思林在《戏剧剖析》中指出:"希腊语中戏剧(drama)一词,只是动作(action)的意思。……戏剧之所以成为戏剧,恰好是由于除言语以外那一部分,而这部分必须看作是使作者的观念得到充分表现的动作(或行动)。"[1]

黑格尔认为,实际行动并非是戏剧的主要对象,其主要对象是内心情欲的表现。

中国学者王国维认为,戏剧的本质特征在于戏剧"合歌舞以演故事"。但这仅是对某一阶段中国传统戏剧的外部形态的界定,并不能涵盖戏曲艺术以外的戏剧现象。

关于戏剧定义的观点还有很多,如法国萨赛的"观众说"、英国阿契尔的"激变说"等。各家学说,见仁见智,至今也没有形成一个完整的定义。

总结而言,戏剧是一种重要的文学样式,也是一门综合艺术。作为一种文学样式,戏剧文学"是指剧本,它是一门语言艺术,它规定了戏剧的主题、人物、情节、语言和结构,是舞台演出的基础和依据"[2]。作为一门综合艺术,戏剧所包含的元素极为丰富,包

---

[1] 康保成. 戏剧的本质及其审美特征[J]. 阅读与写作,2004,(4):12.
[2] 陈文忠. 文学理论[M]. 合肥:安徽大学出版社,2002:125.

括文学、舞美、音乐、演艺等元素,而且主要通过演员在舞台上的表演来展现艺术效果。

作为一种文学艺术,戏剧有着与其他文学体裁相同的特点,同小说一样包含人物和情节,同诗歌一样需要读者阅读、聆听和欣赏。但同时,戏剧又有着自身的独特性,戏剧在情境、冲突、结构、语言等方面显示出明显的特征。

就戏剧的分类而言,依据的标准不同,戏剧有着不同的类型。根据审美效果来划分,戏剧可分为悲剧、喜剧和正剧;根据作品题材来划分,戏剧可分为现代剧、历史剧、童话剧;根据戏剧场次容量划分,戏剧可分为多幕剧、独幕剧等。

二、戏剧的本质特征

通过上述内容了解到,戏剧有着自身的独特性,这也体现出它的本质特征。这里就有针对性地对戏剧的本质特征进行分析,以加深对戏剧的认识。

(一)戏剧情境反映现实生活,并高度集中

戏剧情境是"促使戏剧冲突爆发、发展的契机,是使人物产生特有动作的条件"[1]。戏剧情境取材于生活并反映现实生活,这样才能使观众产生共鸣,获得观众的广泛认可。戏剧作品主要用于舞台表演,但舞台演出的时间和空间总是有限的,表演者必须在有限的时间和空间内将丰富、深刻的社会生活内容淋漓尽致地表现出来,并且始终能够吸引观众的注意力,这就对戏剧本身的浓缩性有极高的要求。剧作家必须把戏剧情境写得高度凝练和集中,并借助较少的人物、较简省的场景以及较单纯的事件,概括、浓缩地将生活内容再现在舞台上。

---

[1] 谭霈生.论戏剧性[M].北京:北京大学出版社,1981:98.

(二)戏剧冲突紧张激烈

戏剧冲突和戏剧情境紧密相连。一直以来,戏剧论著中常会重复一句话"没有冲突就没有戏剧"。可以说,戏剧冲突是戏剧情节的基础和动力,是戏剧的灵魂所在,每部作品都必须构建自己的戏剧冲突。戏剧冲突也就是戏剧作品中的矛盾与斗争,这种冲突可以表现为人物内心的冲突,也可以表现为人物与环境(社会的和自然的)之间的冲突。戏剧冲突的特点往往表现为紧张激烈,扣人心弦,引人入胜,这是因为戏剧艺术的直观性和舞台性决定了戏剧必须依靠"紧张激烈的矛盾冲突的提出、展开、突变和解决"[①],才能在短时间内塑造鲜明的人物形象,清楚地表达思想主题,取得良好的戏剧效果,也才能集中观众的注意力,使观众融入情境当中。

同戏剧情境一样,戏剧冲突也源于生活,并反映着现实生活。剧作家们将这些冲突加以提炼,并呈现冲突,推动冲突的发展,这种源于现实生活的启发能使戏剧拥有更高的艺术价值。

(三)戏剧结构严密紧凑

结构是一部文学作品的骨骼,是作家思想的集合点,也是理解作品思想主题、推动情节发展的重要因素。任何文学形式都有对组织结构的要求,但相较于其他文学形式,结构之于戏剧更为重要。因为戏剧的组织结构、情节的叙述直接关系戏剧的成败。戏剧不同于小说,小说可长可短,在纸面上发挥的空间很大。但戏剧无法脱离舞台,戏剧必须根据有限的篇幅在有限的时空中表演故事、塑造人物、反映生活,而这就要求戏剧必须有严密紧凑的艺术结构。

(四)戏剧语言推动戏剧动作

文学是语言的艺术,语言可以说是文学作品的第一要素。尽

---

① 陈文忠. 文学理论[M]. 合肥:安徽大学出版社,2002:126.

管角色的形象、演员的形体语言、舞台布置、音乐背景等因素十分重要,但最为重要的还是剧作家运用语言的本领。在戏剧艺术中,情节可以不要,布景可以不要,甚至舞台都可以没有,但唯独戏剧语言不可缺少。虽然小说、诗歌、散文和戏剧都是语言的艺术,但相较于其他三种文学样式,戏剧又体现出一种特殊性,这种特殊性首先就是对语言的特殊要求。在小说中,环境的描写、事件的叙述、人物的介绍、人物心理活动的揭示等,往往都是借助作者的语言来表达,而不用通过对话来完成。但在戏剧中,这所有的一切都要通过人物自身的台词来完成,剧作家不能出面通过语言来暗示读者如何理解人物,而只能依靠人物自身的语言来塑造人物,所以人物语言在戏剧中有着特殊的作用和地位。在戏剧中,语言有着以下几个方面的作用:表明各种关系,推动情节发展,塑造人物形象,抒发人物的思想情感,表明戏剧主体等。此外,在阅读小说时,如果有难以理解之处可以重复阅读,甚至可以停下来思考,但是戏剧演出一看而过,无法停顿,因此这就要求戏剧语言必须明确、利落,准确地交代故事情景,不能有丝毫含混。也正因为语言之于戏剧的重要性,所以戏剧台词必须通俗浅近、言简意赅,易于演员读,也要便于观众接受。

第二节 戏剧的语言特点

通过上述内容便能了解到戏剧语言的特殊性和重要性。戏剧语言,也就是台词,主要是指人物语言。戏剧台词有对白、独白和旁白三种形式,每一种台词都有其各自的效用。对白是指人物与人物之间的对话,是剧作家用以推展情节、塑造形象的主要手段;独白是指人物的自言自语,是剧作家向受众揭示人物内心深处复杂情感和思想的重要方式;旁白就是剧作家背着剧中人物向受众交代剧本的主体和剧情的发展。当剧本要表现人物内心的激烈活动时,常会采用独白和旁白的方式。由此可见,语言在戏

第九章　戏剧翻译

剧中占据着重要的地位,因此本节就重点对戏剧的语言特点进行分析和说明。

一、诗意性

语言运用的精妙是一部戏剧成功的基础和首要条件。由于戏剧艺术本身的性质所决定,戏剧语言与诗歌往往有着不解之缘。戏剧需要"激情",而"激情"正是所有诗歌所不能缺少的因素,别林斯基甚至将戏剧规定为"诗歌发展的最高阶段和艺术的冠冕"。剧作家通过形象这一媒介与观众进行交流,所以剧作家必须用激情来塑造形象,这样才能更具审美价值,也才能吸引观众的注意力,引发观众的共鸣。

剧本要抒写人的情感,同时要在一定的时间和空间内通过舞台表演完成创作任务。诗歌这一语言艺术有着浓厚的抒情性和感情色彩,同时语言精练,结构感极强,而且便于朗读。诗歌的这种诗意性正是戏剧对话的必要条件,所以戏剧是离不开诗的。老舍曾指出,"剧作者有责任挖掘语言的全部奥秘,不但在思想性上要有'语不惊人死不休'的雄心,而且在语言之美上也不甘居诗人之下。"[①]老舍主张要以写诗的态度来写戏剧对话,因为富有诗意的语言所表达出的弦外之音更耐人寻味,而且能留给观众更多的思考空间,能让观众的思维打开,想到舞台之外的一些东西。剧作家创作的剧本是源自对生活思想的挖掘,但在表达这种思想时要避免理性说教,而要饱含激情,也就是说戏剧不仅要有戏剧性,也要有抒情性,这样才能对观众产生强大的感染力。

在19世纪之前,包括索福克勒斯和莎士比亚在内的很多戏剧学家都是用诗歌来创作戏剧的,他们十分注重语言的优美和凝练,讲究语言的节奏和韵律,剧中那些富有诗意的台词往往能给人留下深刻的印象,让人回味无穷。下面通过英国著名戏剧大师

---

① 王行之. 老舍论剧[M]. 北京:中国戏剧出版社,1981:17.

莎士比亚的戏剧《奥赛罗》中的一段来感受一下。

[Othello]

It is the cause, it is the cause, my soul;

Let me not name it to you, you chaste stars,

It is the cause. Yet I'll not shed her blood,

Nor scar that whiter skin of hers than snow,

And smooth as monumental alabaster.

Yet she must die, else she'll betray more men.

Put out the light, and then put out the light:

If I quench thee, thou flaming minister,

I can again thy former light restore,

Should I repent me; but once put out thy light,

Thou cunning'st pattern of excelling nature,

I know not where is that Promethean heat

That can thy light relume. When I have plucked thy rose,

I cannot give it vital growth again,

It needs must wither. I'll smell thee on the tree.

[kisses her.]

O balmy breath, that lost almost persuade

Justice to break her sword! One more, one more!

Be thus when thou art dead, and I will kill thee,

And love thee after. One more, and that's the last!

So sweet was ne'er so fatal. I must weep,

But they are cruel tears. This sorrow's heavenly,

It strikes where it doth love.

奥赛罗：

只是为了这一个原因，只是为了这一个原因，我的灵魂！

纯洁的星星啊，不要让我向你们说出它的名字！

只是为了这一个原因……可是我不愿溅她的血，

也不愿毁伤她那比白雪更皎洁、比石膏更腻滑的肌肤。

可是她不能不死,否则她将要陷害更多的男子。
让我熄灭了这一盏灯,然后我就熄灭你的生命的火焰。
融融的灯光啊,我把你吹熄以后,
要使我心生后悔,仍旧可以把你重新点亮;
可是你,造化最精美的形象啊,你的火焰一旦熄灭,
我不知道什么地方有那天上的神火,能够燃起你的原来的光彩!
我摘下了蔷薇,就不能再给它已失的生机,只好让它枯萎凋谢;
当它还在枝头的时候,我要嗅一嗅它的芳香。
(吻苔丝狄蒙娜)
啊,甘美的气息!你几乎诱动公道的心,使她折断她的利剑了!
再一个吻,再一个吻。愿你到死都是这样;
我要杀死你,然后再爱你。
再一个吻,这是最后的一吻了;
这样销魂,却又这样无比的惨痛!
我必须哭泣,然而这些是无情的眼泪。
这一阵阵悲伤是神圣的,因为它要惩罚的正是它最疼爱的。

上述台词是《奥赛罗》结尾处的高潮部分,讲述的是奥赛罗在谣言和嫉妒心的驱使下报复苔丝蒙娜的过程。莎士比亚通过无韵诗的形式,刻画了奥赛罗杀妻前爱恨交织的复杂内心,语言自然奔放,情感深刻细腻,字字扣人心弦,感人泪下。

二、口语化

戏剧既有着文学的普遍特征,同时也有着自己的独特风格。就语言构成要素而言,人物对话占据了戏剧具备的大部分篇幅。就交流的方式而言,大部分文学作品是通过读者的阅读实现与读者的交流,虽然剧本也是以书面形式出现的,但最终却要脱离文

本,借助演员之口实现与观众的交流。可见,戏剧是一种"说"的艺术,有着极强的口语化特点。

而戏剧语言的口语化特点反过来又对戏剧台词提出了特别的要求。戏剧台词不仅仅是写给读者看的,更重要的是通过演员读给观众听的,因此戏剧台词必须讲究韵律节奏,让演员念着朗朗上口、饱满有力,让观众听着有抑扬顿挫、平仄谐调之感。也就是说,戏剧语言要让演员读来便于"上口",要让观众听来易于"入耳"。

戏剧语言的口语化特点同时也要求戏剧台词在选词时要做到"贵浅不贵深"。李渔曾言:"古来填词之家,未尝不引古事,未尝不用人名,未尝不书现成之句,而所引,所用,与所书者则有别焉。其事不取幽深,其人不搜隐僻,其句则采街谈巷议,即有时偶涉诗、书、亦系耳根听熟之语,舌端调惯之文,虽出诗、书,实与街谈巷议无别者。总而言之,传奇不比文章。文章做与读书人看,故不怪其深;戏文做与读书人与不读书人同看,又与不读书的妇女小儿同看,故贵浅不贵深。"[①]戏剧是通过舞台让观众听和看的,面对的受众有着不同的教育背景,身处不同的社会阶层,所以戏剧语言应尽量做到意义明朗和雅俗共赏,避免晦涩难懂的表达。

三、个性化

通过上述内容可以了解到,小说、散文可以通过多种手段来推展情节、熔铸人物,但戏剧只能通过一种手段来展开情节、塑造人物形象、刻画人物性格,那就是台词。老舍语"一句台词勾画一个人物"深刻地说明了台词对于戏剧人物塑造的重要性。

戏剧语言的个性化要求每一个人物的语言都要与其身份、职业、性别和年龄等相符合,而且重要人物的语言要能体现该人物的性格特征,反映该人物的思想情感,也就是听到这一人物的语

---

① 李渔.闲情偶记[A].中国古典戏曲论著集成(第七册)[C].北京:中国戏剧出版社,1959:22—23.

第九章 戏剧翻译

言,就能大致了解此人的性格。由此也就能了解什么是戏剧语言的个性化了,即什么样的人说什么样的话,什么样的话反映什么样的性格。但真正做到老舍所提出的标准"剧作者须在人物头一次开口,便显出他的性格来。这很不容易。剧作者必须知道他的人物的全部生活,才能三言五语便使人物站立起来,闻其声,知其人"[①]。一般化和雷同化是戏剧台词所最忌讳的,而应该"说一人肖一人,勿使雷同,弗使浮泛"(李渔语)。戏剧中的人物丰富多样,所受教育程度不同,所处社会阶层不同,所以剧作家在书写不同人物的语言时,应尽量体现人物的独特性格与不同身份,并通过语言来揭示人物的外在形象与内心世界。

下面来看英国现实主义戏剧大师萧伯纳的名剧《窈窕淑女》中的一段:

Liza: How do you do, Professor Higgins? Are you quite well?

Higgins: (choking) Am I—(He can say no more).

Liza: But of course you are; you are never ill. So glad to see you again, Colonel Pickering. (He rises hastily; and they shake hands). Quite chilly this morning, isn't it?

(She sits down on his left, he sits beside her.)

Higgins: Don't you dare try this game on me. I taught it to you; and it doesn't take me in. Get up and come home; and don't be a fool. (Eliza takes a piece of needlework from her basket, and begins to stitch at it, without taking the least notice of this outburst.)

Mrs. Higgins: Very nicely put, indeed, Henry. No woman could resist such an invitation.

Higgins: You let her alone, mother. Let her speak for her-

---

① 王行之. 老舍论剧[M]. 北京:中国戏剧出版社,1981:5.

self. You will jolly soon see whether she has an idea that I haven't put into her head or a word that I haven't put into her mouth. I tell you I have created this thing out of the squashed cabbage leaves of Covent Garden; and now she pretends to play the fine lady with me.

Mrs. Higgins: (placidly) Yes, dear; but you'll sit down, won't you? (Higgins sits down again, savagely.)

Liza: (to Pickering, taking no apparent notice of Higgins, and working away deftly.) Will you drop me altogether now that the experiment is over, Colonel Pickering?

Pickering: Oh don't. You mustn't think of it as an experiment. It shocks me, somehow.

Liza: Oh, I'm only a squashed cabbage leaf—

Pickering: (impulsively) No.

Liza: (continuing quietly) —but I owe so much to you that I should be very unhappy if you forgot me.

Pickering: It's very kind of you to say so, Miss Doolittle.

Liza: It's not because you paid for my dresses. I know you are generous to everybody with money. But it was from you that I learnt really nice manners; and that is what makes one a lady, isn't it? You see it was so very difficult for me with the example of Professor Higgins always before me. I was brought up to be just like him, unable to control myself, and using bad language on the slightest provocation. And I should never have known that ladies and gentlemen didn't behave like that if you hadn't been there.

(George Bernard Shaw: *Pygmalion*, Act V)

《窈窕淑女》讲述的是语言学教授希金斯做了一个实验,在其教导之下,故事开始时满嘴脏话、出身低贱的卖花女变成了谈吐文雅的淑女。上述对话是故事的结尾部分,从人物的对话中就能感受到戏剧所蕴含的讽刺意味。在故事最后,卖花女成了一位仪态万千的淑女,谈吐委婉有礼,而教授本身说话十分粗俗。两位对话者的一雅一俗正好和最初人物的语言风格形成了鲜明的对比。

四、修辞性

我们知道,戏剧语言主要源自真实生活,但却不是对日常生活语言的简单重复。老舍(1979)指出:"剧本的语言应是语言的精华,不是日常生活中你一言我一语的录音"。戏剧主要依靠语言来吸引观众,所以戏剧台词都是剧作家对日常语言的精心提炼和加工。在剧本创作过程中,剧作家常会采用各种修辞手段,以使语言新鲜活泼,富有艺术韵味,更具有感染力和说服力,进而给读者留下深刻难忘的印象。此外,戏剧常揭示现实生活,探索人类生活的本质,这也是戏剧的迷人之处,因此富有哲理性的语言常常被用到。这些富有哲理性的语言流传甚广,有的被人们运用于日常生活中,有的则成了人们口中的警句格言。

(一)双关

双关是指通过文字上的同音异义或同形异义使某个表达同时具有两种不同的含义。戏剧作品中经常利用双关这一修辞手法。例如:

Why, look you now, how unworthy a thing you make of me! You would play upon me, you would seem to know my stops, you would pluck out the heart of my mystery, you would sound me from my lowest note to the top of my compass; and there is much music, excellent voice, in this little organ, yet cannot you make it speak. Sblood, do you think I am easier to be played on than a pipe? Call me what instrument you will, though you can fret me, yet you cannot play upon me.

哼，你把我看成了什么东西！你会玩弄我；你自以为摸得到我的心窍；你想要探出我内心的秘密；你会从我的最低音试到我的最高音；可是在这支小小的乐器之内，藏着绝妙的音乐，你却不会使它发出声音来。哼，你以为玩弄我比玩弄一支笛子容易吗？无论你把我叫作什么乐器，你也只能撩拨我，不能玩弄我。

上述选自《哈姆雷特》第三幕第二场，吉尔登斯吞和罗森格兰兹前去查探哈姆雷特的内心秘密，哈姆雷特则借助乐器表明了自己的心声。文中 fret 和 play upon 是双关修辞的运用。fret 具有双重含义，第一层含义是使烦恼，第二层含义是以音柱调试乐器。哈姆雷特将自己比作笛子，指出奸细想要刺探其心中的秘密，"从最低音试到最高音"。play upon 也具有双重含义，一指演奏乐器，二指利用别人的同情、轻信等感情。哈姆雷特身处险境，不能直白地言明，又不能不说，因此就采用了双关这一修辞恰到好处地表达了对奸细的愤怒和不屑。

(二) 夸张

夸张是一种言过其实的修辞方法，目的是达到特殊的表达效果。夸张的使用能够突出事物的特征，使语言更具感染力，同时还能激发读者的想象力。为了制造更加强烈的戏剧冲突，戏剧作品中常常使用夸张这一修辞手法。例如：

O, what a noble mind is here o'erthrown!
The courtier's, scholar's, soldier's, eye, tongue, sword,
The expectancy and rose of the fair state,
The glass of fashion and the mold of form,
The observed of all observers, quite, quite down!
啊，一颗多么高贵的心就这样陨落了！
朝臣的眼睛、学者的辩舌、军人的利剑，
国家所瞩望的一朵娇花；

时流的明镜、人伦的雅范、举世注目的中心，
这样无可挽回地陨落了！

以上选自《哈姆雷特》第三幕第一场。上述文字是奥菲丽亚看到她的心上人哈姆雷特时，哈姆雷特在她心目中的形象。在这里，莎士比亚采用了夸张的语言，用世上男子所具有的最好品质说明哈姆雷特的人格魅力。但当时哈姆雷特神情恍惚、面容憔悴，这样夸张的描述和哈姆雷特当时的情况形成了强烈的反差，同时起到了震撼人心的效果。

(三)叠言

机械地进行重复是语言表达的一大忌讳，但在某些特定的情境下，重复使用同义词组有时也会起到强有力的修辞效果。通过重复使用同一词、同一句，往往能有效强化语气，揭示主题思想，突出情感，加深读者或听者的印象。例如：

Lear: And my poor fool is hang'd. **No, no, no life!**
Why should a dog, a horse, a rat, have life,
And thou no breath at all? Thou'lt come no more.
Never, never, never, never, never!

李尔王：我可怜的傻瓜被绞死了。没命了，没命了，没命了。为什么狗、马、鼠，都有生命，唯独你却没有一丝呼吸呢？你再也不会回来了，永远，永远，永远，永远，永远不会回来了！

上述选自莎士比亚戏剧《李尔王》中的一段，描写的是李尔王痛失爱女感到痛苦万分的一幕。莎士比亚用了一连串的叠词表达了李尔王内心的悲痛、愧疚和悔恨。

(四)反语

所谓反语，是指说的话和想要说的话正好相反，可以是正话反说，也可以是反话正说。戏剧中在表示嘲讽、批评和贬责时常采用这一修辞手法。例如：

Antony:

Friends, Romans, countrymen, lend me your ears!
I come to bury Caesar, not to praise him.
The evil that men do lives after them,
The good is oft interred with their bones.
So let it be with Caesar. The noble Brutus
Hath told you Caesar was ambitious;
If it were so, it was a grievous fault,
And grievously hath Caesar answer'd it.
Here, under leave of Brutus and the rest
(For Brutus is an honorable man,
So are they all, all honorable men),
Come I to speak in Caesar's funeral.
He was my friend, faithful and just to me;
But Brutus says he was ambitious,
And Brutus is an honorable man.
He hath brought many captives home to Rome,
Whose ransoms did the general coffers fill;
Did this in Caesar seem ambitious?
When that the poor have cried, Caesar hath wept;
Ambition should be made of sterner stuff:
Yet Brutus says he was ambitious,
And Brutus is an honorable man.
You all did see that on the Lupercal
I thrice presented him a kingly crown,
Which he did thrice refuse.
Was this ambition?
Yet Brutus says he was ambitious,
And, sure, he is an honorable man.
I speak not to disprove what Brutus spoke,
But here I am to speak what I do know.

第九章　戏剧翻译

安东尼：

各位朋友，各位罗马人，各位同胞，请你们听我说，我是来埋葬恺撒，不是来赞美他的。人们做了恶事，死后免不了遭人唾骂，可是他们所做的善事，往往随着他们的尸骨一起入土；让恺撒也这样吧。尊贵的勃鲁托斯已经对你们说过，恺撒是有野心的；要是真有这样的事，那诚然是一个重大的过失，恺撒也为了它付出残酷的代价了。现在我得到勃鲁托斯和他的同志们的允许——因为勃鲁托斯是一个正人君子，他们也都是正人君子——到这儿来在恺撒的丧礼中说几句话。他是我的朋友，他对我是那么忠诚公正；然而勃鲁托斯却说他是有野心的，而勃鲁托斯是一个正人君子。他曾经带许多俘虏回到罗马来，他们的赎金都充实了公家的财库；这可以说是野心者的行径吗？穷苦的人哀哭的时候，恺撒曾经为他们流泪；野心者是不应当这样仁慈的。然而勃鲁托斯却说他是有野心的，而勃鲁托斯是一个正人君子。你们大家看见在卢柏克节的那天，我三次献给他一顶王冠，他三次都拒绝了；这难道是野心吗？然而勃鲁托斯却说他是有野心的，而勃鲁托斯的的确确是一个正人君子。我不是要推翻勃鲁托斯所说的话，我所说的只是我自己所知道的事实。

上述是莎士比亚戏剧《裘力斯·恺撒》中的第三幕第二场中安东尼的一段经典演说。在这一幕中，恺撒突然遇刺后，其追随者安东尼表现出了一个成熟的政治家所具有的强大的心理承受能力，在恺撒的葬礼上，安东尼登上了演讲台，作了上述演讲。在演说中，安东尼反复强调"Brutus says he (Caesar) was ambitious. And Brutus is an honorable man."这种反语修辞的运用有效地传达了语言背后的强调寓意，即向听众说明了恺撒其实并无野心，相反勃鲁托斯行刺的行为才是可耻的。

(五) 借代

所谓借代，就是用某一事物的名称来指代其他事物的一种修辞说法。戏剧中经常使用这种修辞手法，以增加语言的简洁性与形象性。例如：

> Whether't is nobler in the mind to suffer
> The slings and arrows of outrageous fortune.
> 是否应默默地忍受坎坷命运之无情打击。

在上述例子中，slings 指的是"伤害"，而 arrows 指的是"攻击、袭击"。可见，借代修辞的使用使得语言凝练简洁，而且形象生动。

五、动作性

在戏剧中，语言和动作总是密不可分的，动作是剧作家创造行动着的人的重要手段。"语言动作"这一术语很好地说明了戏剧语言与戏剧动作之间的关系，也说明了戏剧语言本身的性质。在戏剧艺术中，台词说明着动作的内容，同时台词本身也是动作，台词不仅对动作进行着注释，也和人物的形体动作融为一体，表示着人物的行动意义，揭示着人物的内心状态。这也就说明，作为推动戏剧情节、塑造人物形象的重要手段，戏剧语言必须具有动作性。如果戏剧台词的动作性不强，那么即使语言富有装饰性，也不能推动动作，这样的语言也是没有价值的。

戏剧艺术中，富有动作性的语言具有以下作用：首先，它可以表现出人物强烈的外部形体动作，揭示人物的心理活动；其次，它刺激对方产生相应的动作。这样一来，对话双方就能相互影响和作用，进而推动情节的发展。正是因为动作性的语言，才能使人物的语言与自身的情感相符合，才能显示人物之间的关系，才能使戏剧冲突有了可能。例如，戏剧《哈姆雷特》开场时两个侍卫之间的对话就极富动作性。

> Bernardo: Who's there?
> Francisco: Nay, answer me.
>   Stand and unfold yourself.

勃那多：那边是谁？
弗兰西斯科：不，你先回答我。站住，告诉我你是什么人？

因在城堡中看到了鬼魂,所以侍卫们由恐慌而变得十分谨慎。侍卫勃那多的提问向另一侍卫弗兰西斯科发出了挑战,要求对方证明身份。而弗兰西斯科也提出了相同的问题,因惊恐而希望对方先回答问题。在上述对话中,两个侍卫通过使用具有动作性的语言来威胁对方表明身份,这种动作性的语言成为了他们相互较量的武器。

第三节 戏剧的翻译方法

同戏剧本身一样,戏剧翻译既有文学翻译的共性,也有自身的特性。戏剧兼具阅读性和可表现性,因此戏剧翻译不但要通顺达意、便于阅读,还要易于表演,而且戏剧本身所承载的文化内涵以及灵活的表达方式也给了译者很大的发挥空间。可见,戏剧翻译具有很大的难度,需要译者在充分了解戏剧本质以及特征的基础上灵活采用翻译方法,创造性地进行翻译。

在介绍翻译方法之前,这里有必要探讨一下戏剧的翻译标准。有学者指出,关于翻译的标准,存在一个二元现象,就像一条线段的两个端点,一端是原作,另一端是接受者,翻译标准就游走在这条线的两端,是倾向原作一端,还是接受者一端。

翻译标准到底应该倾向于哪一端,本书认为这是由所译文本的特点决定的。戏剧的特点决定了戏剧翻译不同于其他文学体裁的翻译,这首先体现在翻译的原则上。"信、雅、达"是我国普遍认可的翻译标准,但这一翻译标准倾向于忠实原文,较少考虑接受者的反应。

随着德国"接受美学"的兴起,接受者因素开始受到重视,戏剧学中也出现了"观众学"这一新兴学科。观众是戏剧的服务对象,戏剧的舞台性使得戏剧受到接受环境和接受者的制约,因此戏剧的翻译标准不能套用其他文学体裁的翻译标准,它只能在普遍原则的指导下制定出倾向于观众的翻译标准。

戏剧翻译是将戏剧作品从某一国的舞台搬到另一国的舞台，其中不仅涉及语言外表的变化，也涉及文化的移植与接受，最终目的是让译入语观众得到与原文观众同等的翻译，这样戏剧翻译的标准必定是"功能对等"。

这一翻译理论是由美国理论学家奈达提出的，具体是指译文读者对译文的反应等值于原文读者对原文的反应。这一标准关注的不是译文所用词语是否被理解，句子是否符合规范，而是整个译文使读者产生什么样的反应。

戏剧是一门综合艺术，直接作用于观众，接受途径是视觉和听觉。戏剧本身强烈的感染力这一特点要求戏剧翻译中译入语接受者与源语接受者获得的艺术感染力相似，对同一部戏剧中的台词产生相同的反应。

当然，功能对等指要求译文应使受众的反应与原文受众基本一致，而不完全相同，因为两种语言的文化和历史背景差异使得翻译完全对等是不可能的。此外，由于观众身份、地位的不同，反应也会有所不同。

在戏剧翻译标准的指导下，采用合理的翻译方法，将更能确保翻译的准确性和有效性。以下就对戏剧的翻译方法进行详细介绍。

一、直译法

直译法是一种最为简单有效的翻译方法，这种方法适用于源语与译入语在语义、结构、功能等方面重合的情况。在不会引起误解的情况下，就可以按照原文的字面含义和语序进行翻译，以保留原文的形式，传达原文的含义。例如：

Though yet of Hamlet our dear brother's death
The memory be green, and that it us befitted
To bear our hearts in grief, and our whole kingdom
To be contracted in one brow of woe,

第九章 戏剧翻译

Yet so far hath discretion fought with nature
That we with wisest sorrow think on him
Together with remembrance of ourselves.
Therefore our sometime sister, now our queen,
Th'imperial jointress to this warlike state,
Have we, as 'twere with a defeated joy,
With an auspicious and a dropping eye,
With mirth in funeral and with dirge in marriage, In
Equal scale weighing delight and dole,
Taken to wife. Nor have we herein barr'd
Your better wisdoms, which have freely gone
With this affair along. For all, our thanks⋯

至亲的先兄哈姆雷特驾崩未久，
记忆犹新，大家固然是应当
哀戚于心，应该让全国上下
愁眉不展，共结成一片哀容，
然而理智和感情交战的结果，
我们就一边用适当的哀思悼念他，
一边也不忘记我们自己的本分。
因此，仿佛抱苦中作乐的心情，
仿佛一只眼含笑，一只眼流泪，
仿佛使殡丧同喜庆歌哭相和，
使悲喜成半斤八两，彼此相应，
我已同昔日的长嫂，当今的新后，
承袭我邦家大业的先王德配，
结为夫妇；事先也多方听取了
各位的高见，多承一致拥护，
一切顺利；为此，特申谢意。

（卞之琳 译）

以上是《哈姆雷特》中的第一幕第二场，描述的是哈姆雷特的叔父克罗迪斯在登基大典上的演说词。在翻译这段演说词时,应尽量保持原文的句法和语序,因为文字的顺序对于反映剧中人物的形象和性格起着关键的作用。剧中克罗迪斯对于演说词的遣词造句下了很大的工夫,以掩饰自己真正想要传达的意思。例如,从第八行 Therefore 开始,本来是一句简单句,但却使用了倒装句,还增添了同位语、修饰语等,而且用了六行多文字才表达清楚。而这样的结构和逻辑正好与克罗迪斯现在身为国王的身份相符合,而且语气显得十分庄重。针对这一句的翻译,译者最大限度地保留了原文的语序、句法特点和语体风格,而且文字与原文紧紧相扣,恰如其分地将克罗迪斯外表的威严和内心的惭愧表达了出来。

潘月亭:哼!"请神容易送神难"。用这个招牌把他们赶走了倒容易,回头见着金八,我们说不定就有乱子,出麻烦。

PAN: No, Humph! "Its'easier to raise the Devil than to send him away."It's easy enough to get rid of them with a piece of bluff like that, but the next time we run into Mr. Jin there's going to be hell to pay, as likely as not.

(巴恩斯 译)

随着东西文化的交流,原本一些陌生的文化意象已经能为外国读者所接受,此时就可以采用直译法进行翻译。上述原文选自曹禺的《日出》,对于原文中"请神容易送神难"这一俗语,译者采用了直译法进行处理,直截了当,并且翻译效果最佳。

二、归化法

归化法是指采用符合译入语的文化传统和语言习惯的概念进行翻译,以实现功能对等或动态对等。这种方法十分适用于戏剧口语化特征的翻译。上文提到,戏剧具有口语化特征,但口语化与诗意并不矛盾,有些原剧本中具有诗意性的语言对于本族人而言仍读来朗朗上口,具有口语化特征。在翻译时,需要尽量采

用译入语读者喜闻乐见的语言,使台词符合译入语文化的口语规范,使台词少一些书卷气,多一些通俗性。例如:

What, shall this speech be spoke for our excuse? Or shall we on without a apology?

怎么!我们就用这一番话作为我们的进身之阶呢,还是就这么昂然直入,不说一句道歉的话?

(朱生豪 译)

就用方才那段话作借口进门呢,还是一句话不说就进去呢?

(曹禺 译)

一般戏剧对话中较少使用文绉绉的语言,而在上述翻译中,朱生豪的译文中出现了"进身之阶""昂然直入"这样的四字结构,显得书卷气很重,而且也会给读者的理解带来困难。相比之下,曹禺的译文则平实朴素,而且也很好地表达了原文意思,同时也不失诗的韵律感和结构感。

鲁贵:四凤,别——你爸什么时候借钱不还账?你现在手下方便,随便匀我七块八块好吗?

LU:——don't be like that, Sifeng. When did I ever borrow money and not pay it back? Now, what about a little loan of seven or eight dollars, now that you are in the money.

(王佐良、巴恩斯 译)

上述原文是曹禺《雷雨》中的一句话。对原文中"匀我七块八块"中"块"一词的翻译,译者并未寻找英文中与其对等的货币单位,而是采用归化策略,将其直接译为 dollars。这样便让作品走向读者,使读者容易理解文章,而且更加适合舞台表演。

三、拆译法

所谓拆译法,就是拆长化短,就是为了使译文符合汉语的表达习惯,也为了更加清晰地表达原文含义,而在翻译过程中调整原文结构,将某个成分单独分离出来,译成一个独立成分。在翻译戏剧中的个性化语言时常会采用这种方法。上述提到,戏剧语言有着鲜明的个性化,而且体现着人物的性格和内心活动,因此在翻译时也要将这种个性化体现出来,以传神地再现原文,同时使译文符合译入语的表达习惯。例如:

Sampson:Gregory,o' my word,we'll not carry coals.

Gregory:No,for then we should be colliers.

Sampson:I mean,and we be in choler,we'll draw.

Gregory:Ay,while you live,draw your neck out o' the collar.

桑普森: 葛雷古利,咱们可真的不能让人家当作苦力一样欺负。

葛雷古利:对了,咱们不是可以随便给人欺负的。

桑普森: 我说,咱们要是发起脾气来,就会拔刀子动武。

葛雷古利:对了,你可不要把脖子缩进领口里去。

(朱生豪 译)

洒嵩:喂,力高,我就这一句话,不栽这个跟斗!

力高:自然,我们又不是倒霉蛋,受这种气?

洒嵩:对,不受气,惹起我们的火,我们就打。

力高:(开玩笑)嗯,要打嘤,你有一口气就把你的脖子伸出来挨!别缩着。

(曹禺 译)

以上是《罗密欧与朱丽叶》第一幕第一场中的片段,是凯布家的两个家仆的对话。莎士比亚用谐谑俚俗的语言将洒嵩和力高这两个人物的形象生动地刻画了出来,他们那种油腔滑调以及粗俗的对话既让读者了解到凯布和猛泰两个家族之间的冲突,也让读者感受到他们各自的鲜明个性。比较上述两个译文,可以看出,曹译语言地道,行文流畅,没有丝毫斧凿痕迹,将两个仆人的性格以及身份准确地描绘了出来。曹禺准确地把握住了原文的神韵,而且在翻译方法上也做了灵活的处理。例如,"No,for then we should be colliers."本是陈述句,曹禺却将其进行了拆分,变成了反诘句,生动地体现了人物的性格。相比之下,朱译虽然忠实于原文,但过于平淡,并没有通过生活化的语言来展现人物的鲜明个性。例如,第一句"Gregory, o' my word, we'll not carry coals."朱生豪翻译成了长句"葛雷古利,咱们可真的不能让人家当作苦力一样欺负"。这样的翻译虽然简练,却平淡如水。而曹禺拆长化短的译文"喂,力高,我就这一句话,不栽这个跟斗!"更加铿锵有力,而且突出地表现了小人物的鲜明个性。

四、变通法

戏剧语言有着多样化的特点,而且修辞性极强,因此单一使用某种翻译方法并不能取得良好的翻译效果,此时就要采用变通法,即根据具体翻译情况灵活采用处理方式,以使译文达到最佳的效果。下面以戏剧语言中双关修辞的翻译为例进行说明。

Sampson: I strike quickly, being moved.

Gregory: But thou art not quickly moved to strike.

Sampson: A dog of the house of Montague moves me.

Gregory: To move is to stir; And to be valiant is to stand: Therefore, if thou art moved, thou runn'st away.

Sampson: A dog of that house shall move me to stand: I will take the wall of any man or maid of Montague's.

Gregory: That shows thee a weak slave; For the weakest goes to the wall.

Sampson: True; And therefore women, being the weaker vessels, are ever thrust to the wall: Therefore I will push Montague's men from the wall, and thrust his maids to the wall.

Gregory: The quarrel is between our masters and us their men.

Sampson: Tis all one, I will show myself a tyrant: When I have fought with the men, I will be cruel with the maids, and cut off their heads.

Gregory: The heads of the maids?

Sampson: Ay, the heads of the maids, or their maidenheads; Take it in what sense thou wilt.

Gregory: They must take it in sense that feel it.

Sampson: Me they shall feel while I am able to stand; and 'tis known I am a pretty piece of flesh.

Gregory: 'Tis well thou art not fish; if thou hadst, thou hadst been poor John. Draw thy tool! Here comes two of the house of the Montagues.

(Enter Abraham and Balthasar)

Sampson: My naked weapon is out: Quarrel, I will back thee.

桑普森：　我一动性子，我的剑是不认人的。

葛雷古利：可是你不大容易动性子。

桑普森：　我见了蒙太古家的狗子就生气。

葛雷古利：有胆量的，生了气就应当站住不动；逃跑的不是好汉。

桑普森：　我见了他们家里的狗子，就会站住不动；蒙太古家的人，不论男女，碰到了我就像碰到墙壁一样。

葛雷古利：这正说明你是个不中用的家伙；只有不中用的家伙，才会躲到墙底。

桑普森：　不错；所以没用的女人，就老是被人逼得不能动：我见了蒙太古家里人来，是男人我就把她们从墙边推出去，是女人我就把她们望着墙壁摔过去。

葛雷古利：吵架是咱们两家主仆男人们的事，与她们女人有什么相干？

桑普森：　那我不管，我要做一个杀人不眨眼的魔王；一面跟男人们打架，一面对娘儿们也不留情面，我要割掉她们的头。

葛雷古利：割掉娘儿们的头吗？

桑普森：　对了，娘儿们的头，或是她们的奶头，你爱怎么说就怎么说。

（朱生豪 译）

第九章　戏剧翻译

洒嵩：哼，谁要惹起我的火，我可动手动得快。

力高：(俏皮)不过，惹动你的火也不易。

洒嵩：得了，我一见着猛泰家的狗我就要动气，我一动气，就要动手，一动手——

力高：(抢接)你就要动脚！有本事的，你站着，动也不动。我看你呀，不动气则罢，一动你就抱着脑袋跑了。

洒嵩：(语涉双关)哼，猛泰家里出个甚么都叫我气得硬起来。男的女的，只要是猛泰家里的，我一概推到墙，玩了他们！

力高：别吹，顶没出息的才要靠墙。

洒嵩：是啊，女人们泄气，总得叫人逼得靠了墙。所以我就把猛泰家里的男人拉出来干，把猛泰家的女人推进去玩。

力高：算了，有仇的是我们两家的老爷跟我们下人们。

洒嵩：(一半玩笑，一半汹汹)我一律看待。我是暴君！跟男人们动完了手，我还要跟女人们凶一下，我要干掉她们的"脑袋"。

力高：(恫吓)干掉她们的"脑袋"？

洒嵩：(眨眨眼)嗯，干掉，这"干"字你怎么讲都成。

力高：(笑嘻嘻)人家知道怎么讲，她们会尝出味来的。

洒嵩：(大笑)我一硬起来，她们就尝出味来了。我这块肉，哼，还挺出名呢。

力高：幸而你不是条鱼，哼，要真是，这准是条糟鱼。(瞥见两个人走来，两人头上都戴着猛泰家的徽帜)操家伙！猛泰家里来了人了，两个！

洒嵩：(不在意下，抽出剑来)小子，硬家伙拿出来了。来，熊他！我帮你，在你后头。

(曹禺 译)

上述对话中，双关修辞的运用无处不在，文中多个动词都有着明显的双关含义，如 move, thrust 等。在翻译 moved 这一动词时，朱生豪将其译为"一动性子"，而曹禺则将其译为"惹起我的火，惹动你的火"。相比较而言，朱译过于平淡，并未将原文的双关含义表现出来,而曹禺巧妙地选用"惹火"一词准确而贴切地传递出原文 moved 的谐谑色彩。再来看 thrust his maids to the wall 翻译,朱生豪将其译为"是女人我就把他们望着墙壁摔过去",曹禺则将其译为"把猛泰家的女人推进去玩"。很显然,在 thrust 这一词的处理上,曹译更加精妙,"推进去玩"不仅传达了 thrust 的基本含义"推动",一个"玩"字更是传达了 thrust 的另一层色情含义。由此可见,采用变通加增补的翻译方法更能有效传达原文的精髓。

五、省译法

所谓省译法,就是在不损害原文内容的情况下,适当地删减某些词语或成分,以使译文更加简洁,符合译入语的表达习惯。戏剧是在舞台上表演的艺术,在翻译过程中不仅要考虑语言问题,还要兼顾戏剧舞台效果的表现,而这对于译者而言是一个很大的挑战。通常,戏剧语言有着明显的审美性特点,对此译文语言也应该体现出戏剧语言"音义双美"的特点,让台词读来朗朗上口。此时,就可以恰当地使用省译法,即对原文中较长的语言进行简化处理,以使译文读起来更具韵味。例如:

an hour before the worshipp'd sun Peer'd forth the golden window of the east

在尊严的太阳开始从东方的黄金窗里探出头来的一小时以前

(朱生豪 译)

当着东方的太阳还没有从黄金的窗子探出头来

(曹禺 译)

Should in the farthest east begin to draw
    The shady curtains from Aurora's bed, …

可是一等到鼓舞众生的太阳在东方的天边开始揭起黎明女神床上灰黑色的帐幕的时候

(朱生豪 译)

当着快乐的阳光刚刚揭起黑暗的幔帐

（曹禺 译）

对比上述翻译中的译文，朱译可以说忠实地翻译了原文，但是读起来却十分拗口，而且读起来也不轻松。而曹禺采用了省译的方法，在准确传达原文内涵的基础上，对原文进行简化处理，读来简洁明快、朗朗上口，这样演员读来才更能凸显戏剧的舞台效果。

翠喜：不都交柜，掌班的印子钱一天就一块，你给？
CUIXI：Why not ? The boss must have one dollar a day, you know. N. a kind of usury, the borrower shall pay the loan to the lender in stages, each payment will be sealed as evidence.

（巴恩斯 译）

上述原文选自曹禺的《日出》。原文中的"印子钱"是清朝时期高利贷中的一种形式，有着显著的中国特色。如果在翻译中对此进行解释，必然要花费不少篇幅，对此译者采用了省译法，直接将其省去不译，这样虽未能传达印子钱是中国特有的东西，但能够满足舞台表演这一目的，也传达了原文的大体意思。

六、释意法

戏剧语言有时会蕴含丰富的文化因素，对于戏剧一些蕴含丰富文化内容的词汇、句子、习语等，译者往往无法采用其他文学作品所采用的方法——直译加注释法进行翻译。这是因为戏剧演出具有实时性，当观众无法理解台词中的文化内涵时，演员也无法停下来再念一遍。因此，这就需要译者根据汉语的表达习惯，采用释意法进行翻译，也就是尽量使用易于读者接受和理解的汉语文化进行解释，这样在兼顾观众理解的同时，也能使译文产生充分的艺术效果。例如：

Well, in that hit you miss; she'll not be hit
With Cupid's arrow, she hath Dian's wit;

And in strong proof of chastity well arm'd,
From Love's weak childish bow she lives uncharn'd.

你这一箭就射岔了。丘匹德的金箭不能射中她的心；她有狄安娜女神的圣洁，不让爱情软弱的弓矢损害她的坚不可破的贞操。

（朱生豪 译）

（沮丧）
不，这一下你恰恰猜错。
爱情的箭射不中她的心，
她有神仙一样的聪明，
她把贞洁当作盔甲，
爱情的小弓伤不了她一丝毫发。

（曹禺 译）

在上述例子中，朱生豪将 Cupid 和 Dian 直接翻译为了"丘匹德""狄安娜"，对于中国知识分子而言，这样的翻译并不难理解，但对于广大普通受众而言，理解起来却有一定的难度。曹禺通过释意法将它们翻译为雅俗共赏的"爱情的箭""神仙"，这样虽然有损原文文化，但有利于广大观众理解和接受，也更利于戏剧效果的表达。

上述介绍了多种方法，但戏剧的翻译方法远不止以上几种，译者在具体翻译过程中可根据实际情况灵活采用翻译方法，以有效传达戏剧艺术的精髓和魅力。

第四节　戏剧翻译佳作赏析

以上对戏剧的定义、本质特征、语言特点以及翻译方法等内容进行了详细说明，在此基础上，本节针对戏剧翻译的几个佳作进行欣赏和分析。

第九章　戏剧翻译

一、《茶馆》翻译赏析

原文：

茶馆
（第二幕 选段）
老舍

吴祥子：瞎混呗！有皇上的时候，我们给皇上效力，有袁大总统的时候，我们给袁大总统效力；现而今，宋恩子，该怎么说啦？

宋恩子：谁给饭吃，咱们给谁效力！

常四爷：要是洋人给饭吃呢？

松二爷：四爷，咱们走吧！

吴祥子：告诉你，常四爷，要我们效力的都仗着洋人撑腰！没有洋枪洋炮，怎能够打起仗来呢？

松二爷：您说得对！嗻！四爷，走吧！

常四爷：再见吧，二位，盼着你们快快升官发财！（同松二爷下）

宋恩子：这小子！

王利发：(倒茶)常四爷老是那么又倔又硬，别计较他！
（让茶）二位喝碗吧，刚沏好的。

宋恩子：后面住着的都是什么人？

王利发：多半是大学生，还有几位熟人。我有登记簿子，随时报告给"巡警阁子"。我拿来，二位看看？

吴祥子：我们不看簿子，看人！

王利发：您甭看，准保都是靠得住的人！

宋恩子：你为什么爱租学生们呢？学生不是什么老实家伙呀！

王利发：这年月，做官的今天上任，明天撤职，做买卖的今天开市，明天关门，都不可靠！只有学生有钱，能够按月交房租，没钱的就上不了大学啊！您看，是这么一笔账不是？

宋恩子：都叫你咂摸透了！你想得对！现在，连我们也欠饷啊！

吴祥子：是呀，所以非天天拿人不可，好得点津贴！

宋恩子：就仗着有错拿，没错放的，拿住人就有津贴！走吧，到后边看看去！

王利发：二位，二位！您放心，准保没错儿！

宋恩子：不看，拿不到人，谁给我们津贴呢？

吴祥子：王掌柜不愿意咱们看，王掌柜必会给咱们想办法！咱们得给王掌柜留个面子！对吧！王掌柜！

王利发：我……

宋恩子：我出个不很高明的主意：干脆来个包月，每月一号，按阳历算，你把那点……

吴祥子：那点意思！

宋恩子：对，那点意思送到，你省事，我们也省事！

王利发：那点意思得多少呢？

吴祥子：多年的交情，你看着办！你聪明，还能把那点意思闹成不好意思吗？

译文：

Teahouse

(Act Two Excerpt)

Lao She

Wu Xiangz: Oh, muddling along! When there was an emperor, we served him. When there was President Yuan Shikai, we served him. Now, Song Enz, how should I put it?

Song Enz: Now we serve anyone who puts rice in our bowls.

Chang: Even foreigners?

Song: Master Chang, let's get going!

Wu Xiangz: Understand this, Master Chang. Everyone we serve is backed by some foreign power. How can anyone make war without foreign arms and guns?

第九章　戏剧翻译

Song: You're so right! So right! Master Chang, let's go.

Chang: Goodbye, gentlemen. I'm sure you'll soon be rewarded and promoted! (Goes off with Song.)

Song Enz: Bloody fool!

Wang Lira: (pouring out tea) Master Chang has always been stubborn, won't bow down to anyone! Take no notice of him. (offering them tea) Have a cup, it's fresh.

Song Enz: What sort of people do you have as lodgers?

Wang Lifa: Mostly university students, and a couple of old acquaintances. I've got a register. Their names are always promptly reported to the local police-station. Shall I fetch it for you?

Wu Xiangz: We don't look at books. We look at people!

Wang Lira: No need for that. I can vouch for them all.

Song Enz: Why are you so partial to students? They're not generally quiet characters.

WangLifa: Officials one day and out of office the next. It's the same with tradesmen. In business today and broke tomorrow. Can't rely on anyone! Only students have money to pay the rent each month, because you need money to get into university in the first place. That's how I figure it. What do you think?

Song Enz: Got it all worked out! You're quite right. Nowadays even we aren't always paid on time.

Wu Xiangz: So that's why we must make arrests everyday, to get our bonus.

Song Enz: We nick people at random, but they never get out at random. As long as we make arrests, we get our bonus. Come on, let's take a look back

263

there!

Wang Lifa: Gentlemen, gentlemen! Don't trouble yourselves. Everyone behaves himself properly, I assure you.

Song Enz: But if we don't take a look, we can't nab anyone. How will we get our bonus?

Wu Xiangz: Since the manager's not keen to let us have a look, he must have thought of another way. Ought to try to help him keep up a front. Right, Manager Wang?

Wang Lira: I…

Song Enz: I have an idea. Not all that brilliant perhaps. Let's do it on a monthly basis. On the first of every month, according to the new solar calender, you'll hand in a…

Wu Xiangz: A token of friendship!

Song Enz: Right. You'll hand in a token of friendship. That'll save no end of trouble for both sides.

Wang Lifa: How much is this token of friendship worth?

Wu Xiangz: As old friends, we'll leave that to you. You're a bright fellow. I'm sure you wouldn't want this token of friendship to seem unfriendly, would you?

(英若诚 译)

分析:老舍的《茶馆》描写了清末、民初、抗战胜利后三个历史时期的北京社会风貌。全剧分为三幕,作者通过独特的艺术手法,截取半个世纪中三个旧时代的断面,通过茶馆这个小窗口以及出入于茶馆的北京各阶层人物及其言谈举止折射出整个社会大背景。其中,《茶馆》第二幕展现了民国初年连年不断的内战给普通百姓带来的深重苦难。上述选段描写了侦缉队两位老牌特务来裕泰茶馆进行敲诈的过程。上述选段对话句子短小,句子结构单纯,口语特点鲜明,而且在具体的语境中很多语句又附带着感性意义,将戏剧语言的"潜台词"彰显得颇为充分。

在翻译时,译者做到了忠实于原文。首先,译文保留了原文的语言特色,也充分发挥了译入语的优势,语言简洁明快,如原文中独语句"瞎混呗!"译文也译为了独语句"Oh, muddling along!"并根据情景对语气词进行了语序调整。其次,原文对话中人物说话的语气都彰显着各自的社会角色、处境以及个性特征,译文也基于不同语境成功再现了人物谈话的语气,如译者将宋恩子说的"谁给饭吃,咱们给谁效力!"译为了"Now we serve anyone who puts rice in our bowls."充分溢出了侦缉队老牌特务盛气凌人、专横跋扈的语气。最后,译文生动地再现了原文的口语特色,使得人物的个性以及社会文化跃然纸上,如译者将吴祥子说的"我们不看簿子,看人!"这句话译为了"We don't look at books. We look at people!"口语色彩浓重,而且重点突出。

二、《推销员之死》翻译赏析

Death of a Salesman

(Act II Excerpt)

Arthur Miller

Music is heard, gay and bright. The curtain rises as the music fades away. Willy, in shirt sleeves, is sitting at the kitchen table, sipping coffee, his hat in his lap. Linda is filling his cup when she can.

Willy: Wonderful coffee. Meal in itself.

Linda: Can I make you some eggs?

Willy: No. Take a breath.

Linda: You look so rested, dear.

Willy: I slept like a dead one. First time in months. Imagine, sleeping till ten on a Tuesday morning. Boys left nice and early, heh?

Linda: They went out of here by eight o'clock.

Willy: Good work.

Linda: It was so thrilling to see them leaving together. I can't get over the shaving lotion in this house!

Willy: (*smiling*) Mmm...

Linda: Biff was very changed this morning. His whole attitude seemed to be hopeful. He couldn't wait to get downtown to see Oliver.

Willy: He's heading for a change. There's no question, there simply are certain men that take longer to get—solidified. How did he dress?

Linda: His blue suit. He's so handsome in that suit. He could be a—anything in that suit! (*Will gets up from the table. Linda holds his Jacket for him.*)

Willy: There's no question, no question at all. Gee, on the way home tonight I'd like to buy some seeds.

Linda: (*laughing*) That'd be wonderful. But not enough sun gets back there. Nothing'll grow any more.

Willy: You wait, kid, before it's all over we're gonna get a little place out in the country, and I'll raise some vegetables, a couple of chickens...

Linda: You'll do it yet, dear.

(*Willy walks out of his jacket. Linda follows him.*)

Willy: And they'll get married, and come for a weekend. I'd build a little guest house. Cause I got so many fine tools, all I'd need would be a little lumber and some peace of mind.

Linda: (*joyfully*) I sewed the lining...

Willy: I could build two guest houses, so they'd both come. Did he decide how much he's going to ask Oliver for?

Linda: (*getting him into the jacket*) He didn't mention it, but I imagine ten or fifteen thousand. You're going to talk to Howard today?

Willy: Yeah. I'll put it to him straight and simple. He'll just have to take me off the road.

Linda: And Willy, don't forget to ask for a little advance, because we've got the insurance premium. It's the grace period now.

Willy: That's a hundred…?

Linda: A hundred and eight, sixty-eight. Because we're a little short again.

Willy: Why are we short?

Linda: Well, you had the motor job on the car…

Willy: That goddam Studebaker!

Linda: And you got one more payment on the refrigerator…

Willy: But it just broke again!

Linda: Well, it's old, dear.

Willy: I told you we should're bought a well-advertised machine. Charley bought a General Electric and it's twenty gears old and it's still good, that son-of-a-bitch.

Linda: But, Willy…

Willy: Whoever heard of a Hastings refrigerator? Once in my life I would like to own something outright before it's broken! I'm always in a race with the junkyard! I just finished paying for the car and it's on its last legs. The refrigerator consumes belts like a goddam maniac. They time those things. They time them so when you finally paid for them, they're used up.

Linda: (*buttoning up his jacket as he unbuttons it*) All told, about two hundred dollars would carry us, dear. But that includes the last payment on the mortgage. After this payment, Willy, the house belongs to us.

Willy: It's twenty-five years!

Linda: Biff was nine years old when we bought it.

Willy: Well, that's a great thing. To weather a twenty-five year mortgage is…

Linda: It's an accomplishment.

Willy: All the cement, the lumber, the reconstruction I put in this house! There ain't a crack to be found in it any more.

Linda: Well, it served its purpose.

Willy: What purpose? Some stranger'll come along, move in, and that's that. If only Biff would take this house, and raise a family… (*He starts to go.*) Good-by, I'm late.

Linda: (*suddenly remembering*) Oh, I forgot! You're supposed to meet them for dinner.

Willy: Me?

Linda: At Frank's Chop House on Forty-eighth near Sixth Avenue.

Willy: Is that so! How about you?

Linda: No, just the three of you. They're gonna blow you to a big meal!

Willy: Don't say! Who thought of that?

Linda: Biff came to me this morning, Willy, and he said, "Tell Dad, we want to blow him to a big meal." Be there six o'clock. You and your two boys are going to have dinner.

Willy: Gee whiz! That's really somethin'. I'm gonna knock

第九章　戏剧翻译

Howard for a loop, kid. I'll get an advance, and I'll come home with a New York job. Goddammit, now I'm gonna do it!

Linda: Oh, that's the spirit, Willy!

Willy: I will never get behind a wheel the rest of my life!

Linda: It's changing. Willy, I can feel it changing!

Willy: Beyond a question. G'by, I'm late. (*He starts to go again.*)

Linda: (*calling after him as she runs to the kitchen table for a handkerchief*) You got your glasses?

Willy: (*He feels for them, then comes back in.*) Yeah, yeah, got my glasses.

Linda: (*giving him the handkerchief*) And a handkerchief.

Willy: Yeah, handkerchief.

Linda: And your saccharine?

Willy: Yeah, my saccharine.

Linda: Be careful on the subway stairs.

(She kisses him, and a silk stocking is seen hanging from her hand. Willy notices it.)

Willy: Will you stop mending stockings? At least while I'm in the house. It gets me nervous. I can't tell you. Please.

(*Linda hides the stocking in her hand as she follows Willy across the forestage in front of the house.*)

Linda: Remember, Frank's Chop House.

Willy: (*passing the apron*) Maybe beets would grow out there.

Linda: (*laughing*) But you tried so many times.

Willy: Yeah. Well, dofft work hard today. (*He disappears around the right corner of the house.*)

· 269 ·

译文：

推销员之死

（第二幕 选段）

阿瑟·米勒

可以听见音乐，明快而欢乐。随着音乐的消逝，幕启。

（威利没穿外套，坐在厨房桌旁，一口一口地喝着咖啡，帽子放在腿上。林达每逢机会就给他把咖啡斟满。）

威利：咖啡真棒。能顶一顿饭。

林达：我给你做点鸡蛋吧？

威利：不用，你歇会儿吧。

林达：看样子你歇得挺好，亲爱的。

威利：我睡得好香啊，好几个月没这么香了。想想看，礼拜二早上一觉睡到十点，俩孩子一早就高高兴兴地走了？

林达：不到八点就出门了。

威利：好样儿的！

林达：看着他们俩一道走，真叫人高兴。满屋子都是刮胡子膏的香味儿，我真闻不够！

威利：（笑着）哼……

林达：比夫今天早晨可变样了。他整个态度都好像有奔头了。他简直等不及要去城里见奥利弗。

威利：他是要转运了。毫无问题，有些人就是这样——大器晚成。他穿的什么衣服？

林达：那身蓝西装。他穿上那套衣服可神气了，简直像是——说他是什么人都行！

（威利离开桌子站起来。林达拿起上衣准备给他穿上。）

威利：没有问题，毫无问题。哎哟，今天晚上回家的路上我想去买点种子。

林达：（笑）那敢情好。可是这边阳光进不来，种什么也不长。

威利：你别忙，要不了多久，咱们在乡下弄一块小地方，我种上点菜,养上几只鸡……

林达:你准能做到,亲爱的。

(威利往前走,把外套甩下了。林达跟随着他。)

威利:到那会孩子们都结婚了,可以来跟咱们过周末。我可以盖一间小客房,反正我有得是最好的工具,我只要点木料,再就是心里别老这么乱。

林达:(高兴地)我把里子缝好了……

威利:我可以盖两间客房,他们俩都可以来。他拿定主意问奥利弗借多少了吗?

林达:(帮他穿上外套)他没提,不过我想是一万或者一万五。你今天要跟霍华德谈吗?

威利:谈。我要跟他们开门见山。他不能叫我再跑码头了。

林达:还有,威利,别忘了跟他预支点工资,因为咱们得付保险费。已经是宽限期了。

威利:那得一百……

林达:一百零八块六毛八。咱们最近手头又紧了。

威利:为什么手头又紧了?

林达:那,汽车的马达修理费……

威利:这个该死的斯图贝克!

林达:电冰箱还得付一期款……

威利:可它最近又坏过一回!

林达:那,的确也够旧的了,亲爱的。

威利:我早说过咱们应该买一个登大广告的名牌货。查利买的是通用牌的,二十年了,还挺好用,那个兔崽子!

林达:可是,威利……

威利:谁听说过黑斯丁牌的电冰箱?我真盼望,哪怕一辈子有一回呢,等我付清了分期付款之后,东西还能不坏!我现在是一天到晚跟垃圾场竞赛呢!我这辆汽车款刚刚付清,这辆车也快要散架了。电冰箱就疯子似的一根接着一根吃传动皮带。他们生产这种东西的时候都计算好了,等你付清最后一笔款,东西也就该坏了。

林达:(替他扣上外套的纽扣,但他顺手又把它们解开)加在一起,大概两百块就够了,亲爱的。可这连分期买房的最后一笔钱都在内了。付清了这一笔,威利,房子就归我们了。

威利:二十五年了!

林达:咱们买这房的时候比夫才九岁。

威利:不管怎么说,这是件大事,能坚持二十五年……

林达:是个成就。

威利:为改造这所房子,我丢进去多少洋灰、木料,花了多少力气!现在从上到下连一个裂缝也找不着!

林达:不管怎么说,这力气没白花。

威利:怎么没白花?早晚来个素不相识的人,搬进来,就是这么回事。要是比夫肯要这所房,生儿育女……(他开始离开)再见吧,我已经迟了。

林达:(突然想起)噢,我差点儿忘了!他们要请你吃晚饭。

威利:我?

林达:在弗兰克餐厅,四十八街上,靠第六大道。

威利:真的!你呢?

林达:没有我,就你们爷儿仨。他们要请你大吃一顿!

威利:没想到!谁的主意?

林达:是比夫早晨来找的我,威利。他说:"告诉爸,我们要请他大吃一顿。"六点钟到那儿。你要跟两个孩子一块下饭馆。

威利:哎哟哟!这可是大事一桩啊。我今天要狠狠地敲打敲打霍华德。我要预支工资,我要把纽约的差事弄到手再回家。他妈妈的,我这回要动真格的了!

林达:噢,威利,要的就是这股劲!

威利:我这辈子再也不用开着车到处跑了!

林达:咱们是要转运了,威利,我觉得出来!

第九章　戏剧翻译

威利:毫无问题。再见,我已经迟了。(他又一次开始离开)

林达:(一边跑到厨房桌旁去拿一块手绢,一边喊住他)你带着眼镜了吗?

威利:(摸了摸身上,又回来)带着呢,眼镜在这。

林达:(递给他手绢)还有手绢。

威利:对,手绢。

林达:还有你的糖精片呢?

威利:对,糖精片。

林达:坐地铁下楼梯的时候要当心。

(她吻他,威利看见她手里拿着一只丝袜。)

威利:你不补袜子行不行? 至少我在家的时候别补,我受不了。没法儿说。我求求你。

(林达把袜子藏起来,然后随着威利走到屋前台口。)

林达:别忘了,弗兰克餐厅。

威利:(穿过台口时)说不定,那边能种甜萝卜。

林达:(笑)你试过那么多次了。

威利:是啊。好吧,今天别搞得太累了。(他自屋右角处下)

(英若诚 译)

分析:《推销员之死》是阿瑟·米勒最具代表性的剧作。该剧作通过推销员威利·洛曼一家的生活场景,展示了20世纪三四十年代美国社会中普通人的悲剧。上述选段描述的是威利夫妇在一天早上谈论生活中柴米油盐的琐事。可以看出,原文具有简洁明快、简单通俗、节奏感强、口语色彩浓厚的特点,内容上体现了威利夫妇的乐观生活态度。

对于原文的翻译,首先译者把握住了原文的节奏,并采用拆译法将原文句子一分为二或分为更多小句,以体现原文的生活口语节奏,如将"Once in my life I would like to own something outright before it's broken!"拆译为"我真盼望,哪怕一辈子有一回呢,等我付清了分期付款之后,东西还能不坏!"不仅节奏鲜明,而且"呢"这一委婉语气词的使用也体现了原文人物语气的温婉亲和。其次,为了准确揭示原文的形象,表达原文的情感,译者还采用了很多鲜活的口头语,如"咖啡真棒。能顶一顿饭。""好样儿的!""你准能做到,亲爱的。"等,这些鲜活的口头语将人物的性格特点和形象充分地展现了出来。最后,译者在遣词上也十分讲究,非常注意词语运用的准确和简练,如将 solidified 译为"大器晚成",将 straight and simple 译为"开门见山",这样简练准确的译文不仅切合情景,而且也反映出了戏剧人物热爱生活、爽朗大度的个性内涵。

参考文献

[1][英]爱德华·泰勒著,连树声译.原始文化[M].上海:上海文艺出版社,1992.

[2]曹明海.文学解读学导论[M].北京:人民文学出版社,1997.

[3]陈福康.中国译学理论史稿[M].上海:上海外语教育出版社,1996.

[4]陈宏薇,李亚丹.新编汉英翻译教程[M].上海:上海外语教育出版社,2004.

[5]陈平原,夏晓红.二十世纪中国小说理论资料(第一卷)[M].北京:北京大学出版社,1997.

[6]陈文忠.文学理论[M].合肥:安徽大学出版社,2002.

[7]陈新.英汉文体翻译教程[M].北京:北京大学出版社,1999.

[8]方遒.散文学综论[M].合肥:安徽教育出版社,2004.

[9]高华丽.翻译教学研究:理论与实践[M].杭州:浙江大学出版社,2008.

[10]高华丽.中外翻译简史[M].杭州:浙江大学出版社,2009.

[11]何其莘,仲伟合,许钧.高级文学翻译[M].北京:外语教学与研究出版社,2009.

[12]户思社.翻译学教程[M].北京:北京师范大学出版社,2011.

[13]黄杲炘.英诗汉译学[M].上海:上海外语教育出版社,2007.

[14]侯维瑞.英语语体[M].上海:上海外语教育出版社,1988.

[15]兰萍.英汉文化互译教程[M].北京:中国人民大学出版社,2010.

[16]李建军.文化翻译论[M].上海:复旦大学出版社,2010.

[17]李建军.新编英汉翻译[M].上海:东华大学出版社,2004.

[18]李清华.医学英语实用翻译教程[M].上海:上海世界图书出版公司,2012.

[19]李渔.闲情偶记[A].中国古典戏曲论著集成(第七册)[C].北京:中国戏剧出版社,1959.

[20]刘海涛.文学写作教程[M].北京:高等教育出版社,2005.

[21]刘军平.西方翻译理论通史[M].武汉:武汉大学出版社,2009.

[22]刘宓庆.现代翻译理论[M].南昌:江西教育出版社,1990.

[23]马莉.翻译理论与实践[M].北京:北京大学出版社,2010.

[24]彭建华.文学翻译论集[M].杭州:浙江大学出版社,2012.

[25]孙英.跨文化传播学导论[M].北京:北京大学出版社,2008.

[26]谭霈生.论戏剧性[M].北京:北京大学出版社,1981.

[27]王寿兰.当代文学翻译百家谈[M].北京:北京大学出版社,1989.

[28]王行之.老舍论剧[M].北京:中国戏剧出版社,1981.

[29]武锐.翻译理论探索[M].南京:东南大学出版社,2010.

[30]闫文培.全球化语境下的中西文化及语言对比[M].北京:科学出版社,2007.

[31]严明.大学英语翻译教学理论与实践[M].长春:吉林出版集团有限责任公司,2009.

[32]曾文雄.语用学翻译研究[M].武汉:武汉大学出版社,2007.

[33]张保红.文学翻译[M].北京:外语教学与研究出版社,2010.

[34]张德禄,刘汝山.语篇连贯与衔接理论的发展及应用[M].上海:上海外语教育出版社,2003.

[35]张今.文学翻译原理[M].开封:河南大学出版社,1997.

[36]郑遨,郭久麟.文学写作[M].天津:天津大学出版社,2009.

[37]周方珠.文学翻译论:汉、英[M].北京:中国对外翻译出版有限公司,2014.

[38]朱永生.语境动态研究[M].北京:北京大学出版社,2005.

[39]庄智象.我国翻译专业建设:问题与对策[M].上海:上

海外语教育出版社,2007.

[40]龚芬.论戏剧语言的翻译[D].上海:上海外国语大学,2004.

[41]王璐子.基于女性主义翻译理论视角下的《魔沼》两个汉译本对比研究[D].北京:北京外国语大学,2013.

[42]王素娟.接受与批判——女性主义翻译理论探究[D].合肥:安徽大学,2010.

[43]闫敏敏.文学翻译中译者的审美过程[D].上海:华东师范大学,2005.

[44]尹筠杉.浅谈文学翻译的"再创造"艺术——以英译汉经典诗歌翻译为例[D].黄石:湖北师范学院,2014.

[45]曹东霞.文化语境下的文学翻译[J].湖北广播电视大学学报,2007,(1).

[46]陈永娣.浅谈英语翻译的可译性与不可译性[J].枣庄学院学报,2008,(3).

[47]党争胜.论文学翻译的文学性——兼论文学翻译的标准[J].西北大学学报,2008,(3).

[48]董务刚.女性主义文学与翻译研究[J].中国矿业大学学报,2005,(3).

[49]郝彦桦.女性主义视角下的英美女性文学翻译[J].短篇小说,2015,(32).

[50]黄田.文化语境对文学翻译的制约[J].湖南工业大学学报,2008,(3).

[51]康保成.戏剧的本质及其审美特征[J].阅读与写作,2004,(4).

[52]李媛.论英文抒情诗歌翻译中对于外部形态与内在意义的取舍[J].科教导刊,2009,(20).

[53]李志芳,刘瑄传.论文化语境下的文学翻译[J].黄冈职业技术学院学报,2009,(4).

[54]林治勋.女性主义视域下的文学翻译分析——以《简·爱》的女性译者译本为例[J].西安电子科技大学学报,2014,(3).

[55]刘肖岩,关子安.论戏剧翻译的标准[J].齐齐哈尔大学学报,2002,(2).

[56]倪志娟.女性主义研究的历史回顾和当代发展[J].江西社会科学,2005,(6).

[57]邵斌.翻译及改写:从菲茨杰拉德到胡适[J].北京第二外国语学院学报,2010,(12).

[58]石彤喆,邵娟.女性主义对新时期中国文学的影响[J].名作欣赏,2011,(6).

[59]沈碧萍.中文戏剧翻译中的文化因素处理——兼析巴恩斯译《日出》[J].重庆科技学院学报,2010,(5).

[60]王胜华.扮演:戏剧存在的本质——对戏剧本质思考的一种发言[J].戏剧一中央戏剧学院学报,1996,(1).

[61]王晓元.性别、女性主义与文学翻译[J].中国英汉语比较研究会会议论文集,2000,(7).

[62]王敏.以王佐良和巴恩斯的《雷雨》英译本为例看戏剧翻译的归化策略[J].湖北广播电视大学学报,2011,(8).

[63]魏东方.浅谈女性主义翻译观在文学翻译中的介入[J].学园,2013,(9).

[64]魏文娟.忠实、通顺和美的标准对比赏析《廖承志致蒋经国先生信》的两个英译版本[J].教育教学论坛,2015,(47).

[65]徐军,孙宪梅.浅论散文的语言特点与翻译[J].德州学院学报,2006,(2).

[66]徐亮.浅谈汉英翻译中的不可译现象[J].丝绸之路,2010,(14).

[67]张娜娜.论文化语境对文学翻译的影响[J].海外英语,2011,(3).

[68]周文革,叶少珍.从诗歌意象、选词和格律看《静夜思》的英译[J].湘潭师范学院学报,2007,(1).

[69] Edwin Gentzler. *Contemporary Translation Theories* [M]. London:Routledge Inc. ,1993.

[70] Eugene A. Nida. *Language, Culture and Translating* [M]. Shanghai:Shanghai Foreign Language Education Press,1993.

[71] Hans-Georg Gadamer. *Truth and Method* [M]. London: Sheed and Ward Ltd. ,1975.

[72] J. Hillis Miller. *On Literature* [M]. London & New York: Routledge,2002.